Il ne faut jamais
faire le mal à demi

La collection *L'Aube noire*
est dirigée par Manon Viard

www. editionsdelaube.com

ISBN 978-2-8159-2200-5

Lionel Fintoni

Il ne faut jamais faire le mal à demi

roman

éditions de l'aube

« Il ne faut jamais faire le mal à demi. »
Machiavel

Mes chaleureux remerciements à :
Gérard Meudal et Annie Terrier pour leurs judicieux conseils ;
Natalia Tvere, Brenda Maatouk pour leurs précieuses contributions ;
Christiane Hauesser pour ses impitoyables talents de relectrice ;
Catherine Weibel pour sa patience, ses commentaires sincères et son indéfectible et affectueux soutien.

À mes parents, à mes enfants…

1- Lieu du début du roman (enlèvement Livia)

2- Site du dépôt de la famille Mahoudi

3- Porte de Bagnolet

4- Position des camps de Roms à Aulnay-sous-Bois

5- Aéroport du Bourget

6- Restaurant chinois (déjeuner A. Dormeuil-Marjiana)

7- Clinique du dr Bellefond

8- Hôpital de Villepinte

9- Siège de la DGSI

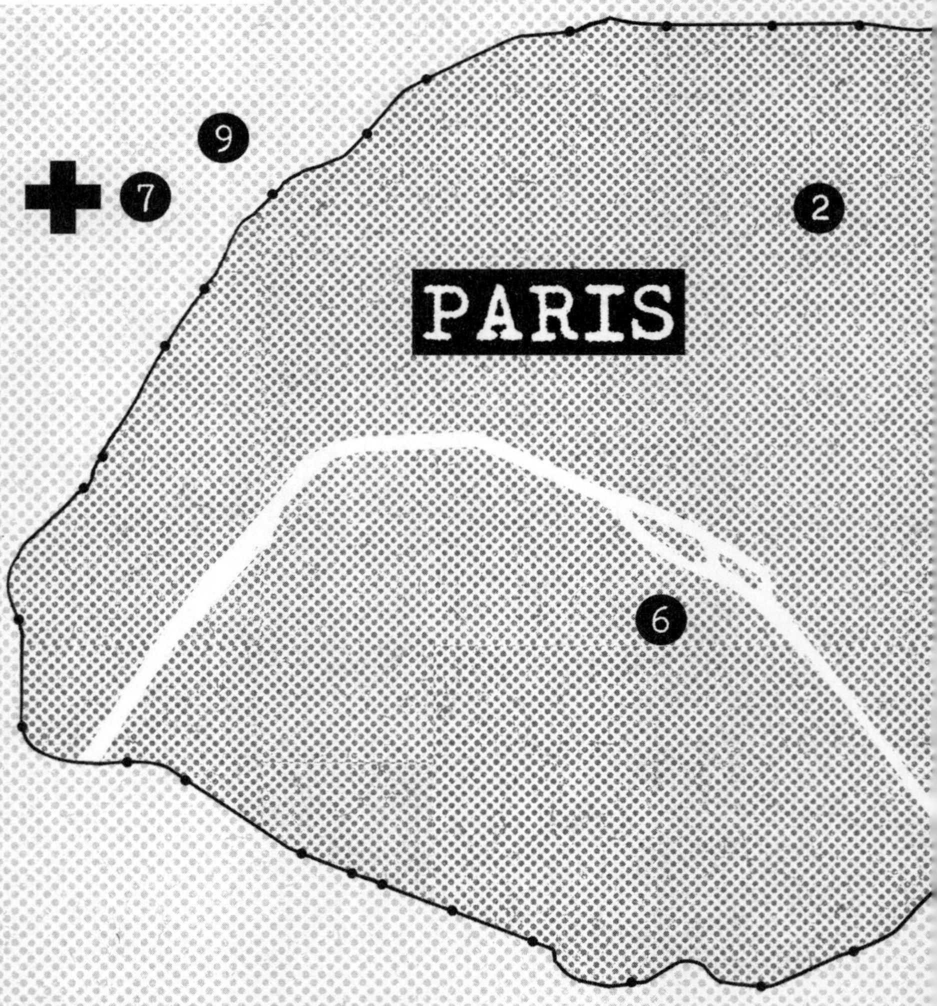

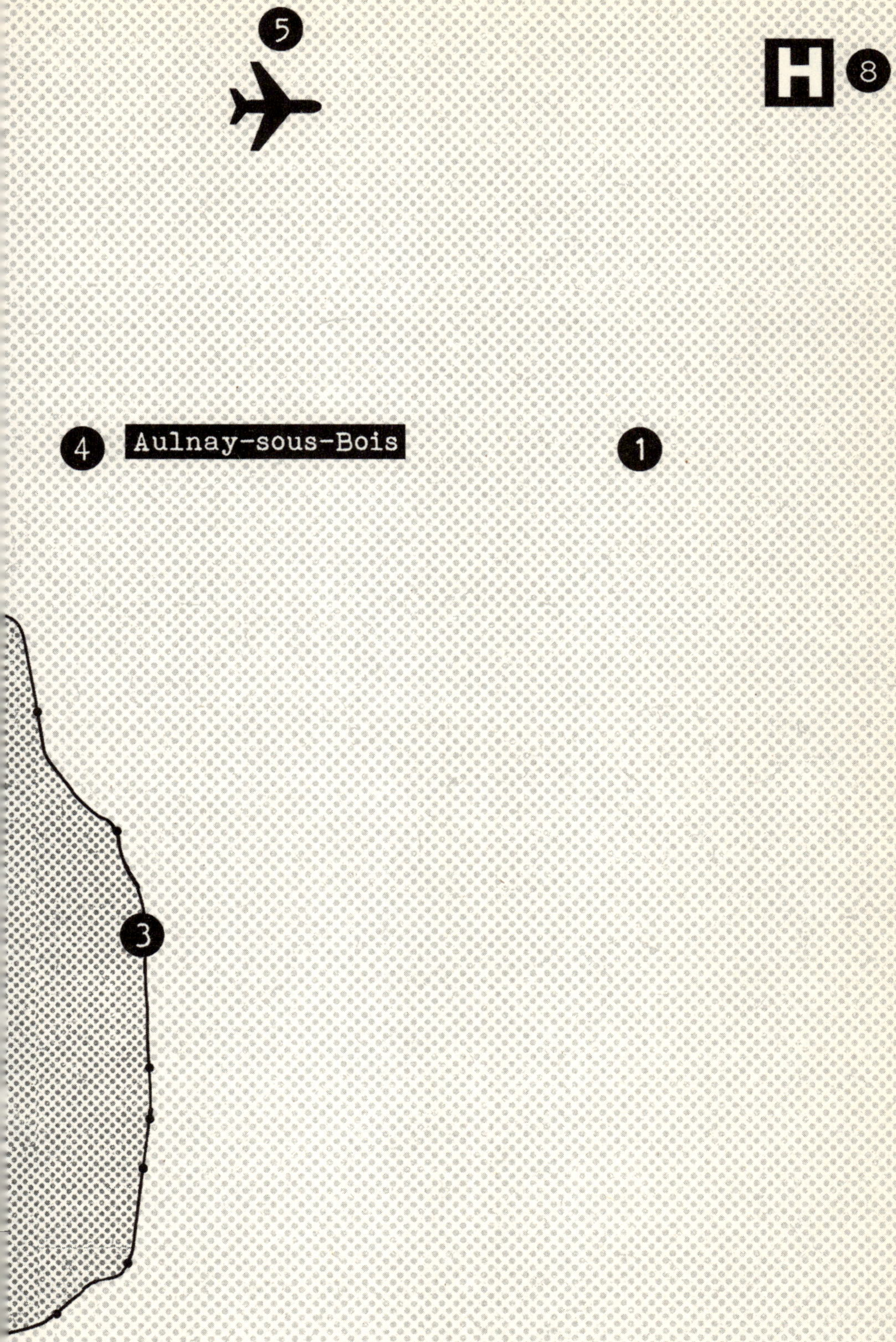
5
H
8
4
Aulnay-sous-Bois
1
3

1

Livia et Georghe comparent leurs butins. Ils sont contents des gains de la journée dans le RER et du vol aux dames aux distributeurs de billets. Ils ont récupéré du liquide, le contenu de quelques sacs et même un beau collier en or. Ivo sera content. Ils auront des cigarettes et ils pourront jouer de l'accordéon avec l'oncle Zarko. Livia est contente. Sa petite sœur Esma pourra continuer d'aller à l'école. C'est ce qu'Ivo a dit à sa mère l'autre matin. Georghe est content parce qu'il rapporte bien en ce moment, alors peut-être que bientôt Ivo le laissera aller avec les filles. Et il pourra apprendre l'accordéon avec l'oncle Zarko. Il est gentil l'oncle Zarko, il traite bien les enfants, il ne frappe pas trop, pas comme Ivo lorsqu'il est en colère parce que les enfants n'ont pas rapporté assez. Ivo, c'est le nouveau chef du camp. Il est dur et n'hésite pas à faire mendier les enfants infirmes. Il est plus dur que le chef d'avant, qui est reparti se réfugier en Roumanie à cause d'autres Roms et de Gitans qui lui cherchaient des problèmes. Ce n'est jamais bon, les problèmes avec les autres clans roms ou avec les Gitans. Ivo, lui, s'entend bien avec les autres clans. Il a fait la paix avec les Gitans qui sont de l'autre côté de l'autoroute. Il leur a laissé les métaux et les voitures. Lui et son clan ont le RER de Roissy, quatre lignes de métro, les stations, le voisinage et aussi les petits pavillons autour du camp et dans la zone où ils travaillent.

Les deux gamins ne sont plus très loin du camp. En prenant le raccourci par la traverse, ils gagneront un peu de temps et éviteront de passer par le territoire des Gitans et des Arabes de la cité. Les enfants du camp utilisent souvent cette traverse, surtout parce qu'au milieu il y a un passage qui donne sur une petite cour où l'on peut se cacher lorsque l'on est coursé par les flics, les Gitans, les Arabes ou d'autres clans de Roms si on a raclé sur leur territoire. Ils savent tout ça, Livia et Georghe. Ils ont l'instinct de survie de tous les gamins des camps. Ils savent se faufiler, s'infiltrer, échapper aux vigiles du métro et du RER en se glissant par terre entre leurs jambes, quitte à y laisser un pull ou un blouson. Ils ont l'instinct de la fuite, ils savent à quel moment il faut décrocher, à quel moment il faut s'asseoir dans un coin mort et attendre, même sous la pluie, la neige, dans le vent. Ils ont l'instinct de se mettre là où l'on ne va pas aller les chercher.

La traverse coupe en biais une petite zone industrielle et le passage est un lieu d'observation où ils attendent lorsqu'ils craignent pour leur sécurité. Dans la petite cour, il y a deux grandes gaines d'aération, dont une au ras du sol, dans laquelle ils peuvent se cacher, ou faire semblant de se cacher en laissant une chaussure devant pour faire croire qu'ils sont dedans alors qu'ils se dissimulent dans les ordures et les grandes poubelles entassées dans un coin de la cour.

La nuit tombe encore tôt en février. Les lumières commencent à s'allumer. Livia et Georghe approchent de la traverse en longeant des ateliers, des entrepôts, des cours d'usines fermées. Ils viennent de la station RER d'Aulnay-sous-Bois. En face d'eux, la zone pavillonnaire du parc Duclos glisse dans le calme du soir. Ils attendent quelques minutes sous un abribus, vérifient qu'aucune voiture n'est engagée dans la traverse et se décident enfin à l'emprunter pour rejoindre le camp. Ils sont contents, ils ont bien travaillé aujourd'hui, Ivo sera content, l'oncle Zarko jouera de l'accordéon, Esma ira à l'école et peut-être que Georghe ira voir les filles.

La traverse est vide. À l'autre bout, ils voient les voitures qui passent ; certaines ont déjà allumé leurs phares.

Ils sont bien engagés dans la traverse, Livia chantonne et fait des petits pas de danse qui agitent son sac avec le butin. Georghe pense aux filles, il sait déjà laquelle il ira voir, si Ivo le laisse faire.

À moins de deux cents mètres de là, à la limite d'une zone pavillonnaire, un véhicule noir, aux vitres teintées, tous feux éteints, sort d'une ruelle perpendiculaire à la grande rue, se dirige lentement vers la zone industrielle et s'arrête à une vingtaine de mètres de la traverse.

Livia chantonne et danse. Georghe rêve aux filles. La traverse est sombre. Ils s'approchent du passage qui donne sur la cour. Ils s'arrêtent quelques instants, par habitude, calés contre un mur, dans l'ombre. Livia ne chantonne plus, Georghe surveille et attend. Au bout de quelques minutes, ils repartent, toujours en marchant le long des murs. Livia chantonne. Georghe ralentit puis repart. Il se demande pourquoi deux des lampadaires au niveau du passage vers la cour sont éteints. Il y a des morceaux de verre sur le sol. Quelqu'un a cassé les lampes. Ces cons de Gitans pour les emmerder, à tous les coups, pour qu'ils aient peur dans le noir. Mais Georghe n'a pas peur du noir. Il a l'habitude de se cacher dans le noir, parfois pendant des nuits entières, pour échapper aux flics, aux autres Roms qui veulent lui prendre ses butins, à la violence des bagarres entre clans, aux colères d'Ivo quand il a bu et que sa mère ne veut pas lui ouvrir la porte de sa chambre. Il n'a pas peur du noir, Georghe, mais ça, ce n'est pas le vrai noir.

Ils avancent dans la traverse, il y a de moins en moins de lumière. Il n'y a pas de bruits, juste la rumeur de la ville. Livia chantonne et danse. Georghe marche le long du mur, inquiet, même s'il ne sait pas pourquoi. Quelque chose le met mal à l'aise, qu'il ne peut identifier. Peut-être l'absence de lumière dans le passage qui mène à la cour. Ils sont presque au bout de la traverse. Encore quelques dizaines de mètres et ils déboucheront sur l'avenue. Ils tourneront à droite, suivront la route puis passeront sous la bretelle d'autoroute au bout de la zone industrielle. De là, ils seront au camp en quelques minutes. Georghe pense aux filles, Livia chantonne et danse.

Lentement, silencieusement, la grosse voiture noire redémarre, tourne, s'engage dans la traverse et accélère brutalement. Georghe se retourne, voit la voiture qui fonce sur eux. Il crie à Livia de courir vers l'autre sortie. Mais Livia ne bouge pas, figée de peur parce qu'arrachée à sa rêverie. Elle ne comprend pas ce que cette voiture fait dans cette traverse, leur traverse, à foncer sur eux. Lorsque enfin elle se retourne et veut commencer à courir, un fourgon noir s'engouffre en marche arrière dans l'autre sortie de la traverse, à moins d'une vingtaine de mètres d'eux. Ils sont prisonniers. La voiture noire s'est arrêtée juste après le passage vers la cour et bloque leur seule voie de sortie. Georghe crie à Livia de courir vers lui. Il sait ce qu'il faut faire. Ils vont sauter par-dessus la voiture. Ils ont déjà fait ça. Ils vont passer entre les jambes des flics et sauter par-dessus leurs fourgons en escaladant le capot et le pare-brise. Trois hommes sont sortis de la voiture et bloquent la traverse. Ce ne sont pas des flics, Georghe l'a compris. Deux hommes sont sortis du fourgon dont ils ont ouvert le haillon arrière. L'un d'eux prend une sorte de fusil, met Livia en joue. La balle de caoutchouc la frappe entre les épaules. Étourdie par l'impact, elle tombe en avant, heurte le mur et chute sur une poubelle qui dégringole avec elle. Georghe a vu et comprend qu'il doit fuir, par tous les moyens. Il ne peut pas grimper sur un mur, il ne peut pas entrer dans le passage. Une peur viscérale s'est emparée de lui. Il n'a pas peur comme d'habitude, lorsqu'il sait qu'il va recevoir des coups de poing, des gifles, des coups de pied. Cette peur vient de beaucoup plus loin, de la nuit des temps des Roms, lorsque la violence et les coups étaient juste le préliminaire à la mort. Georghe a peur car il sait que ces hommes veulent le tuer. Il veut crier, mais il sait que ça ne sert à rien dans cette traverse et que, de toute manière, personne ne vient jamais en aide aux Roms. Il veut prier, mais il ne se rappelle plus ce que tante Élena lui a dit sur la Vierge noire. Il voudrait aider Livia, mais il sait qu'il ne pourra pas. Alors il court vers les trois hommes, encore quelques mètres, il ira vers celui à droite, les autres se resserreront par réflexe, puis il virera à gauche et se jettera par terre entre les jambes du mec du milieu. Ça marche toujours, ça. L'effet de surprise des hommes vers qui on court.

Il approche vite, mais les trois hommes ne bougent pas. Celui du milieu fait signe aux deux autres de rester en place. Georghe va devoir aller vite, surprendre, faire le tourbillon comme Luca qui pivote sur lui-même très vite et du coup les flics ne savent pas comment le saisir. Mais les trois hommes ne bougent pas. Alors Georghe fait un mouvement de corps vers la droite puis, presque au contact de l'homme qui bloque le passage, il se jette à terre entre les jambes de celui du milieu. L'homme n'a pas bougé. Il s'est juste agenouillé sur la jambe de Georghe au moment où celui-ci pensait être passé. La douleur lui laboure la jambe et se rue dans son dos. Il veut se relever mais la souffrance le paralyse. Son genou est écrasé par le poids de l'homme. Georghe a peur. Il urine de peur. Il sait que seule la Vierge de tante Élena peut l'aider, il veut prier, il veut demander pardon pour ses péchés. Il veut jouer de l'accordéon avec l'oncle Zarko et aller voir les filles. Il a peur et il tente de se relever mais la peau de ses mains s'arrache sur les graviers. L'homme le saisit par le col, le relève en même temps qu'il se relève. Georghe veut parler mais la prise l'étouffe. Le coup de poing sur la nuque le jette à nouveau par terre et son nez éclate. Il ne voit plus rien, il n'entend plus rien, même pas ses propres prières à la Vierge de tante Élena.

L'homme qui a tiré sur Livia range le fusil dans le fourgon, ferme le haillon. Ensuite, lui et son collègue placent Livia dans une couverture sur la banquette arrière. Ils lui font une piqûre dans le bras, posent un ours en peluche à côté d'elle. Ils se retournent, observent leurs collègues et l'autre véhicule.

L'homme silencieux soulève Georghe, fait signe au chauffeur de reculer la voiture, puis s'engage dans le passage. Il pénètre dans la petite cour, s'approche de la bouche d'aération, l'observe quelques instants d'un air dubitatif. Il pose un genou à terre, place les épaules de Georghe sur sa cuisse, le visage tuméfié vers le haut. Des bulles de sang sortent de la bouche de Georghe. Il n'entend plus la musique de l'accordéon de l'oncle Zarko, il veut prier la Vierge noire, il veut toucher les filles, il a peur, il veut pleurer mais il ne sent plus rien. L'homme lève un bras et abat son coude violemment juste sous le menton de Georghe avec un mouvement vers la tête. Il lui broie la trachée-artère et lui brise la nuque. Le corps de Georghe s'affaisse. L'homme décide de le laisser dans les poubelles, sous des cartons et des bâches. Il fait encore froid. Avec un peu de chance, il sera embarqué par les camions bennes demain matin.

2

Les deux véhicules sont partis depuis longtemps mais Gino décide que, pour le moment, il vaut mieux rester dans la bouche d'aération. Il avait prévu son embuscade avec deux copains. Ils allaient entrer par chaque bout de la traverse, les deux Roms seraient venus se cacher dans la bouche d'aération où il les aurait attendus. Il avait cassé les deux lampadaires pour son embuscade. Mais les deux voitures étaient venues. Ses copains s'étaient enfuis, les hommes en noir, le peu qu'il avait vu, ont pris la fille et tué le garçon. Il décide d'attendre la nuit, même s'il fait déjà sombre. Il faut attendre. On ne se sait jamais. Lorsque l'on est un gamin gitan, on a l'habitude d'attendre dans le noir.

3

Le matin est frais, embarrassé par une brume hostile. Malik est arrivé à l'entrepôt de la société de distribution générale, Mahoudi Distribution, qu'il dirige avec son père, Kamel, même si ce dernier, fatigué, est de moins en moins présent. La société dessert toute la région parisienne et même quelques secteurs des départements limitrophes. Samia, sa nouvelle secrétaire, l'informe que son père l'a fait demander. L'entretien est bref. Il y a un problème avec un livreur d'un dépôt de Saint-Denis. La zone est sensible, il y a de la concurrence, il ne faut pas laisser les choses se dégrader, alors ils iront le soir même, pour régler ça.

La nuit est tombée et les deux Mahoudi, Kamel le père et Malik le fils, roulent en direction de Saint-Denis. Ils sont silencieux, inquiets. Le fils parce qu'il n'aime pas les situations de conflit. Le père parce qu'il n'aime pas les décisions à prendre dans les situations de conflit. Ce dernier regarde le paysage qui défile, ces banlieues sans âme qui ont tellement changé depuis son arrivée en France.

Kamel Mahoudi est arrivé en France en provenance de Tizi Ouzou, en grande Kabylie, au début des années soixante, juste avant l'indépendance. Il avait compris qu'il y serait mieux que dans un pays ravagé par huit ans de guerre civile et coloniale qui ne voulait pas dire son nom, abandonné par des Français qui bien que n'étant pas originaires de la métropole pour la plupart d'entre eux, finirent par s'y réfugier, de gré ou de force.

Il s'était installé à côté de Courbevoie, à l'ouest de Paris, et avait monté une petite gargote pour les ouvriers maghrébins qui arrivaient en hordes serrées pour bâtir les immeubles de la Défense ou les cités-dortoirs de la couronne parisienne. Il avait travaillé dur, très dur, et fait prospérer sa petite affaire.

Il se tenait à l'écart de tout mouvement politique ou syndical. Il travaillait, très dur, simplement, tous les jours. Il était toujours en règle, payait ce qu'il avait à payer en taxes, impôts et autres redevances, certaines officielles, d'autres moins licites mais tout aussi indispensables. Il était poli avec tout le monde et tout le monde l'aimait bien, lui, l'Arabe du coin, toujours ouvert, qui parfois prêtait de l'argent, ou faisait des crédits, mais pas à tout le monde.

Trois années lui suffirent pour acheter une petite épicerie qui périclitait du côté de Barbès et qu'un couple de Français, avides de congés payés et d'avantages acquis, avait décidé de vendre. Il mit sa gargote, devenue une cantine, en gérance auprès d'un associé, kabyle comme lui, mais de Bougie, et il se mit au travail à Barbès. Il venait tous les dimanche midi à Courbevoie pour faire les comptes. Il mangeait un bon repas préparé par la mère de son associé puis repartait à Barbès s'occuper de son commerce.

En 1970, il alla au pays chercher une femme. On parlait du regroupement familial, il fallait faire vite. Quelques mois plus tard, il installait son épouse dans un petit appartement et se remettait au travail. Il acheta un ancien garage près de la gare du Nord pour en faire un dépôt et prit en gérance un second commerce. Il prit un autre associé, un Kabyle de Djidjel, et il commença une activité de commerce en gros et de distribution. De plus en plus de magasins arabes s'ouvraient autour de Paris, les populations immigrées augmentaient, il y avait de quoi faire.

Kamel Mahoudi avait l'instinct de l'adaptation et savait lire les événements. Lorsque sa compagnie prit de l'ampleur, il n'utilisa jamais les mots « hallal », « musulman » ou « arabe », juste Mahoudi Distribution, qui devint vite MD dans le milieu, la compagnie de Kamel avec ses camionnettes. Il disait en rigolant que comme ça il pouvait même travailler avec les juifs et les Chinois, bref, avec tous ceux prêts à payer pour ses services.

Il eut deux enfants, Malik et Nacéra. L'un fit des études de commerce et rejoignit la société familiale. L'autre, la fille, fit des études de droit et monta son cabinet, mis au service de MD Distribution.

Malik, le fils aussi travailleur que le père, entra dans une existence faite de journées sans fin, de dimanches sans repos, de travail sans pause. Comme son père, il était toujours à l'écoute des besoins, toujours disponible, toujours gentil et serviable – ah si tous les Arabes étaient comme eux, n'est-ce pas, ce serait tellement simple ! Travailleurs, mais qui savent rester à leur place.

Malik et son père aidaient des commerçants maghrébins à s'installer. Ils faisaient des prêts à très faibles taux, ils accordaient des délais de paiement, ils facilitaient ou favorisaient certaines livraisons. Ils ne demandaient pas grand-chose en retour. Tu rendras l'argent, y a pas de souci, pas d'inquiétude, disait son père et puis, allez, ajoutait Malik en riant, on sait où ta femme fait ses courses et où tes filles vont à l'école, avec un gros éclat de rire et une tape sur l'épaule et l'autre riait aussi, mais un peu moins, en baissant la tête. Oui, ils étaient gentils, Kamel et son fils, sûr, il rendrait l'argent et les services et alors tout le monde riait et se tapait sur l'épaule et les affaires continuaient.

Bien entendu, de temps en temps, Malik ou son père demandaient un service, presque rien, mon ami, s'il te plaît, j'ai un livreur qui va laisser un colis chez toi, tu le gardes un jour ou deux, tu fais bien attention. Après, un autre livreur viendra le chercher, peut-être un peu tard, je te téléphonerai. Merci, tu es un ami, un vrai, allez viens prendre le café. Parfois, la demande était un peu différente, tu peux s'il te plaît héberger pendant un jour ou deux, allez, maximum la semaine, un ami de passage, mais attention, il faut qu'il travaille et il ne doit pas manquer de respect à ta famille, malheur sur lui, merci, tu me diras de quoi tu as besoin, tu verras, il est poli, pas de problème, oui, je veux bien un café et ta mère le fait tellement bien et les enfants, tout va bien à l'école, ils travaillent comme il faut.

Et le café était bon et les enfants polis et bien élevés et personne ne manquait de respect à personne et les colis étaient livrés et les visiteurs hébergés, moyennant quelques heures de menus travaux et avec le respect à la famille, juré.

L'entreprise était prospère et la famille Mahoudi très appréciée dans le quartier, vraiment, des gens honnêtes, polis, généreux et toujours prêts à aider. Tout autour de Paris, on savait que l'on pouvait compter sur Malik et sur son père. Ils rendaient service, ils aidaient, ils facilitaient, ils écoutaient. Parfois le père de Malik donnait quelques conseils en présence de l'imam et de parents pour calmer les colères, les disputes, les jalousies. Il intervenait auprès des policiers, je vous assure, un gentil garçon, juste un peu turbulent, je vais le prendre dans mon entreprise, il va travailler dur, ça va le calmer, merci monsieur l'agent, oui, passez au magasin, demain il y aura des gâteaux comme vous aimez, ça me fait plaisir.

Maintenant Kamel est devenu vieux et se sent de moins en moins disponible. Il est temps pour lui de passer la main. Il sait que cette intervention sera la dernière.

Vers 20 heures, ils se garent non loin de l'université de Saint-Denis. Malik trouve le quartier plutôt tranquille, mais son père lui fait remarquer qu'il y a beaucoup d'étrangers qui se tiennent mal, qui ne sont pas propres. Il lance sa phrase habituelle : « C'est pas bon pour le commerce, c'est pas bon pour nous ça ! » Ils se dirigent vers le lieu de rendez-vous et sont accueillis dans une maison discrète, dans une rue calme. Ils y retrouvent l'imam de la mosquée locale, deux gérants de magasins qui doivent beaucoup à la famille de Malik comme beaucoup d'autres commerçants de la région, le responsable du dépôt de Saint-Denis et le livreur Mohamed, qui se fait appeler Johnny. On boit le café, on mange des gâteaux sucrés, on parle de choses et d'autres, on prend des nouvelles des familles, du pays, de la santé, inch'Allah, tout va bien.

Les femmes se retirent. La maison est calme, le quartier est tranquille, la soirée est paisible. Alors l'imam dit une prière pour que tout le monde s'entende, que la paix règne parmi les musulmans, que la raison permette de trouver une solution. Il embrasse tout le monde et part vers d'autres missions pacificatrices.

Le responsable du dépôt explique alors les problèmes avec Mohamed: les retards à répétition, les erreurs de livraisons aux clients et les visites répétées de Comoriens qui rôdent autour du dépôt et qui demandent après Johnny, le livreur habillé en cow-boy, qui a toujours des lunettes noires. Kamel écoute, Malik écoute, les propriétaires de magasins écoutent, Johnny baisse la tête en silence. Sur une injonction de Kamel, il a enlevé ses lunettes noires. Les deux commerçants confirment les problèmes : oui c'est vrai, Johnny est souvent en retard, il conduit très vite, il a manqué de respect à des policiers du quartier, et il y a des Comoriens qui viennent dans le coin, pas polis, mal habillés, souvent agressifs. Tous écoutent, même Johnny qui baisse la tête en triturant ses lunettes.

Enfin, Kamel, père de Malik, fondateur de MD Distribution, connu dans toute la région parisienne pour son art de la conciliation, prend la parole.

« Je suis triste. Je connais ton père, Mohamed. Pourquoi tu veux qu'on t'appelle Johnny ? C'est quoi ce nom ? Tu crois que tu es un Américain ? Tu veux faire la vedette de films ? Ton père est un homme bien et ta mère aussi qui fait des ménages à l'université, qui va à 5 heures du matin nettoyer les saletés des étudiants. Et tes frères et sœurs, qui travaillent bien, même que le petit est bon au ballon, remarqué par le club voisin, peut-être un jour un champion, inch'Allah. Alors, c'est quoi l'histoire ? Tu cherches quoi ? Tu veux jouer aux cow-boys et aux Indiens ? Mais il n'y en a pas ici. Ici on travaille. Bon, tu vas nous donner les noms de tes amis comoriens, tu vas nous donner leurs adresses, tu vas nous dire ce qu'ils font et pour qui. On va aller leur parler, arranger les affaires. Et puis après, tu vas faire tes valises, tu vas aller au bled pendant quelque temps pour te faire oublier. Et nous, on va passer sur cette affaire et tes parents vont continuer leur commerce sans problème, ce sont des gens bien. »

Johnny garde la tête baissée, fait tourner ses lunettes.

« J'ai pas envie de retourner au bled. Je suis bien ici. Le bled, c'est pourri, y a rien. On se fait chier. Y a pas de filles. Ici c'est bien. »

Les commerçants et le responsable du dépôt le regardent avec une surprise craintive, baissent la tête en silence. Malik regarde son père. Kamel regarde Johnny.

« Je recommence, mon garçon, écoute-moi bien. Demain, tu fais tes valises, tu vas au bled, un an pas plus. Après, si tout va bien, je viendrai te chercher et il y aura du travail pour toi. Mais d'abord tu vas au bled. Tu vois, tes parents nous doivent un peu d'argent, pas beaucoup, mais un peu quand même. Et puis on les aide pour les études de tes sœurs, c'est important ça. Alors tu vas rentrer au bled. Nous, on va continuer à les aider. Mais avant tu vas nous parler de tes amis comoriens. Qui ils sont, ce qu'ils font, qui les dirige. Et après tu partiras au bled. »

Les commerçants et le responsable du dépôt se redressent un peu, comme soulagés. Malik regarde Johnny qui fixe ses lunettes.

« Les Comoriens, c'est juste des gens comme ça, des copains. Y a rien au bled. C'est pourri. Je ferai ce que vous voulez, mais je veux pas aller au bled. »

Les commerçants et le responsable du dépôt hochent la tête avec un air de regret triste puis fixent le tapis.

Alors le père de Malik se met à parler en kabyle, lentement, doucement, d'une voix presque inaudible, penché vers Johnny, presque à son oreille. Il lui met la main sur l'épaule et il lui parle en kabyle à voix très basse, très gentiment, comme un père consolant son enfant, en lui tapotant l'épaule. Il lui dit des choses que les autres ne peuvent pas entendre. Les commerçants et le responsable du dépôt fixent le tapis. Malik observe son père. Johnny baisse la tête.

Après une ou deux minutes, Kamel se redresse, tapote la tête de Johnny.

« Tu es un gentil garçon, tu vas faire ce que je te demande, tout va bien, il n'y a plus de problème. »

Les commerçants et le responsable du dépôt se redressent, soulagés, heureux du dénouement. Malik regarde Johnny qui fixe toujours ses lunettes.

« Pas au bled, tout ce que vous voulez, mais pas au bled. »

Le silence devient soudainement presque palpable, poisseux. Les commerçants et le responsable du dépôt se regardent, puis regardent Malik et Kamel. Ce dernier fixe Johnny. Il n'y a plus de tristesse dans son regard, juste une sorte de lassitude, à la limite de l'exaspération. Sa voix est devenue très froide, son sourire a disparu. Il pose à nouveau sa main sur l'épaule de Johnny.

« J'aime bien ta famille, tu sais. Peut-être tu iras au bled quand même. Allez, on s'en va. Inch'Allah. »

Les femmes réapparaissent pour ranger et nettoyer. Tous quittent la maison tranquille, dans la rue calme du quartier paisible. On se sépare en silence sur le trottoir. Malik et son père reprennent la voiture. Après quelques minutes, Malik se gare à proximité d'une station de RER. Lui et son père descendent, font quelques pas le long de la voie, puis Kamel parle à son fils en kabyle, à voix basse, sans bouger, en regardant devant lui les lumières de la grande ville où il a tellement travaillé pour monter son commerce, son entreprise, ses affaires.

4

Sammy entre presque en courant dans le bureau de l'agence PhotoPro. La réceptionniste-standardiste lui fait un petit signe de la tête et lui indique d'un geste de la main qu'il est attendu. Sammy est agacé par ce début de journée. Il a dû subir les aléas du RER B, comme presque tous les jours, puis il a été retardé par un couple de touristes obèses qui n'étaient pas à la jauge du trottoir et qui, en plus, tiraient des bords nonchalamment en regardant les vitrines.

Il monte au premier étage et frappe à la porte du bureau de Charlotte Salmon, la codirectrice de l'agence. Il sait que l'entretien va être difficile. Les affaires marchent mal, il ne parvient pas à placer ses photos. Il manque d'inspiration. Il a besoin d'une rentrée financière d'urgence, mais le ton sur lequel Charlotte lui a demandé de venir la voir ne laissait rien présager de bon.

Charlotte le regarde entrer dans son bureau, s'asseoir, se dépatouiller de ses sacs et de sa veste en toile qu'il voudrait celle d'un aventurier photographe mais qui, pour le moment, lui donne l'air d'un nécessiteux, ce qu'il est en fait.

« Bon, comment ça va, mon grand ? »

Elle n'attend pas sa réponse qu'elle connaît d'avance et poursuit.

« Pour ton travail sur les parlementaires français, le type du Sénat est content. Moi, pas vraiment. C'est pas terrible en vérité, comme tout ce que tu fais : c'est propre, mais voilà, c'est ça, c'est juste propre. Y a pas de mordant, y a pas de piquant, il manque quelque chose, putain ! »

Outre la brutalité de ses propos, Charlotte a deux manies qui lui viennent de ses origines toulousaines : la première consiste à finir la plupart de ses phrases par « putain » et la seconde à décliner le mot « con » sous toutes les formes possibles et imaginables, et il y en a beaucoup.

« Bon, ton projet sur les Roms autour de Paris, ça n'intéresse personne, mon vieux. Le social, ça ne marche plus. Peut-être encore une fois par an à Perpignan seulement, mais même là les gens saturent. Putain. »

Sammy baisse la tête, regarde ses souliers en détresse de cirage et de semelles, relève les yeux vers Charlotte.

« Tu sais combien de temps j'ai travaillé là-dessus ? Tu sais combien de fois j'ai failli me faire tabasser pour avoir ces photos ? C'est un vrai travail de fond. Et j'ai écrit un texte qui tient la route.

— Mais on s'en fout des Roms, mon vieux. Le con de base s'en tamponne des Roms et de leurs gamines qui emmerdent tout le monde, qui salopent les pare-brise aux carrefours avec leurs bouteilles de détergent, ou des gamins qui fouillent dans les sacs dans le métro, ou des merdeuses qui bourrent des bébés de médicaments pour qu'ils dorment pendant qu'elles mendient. Le social, ça ne fait pas vendre. Tu sais ce qui fait vendre, je vais te dire et ça me désole, putain, mais c'est comme ça : une princesse glamour dont le ventre s'arrondit, c'est mieux que des merdeux qui vivent dans la crasse de l'autre côté du périphérique. Le coup de boule de Zizou sur un méchant con de footeux italien, c'est mieux que des compressions de Haïtiens sous des parpaings au soleil des Caraïbes. C'est pathétique, mais c'est comme ça ! Putain. »

Sammy se demande s'il ne va pas quitter ce bureau immédiatement. Ce discours lui donne la nausée, même si au fond il sait qu'elle a raison. Que peut-il faire ? Cette agence est sa seule chance de réussite. Attendre, faire le dos rond. Il connaît Charlotte, elle ne va pas le virer comme ça, d'abord le sermon.

« Tu sais, tu ne m'as pas encore fait perdre d'argent, mais tu ne m'en as pas fait gagner non plus. Bon, on est presque quittes, putain. Il faut que tu me sortes un truc qui pète, qui décoiffe, qui secoue. T'as intérêt à trouver quelque chose de solide à me vendre, vite, parce que là, tu vois, je suis en phase de pré-dégagement. Putain. Bouge-toi. Ou alors fais du people et apporte-moi un truc bien crade que je vendrai en cachette à ces cons de fouille-merde des magazines. Bon, t'as quoi en vue ? »

Sammy relève la tête. Tout est dit. Il est arrivé dans le monde de la photographie professionnelle avec le numérique, comme beaucoup d'autres de sa génération et, comme eux, il s'est fait piéger par ces technologies qui aujourd'hui permettent à pratiquement tout le monde de s'autoproclamer photographe à grands coups de pixels, de gigaoctets et de sessions Photoshop. Dès lors, comment faire la différence ? Il a essayé la photographie sociale et anthropologique. Il s'était lancé dans un projet consistant à photographier toutes les vendeuses des boutiques qui fument devant leurs vitrines maintenant qu'elles n'ont plus le droit de le faire à l'intérieur. Ce travail n'avait pas donné grand-chose, il s'était souvent fait rabrouer, voire insulter et menacer. Il en était juste arrivé à la conclusion qu'il serait sans doute utile de dire à la majorité d'entre elles qu'elles n'ont plus l'âge de porter les vêtements qu'elles vendent. Une idée, il lui faut une idée, n'importe laquelle. Brusquement, sans qu'il réalise vraiment pourquoi, des mots sortent de sa bouche et il a l'étrange impression que quelqu'un parle à sa place :

« J'envisage de faire un reportage sur les mafias des pays de l'Est autour de Paris, les Russes et les autres. Un truc un peu difficile, mais excitant. »

Il s'arrête et se demande pourquoi il a dit ça. Qu'est-ce qu'il lui a pris ?

Charlotte pose les deux mains sur son bureau et plante son regard dans le sien. Son sourire erre entre l'incrédulité et la commisération.

« T'es sérieux ? Les mafias de l'Est ? T'es con ou tu fais tes dents ? Putain. Tu sais où tu vas, là ? Tu sais à qui t'as affaire ? Ce sont des méchants, des pitbulls, des massacreurs. On ne plaisante pas avec ces gens-là parce que eux ils ne plaisantent avec personne. Et tu comptes t'y prendre comment ? »

Sammy réalise qu'il ne peut plus faire marche arrière. Il doit foncer, faire le forcing, bluffer en attendant de trouver une inspiration ou une voie de sortie.

« J'ai un ou deux contacts avec des Roms qui ont eu affaire à eux. Et puis dans une boîte de nuit aussi. Je prépare le terrain pour le moment. C'est difficile, il faut que je fasse attention.

— Attention ? Attention ? Mais non, mon bicounet. Il faut que tu fasses ton testament, que tu effaces de tes fichiers le nom de mon agence, que tu t'arranges pour éviter que l'on me livre ta charmante personne en plusieurs morceaux dans des petits cercueils en plastique blanc. C'est pas du terrain miné, là, c'est pas le Viêtnam, c'est même pas la Syrie ou l'Irak et pourtant c'est le bordel là-bas. Non, c'est la jungle, mais une jungle à faire peur à Tarzan, à faire fuir les léopards et les chasseurs de tête. Ces types-là ne connaissent aucune règle. Tu es certain de ton coup ? Putain, tu me fais peur. »

Sammy s'enfonce un peu plus, sachant que le fait de dire à voix haute son intention équivaut à une déclaration de non-retour pour lui-même, qui l'oblige à continuer, à s'aventurer sur des terrains pour lesquels il n'existe pas de cartes, pas de codes, pas de repères, pas de secours possible.

« J'espère pouvoir te montrer de premiers éléments d'ici quelques semaines. Je pose mes premiers jalons. »

Charlotte semble dubitative, indécise. Elle n'arrive pas à trouver ses mots, ce qui pour elle est inhabituel. Ce gamin n'a pas l'envergure pour ce type de projet, il n'est pas de ce calibre. Un de ses vieux photographes qui avait vaguement tenté un reportage sur la prostitution des filles de l'Est avait rapidement abandonné – trop dangereux. Alors, que peut-elle dire à Sammy ? Elle ne veut plus le garder dans son agence, il n'a pas la pointure, il ne sera jamais un grand photographe, il n'a pas le regard qui fait la différence. Elle en a vu beaucoup d'autres comme lui, qui viennent montrer des portfolios sans intérêt, du travail propre mais sans folie, sans génie, sans cette petite étincelle qui fait la bonne photo, celle sur laquelle il se passe quelque chose, cette sensation indéfinissable.

Elle avait accepté Sammy parce que son associé, vaguement parent avec une connaissance de Sammy dont la famille fréquentait la même synagogue, lui avait demandé de lui donner une chance. Mais depuis, elle attend désespérément qu'il vienne avec quelque chose de notable, d'étonnant.

« Bon, on se donne un mois. Tu reviens dans un mois avec quelque chose de solide. Mais ne prends pas trop de risques. Fais gaffe où tu mets les pieds. On ne rigole pas avec ces sales cons, tu peux y laisser ta peau. Ne joue pas les héros. J'espère que tu sais ce que tu fais, putain. Et je ne peux pas t'avancer d'argent, tu as été payé pour le boulot du Sénat. Pour l'instant, je ne sais rien de ce projet, tu es seul, faut que t'assumes. Allez, casse-toi, putain. »

Sammy se lève sans un mot, ramasse ses affaires, fait un signe de tête à Charlotte avec un sourire pour la remercier et quitte la pièce. Il descend les marches en réfléchissant, conscient qu'il vient d'annoncer quelque chose qu'il n'est pas certain de pouvoir maîtriser. La réceptionniste le regarde passer et lui fait un petit signe de la main. Elle l'aime bien, ce jeunot, même s'il ne jouit pas d'une grande réputation dans la maison.

Sammy se retrouve sur le trottoir, regarde le ciel, fait une grimace en voyant les nuages et se décide à aller boire un café. Cette garce de Charlotte ne lui a même pas offert un jus, ou un verre d'eau. C'est sa manière de mettre la pression, de le déstabiliser. Par où commencer ? D'abord, il doit trouver un peu d'argent. Il s'est ruiné pour acheter son nouvel appareil et il a besoin de fonds. Oncle Maurice serait sans doute prêt à l'écouter, avec de bons arguments. Mais par où commencer ? Reprendre contact avec un ou deux Roms et Gitans qu'il a rencontrés. Puis trouver où les Russes sont installés et agissent. On lui a parlé de la gare routière de Bagnolet où arrivent tous les bus de l'Est de l'Europe, et d'une boîte de nuit où l'on trouve des filles de l'Est. Il pourrait commencer par là.

Charlotte demande à la réceptionniste de lui monter un café, puis elle examine les photos prises par Sammy lors de la réception d'une mission économique étrangère au Sénat dirigée par Callerai, cet arriviste obsédé du cul. Du travail photographique propre mais sans imagination, comme un plat élaboré à partir d'une recette de cuisine : techniquement irréprochable, gastronomiquement banal.

Le monde de la photographie a changé fondamentalement, et elle en est consciente. L'arrivée du numérique et la surabondance d'images de toute sorte nuisent à la profession. Aujourd'hui, il faut être connecté. Balancer le maximum d'images dans un minimum de temps. C'est ainsi, elle doit se faire une raison. Ce n'est pas la première fois que Charlotte ressasse toutes ses idées. Bien entendu, les temps changent, il faut évoluer, vivre avec son époque, s'adapter pour survivre. Mais comme elle regrette le temps où les photographes étaient des gens cultivés, humanistes, sincères, souvent drôles, rarement vulgaires ! Tout va trop vite désormais. Il faut répondre dans la minute à des courriels, des messages téléphoniques, des SMS que l'on reçoit aux toilettes : même plus le loisir de pisser tranquille. Quel monde de cons.

Elle réfléchit au contrat qu'elle a obtenu avec le service communication du Sénat. Elle n'en est pas très fière, mais la ruse qu'elle a utilisée lui permet au moins de maintenir son agence à flots. Et puis elle n'était pas le commanditaire après tout, elle a juste tiré avantage de la situation. Quant aux autres photos que lui repasse le chauffeur, elle ne sait pas encore ce qu'elle va en faire… on verra bien.

Elle décide de descendre au bar du coin, chez Alphonse, pour boire un verre de vin blanc : 11 heures, c'est la bonne heure, et merde !

5

Aïcha al Makloum Bint Zaïd s'installe sur le siège arrière de la Mercedes et donne l'ordre au chauffeur de démarrer. Elle n'aura pas le temps d'aller faire du shopping avant d'entrer à la clinique. Ni l'aéroport d'affaires du Bourget, parfaitement insipide, ni le quartier n'invitent vraiment à la promenade. Elle a quitté Dubaï le matin même, profitant de l'avion privé de son père qui se rendait à Londres pour affaires.

Après des études littéraires et de sciences sociales à Beyrouth, Londres et Paris, elle s'est engagée dans des activités caritatives dans son pays, les Émirats arabes unis. Elle est active dans la promotion de l'éducation des jeunes filles, ce qui ne va pas sans difficultés compte tenu du passif culturel de son pays. Elle se considère chanceuse, dans ce contexte traditionnel et conservateur. Issu d'une des familles princières des Émirats, son père, homme progressiste et ouvert, a autorisé ses deux filles à faire des études. Aïcha a pu étudier à l'étranger où elle a découvert les plaisirs de l'existence occidentale, d'abord à Beyrouth, puis à Londres et Paris. Comme beaucoup des jeunes femmes riches du Golfe, elle n'a pas de problèmes financiers, mais elle vit entre deux cultures, deux modes de vie, deux univers. Elle maîtrise l'art de la transformation dans les toilettes d'avion ou d'aéroport, à l'intérieur des taxis. Elle peut se débarrasser de son abaya avec une dextérité déconcertante et devenir en quelques instants une charmante jeune femme moderne et sophistiquée, prête à croquer le monde et ses plaisirs.

Aïcha vient à Paris pour deux raisons, aussi urgentes l'une que l'autre. Depuis plusieurs années, elle fréquente des boîtes de nuit et des clubs privés de villes européennes. Elle y a fait des rencontres qui l'ont entraînée vers des licences que peu de femmes de sa condition peuvent se permettre. Aujourd'hui que se profile un mariage arrangé avec un riche héritier saoudien, elle est dans l'obligation de corriger un mauvais pas. Sur recommandation d'une amie qui a été confrontée à la même urgence, elle a pris rendez-vous à la clinique de Saint-Cloud tenue par le docteur Bellefond, sous le prétexte fallacieux de problèmes de peau. Bien entendu, le docteur sait exactement pourquoi il va recevoir cette jeune femme. Ce type d'intervention fait partie des modalités qu'il pratique avec une collègue gynécologue, pour les jeunes femmes ou filles fortunées des pays musulmans qui doivent rapidement et discrètement retrouver une virginité. Ce marché est en pleine croissance et extrêmement lucratif grâce à l'évolution des mœurs dans certains pays, même si cela concerne surtout des jeunes filles de familles très aisées. La clinique disposant d'une entrée discrète à l'arrière de la propriété, les patientes savent pouvoir disposer d'une totale impunité. La seconde raison est liée à sa sœur, atteinte d'une maladie des reins, qui a besoin en urgence d'une greffe. Par des contacts bien informés, Aïcha a eu des informations sur un réseau capable de fournir des organes, moyennant des fonds substantiels. Elle a appris que l'une des têtes de ce réseau n'est autre que l'associé de la clinique du docteur Bellefond. Elle va faire d'une pierre deux coups, l'argent n'étant pas un problème.

6

Alain Dormeuil s'est assis à une table d'angle qui donne sur une fenêtre. Il peut en même temps contrôler la salle, surveiller la rue et voir qui arrive dans le bistrot. Il attend Didier, un ancien du service médico-légal, qui lui a donné rendez-vous ici, au nord de Paris, dans cette zone glauque sans espoir. Le bistrot est d'une médiocrité banlieusarde à la propreté douteuse. Le mobilier date des années soixante, en formica et zinc, marqué par une nostalgie affadie de jours meilleurs. Les quelques clients semblent être des habitués. Ils discutent avec les patrons et la serveuse, tripatouillent leurs téléphones portables, regardent dehors ou dans le vide, lisent un journal pas forcément du jour. Un écran muet montre des images de sport dans le désintérêt général. Supposée assurer une hypothétique ambiance, une musique sans personnalité dégouline du plafond, trop forte pour être ignorée, pas assez pour empêcher les discussions.

Alain commande un demi, sort son carnet Moleskine et un stylo pour consulter ses notes et les mettre à jour. Personne ne semble vraiment faire attention à lui dans le café, mais tous ont identifié l'intrus. Il n'est pas sur son territoire, et l'heure est à l'observation méfiante. Un homme d'une jeune trentaine, vêtu d'un blouson de cuir aux poches gonflées, d'une paire de jeans un peu douteux et de bottes à bouts ferrés entre, s'assied au comptoir, commande une bière. Ses cheveux sont un peu trop bouclés et un peu trop longs sur la nuque. Il parle à voix basse à la serveuse ; elle regarde dans la direction d'Alain, hausse les épaules et fait une moue d'ignorance. Il boit sa bière rapidement et quitte le bar sans regarder Alain.

Certaines cohabitations entre espèces sont indésirables, même à l'heure où les grands fauves font la paix et se retrouvent au marigot.

Didier entre dans le bar et vient s'asseoir en face d'Alain, sans un regard pour les consommateurs présents. Il commande un demi, des cacahuètes, n'importe quoi à grignoter, il a faim. Il porte une veste en toile passée de couleur et de mode, un pantalon orphelin de pressing depuis longtemps. Ses cheveux mal coupés ne sont pas vraiment propres, et une méchante barbe sans charme de quelques jours assombrit son visage. Il n'est pas grand, plutôt mince et même proche de la maigreur. Il émane de lui une impression de tension et de nervosité intérieures aiguës, au bord de la collision avec le reste du monde. Il parle par rafales, les mots semblent s'entrechoquer, se bousculer pour sortir, même dans le désordre.

« C'est bien que tu sois venu. J'ai une histoire pas nette, qui pue, comme tu les aimes. »

Il regarde autour d'eux, dans le bar, dans la rue, sans vraiment relever la tête ou le buste. Il est appuyé sur ses avant-bras et semble vouloir juste parler à la table. On sent pourtant qu'il a été autre chose, un type bien, propre, tenu ; mais c'était avant, bien avant que son altruisme le conduise aux portes de l'enfer et le fasse sombrer dans le précipice des illusions perdues. Alain l'avait rencontré lorsqu'il était à la police scientifique, au service médico-légal. Ils avaient noué une sorte de complicité construite sur la constatation mutuelle de l'inutilité de leurs actions.

« Où t'as vu que j'aime les histoires qui puent ? »

Alain regarde par la fenêtre. Le jour glisse dans une autre lumière de fin d'hiver, moins tranchante dans ses découpes de la géométrie du quartier. Il observe Didier qui boit sa bière par petites gorgées quasi mécaniques, comme des lapées, et se jette sur les cacahuètes et sur du pop-corn d'une fraîcheur discutable. Tous ses gestes expriment une tension qui semble être son seul carburant. L'agressivité du ton avec lequel il s'est adressé à Alain en dit long sur son niveau de désespoir. Il tient le verre de bière à deux mains, tout en piochant par gestes saccadés dans l'assiette de cacahuètes. Alain se demande comment il fait pour ne pas tout renverser.

« T'es con de manger ça. Tous les mecs ont foutu leurs doigts dessus. Tu avales toutes les urines du quartier. C'est dégueulasse. »

Didier le fixe avec un sourire désabusé. Il y a quelque chose d'incertain dans son regard. Face à l'absence de réponse, Alain poursuit.

« Tu n'en as pas marre, Didier, de ces bourbiers ? Mais qu'est-ce que tu cherches ? Tu es passé par l'humanitaire, puis le médico-légal, et là tu repars dans l'humanitaire de banlieue, dans les bidonvilles et les camps de Gitans et de Roms. Tu t'imagines quoi ? Que les pauvres, réfugiés, illégaux et autres populations nomades sont gentils entre eux et avec les autres ? J'ai fait le tour de la question et j'ai de mauvaises nouvelles pour toi. Tu vas y laisser ta peau. Tu devrais faire attention. »

Didier lève la main pour une autre bière et des cacahuètes à l'urine de banlieue. Il fixe à nouveau Alain avec un mélange d'ironie et de tristesse. Sa main fait un geste dans l'air comme pour dire : « Si tu veux, t'as raison : j'ai visité les poubelles de l'humanité, presque toutes et ça pue, grave de chez grave. » Son visage semble incapable de sourire, condamné à la tristesse nourrie de désillusion. Il émane de lui un trop-plein de dégoût du monde, des hommes, de lui-même. Il est à saturation, proche de l'explosion, proche du décrochage. Tout ce que l'on garde en soi devient du poison, et il est visiblement proche de l'overdose.

« Et toi ? Qu'est-ce que tu fous dans la police, et chez les trafiquants d'êtres humains en plus ! Qu'est-ce que tu cherches là-dedans ? »

— Je ne cherche rien, je fais mon métier et je ne sais rien faire d'autre. C'est mon boulot, j'assume. Le reste, je m'en accommode et j'en discuterai avec qui de droit dans l'autre monde, s'il y en a un – ce qui reste à prouver au vu des enfers que l'on nous propose ici. D'ici là, j'ai suffisamment de fantômes dans tous les tiroirs et placards de mon appartement pour tenir jusqu'à la retraite, et même après. »

Alain ne veut pas aller plus loin ; surtout, ne pas convoquer ce soir cet enfant dont l'existence refusée avait été un soulagement transformé en une sorte de honte tenace qui s'agrippe à sa mémoire.

Il ne veut pas non plus faire remonter l'histoire de Marseille et tout ce qu'il y a vécu dans les réseaux qu'il avait infiltrés.

Didier est médecin. Au cours de son internat à l'hôpital Nord de Marseille, il avait fait la connaissance, aux urgences, d'un jeune infirmier auréolé du prestige de deux missions pour Médecins sans frontières. Il l'avait écouté raconter ses aventures et avait postulé pour se joindre à la grande illusion de la médecine humanitaire. Le rêve altruiste s'était transformé en une longue et douloureuse descente en enfer, et sur tous les barbelés du chemin, il avait été déguenillé de ses certitudes et de ses pensées utopiques. Sa nouvelle carrière dans l'humanitaire de banlieue, la plongée dans le quart monde périurbain, ne semblent pas lui réussir mieux que les précédentes. Il y a des mecs comme ça, qui loupent tout, par aveuglement idéologique, altruisme exacerbé, déni de réalité, plongés dans l'idée fallacieuse des vertus supérieures des masses opprimées.

Alain le regarde, ébauche un sourire sans joie puis hoche la tête. Que peut-il dire à cet homme qui n'est pas vraiment son ami ? Rien, en vérité. Il ne peut que le regarder sombrer dans le marécage des illusions perdues.

« Bon, vas-y. Vide ton sac. Raconte : c'est quoi, ton histoire de merde ? »

Didier boit un peu de bière, doucement, en regardant Alain par-dessus le verre. Le bar s'est vidé. L'heure des nouvelles, des repas sans imagination de HLM, des bobonnes qui râlent, de la télé-réalité pour tous. C'est l'heure de la bouillie audiovisuelle qui empêche de réfléchir. Il regarde dehors, observe un moment les loubards qui sont toujours là. Alain lui fait signe de continuer.

« Bon, c'est les Roms et aussi les Gitans d'un camp pas loin d'ici, du côté d'Aulnay-sous-Bois. Il y a des problèmes avec les gosses.

— Dis-moi quelque chose que je ne connais pas. Tous leurs mômes sont des problèmes. Font chier le monde, dans le métro, aux carrefours, sur le pont des Arts, partout. C'est quoi exactement ?

— Non, là c'est autre chose. Un truc bizarre. Un chef rom veut voir quelqu'un. Les gosses ont peur.

— Les gosses roms et gitans ont peur ? Peur de quoi ? Peur de qui ? Des autres Gitans, des Arabes, des Tchétchènes, des Kosovars, des dealers jamaïcains ? Tu te fous de ma gueule ou quoi ? Ces merdeux n'ont peur de rien. Ils sont capables de tout.

— Non, soupire Didier, là il se passe vraiment quelque chose. Ils ont peur mais ils ne veulent pas parler. Alors un chef de camp est venu me voir. Il manque des gosses.

— Et alors, avec la vie qu'ils mènent, ça t'étonne ? Tu imagines combien il en disparaît chaque jour ? Qui sait, peut-être qu'ils retournent chez eux, entrent dans d'autres clans, travaillent sur d'autres secteurs et même ont été tués par d'autres groupes à force de fouiller la merde partout.

— Des gosses ont été arrêtés, ou plus exactement enlevés, par des types, pas des flics, des types super bien organisés, pas Français. Les gamins ne sont pas certains. Peut-être Russes. Europe de l'Est certainement. Ils agissent très vite. Les gosses ont vraiment peur, et ça, ce n'est pas normal.

— Qu'est-ce qui n'est pas normal dans ce bordel, peux-tu m'expliquer ?

— On a retrouvé un corps. C'était une gamine, 14 ans, bonne santé, moitié scolarisée. Elle avait l'air intact, pas de coups, juste une longue cicatrice des deux côtés au bas du torse.

— Et… ?

— Et c'est pas tout. Elle n'avait pas l'air d'avoir souffert et ils s'y connaissent.

— Et… ?

— Il manquait des morceaux.

— Des morceaux ?

— Dedans, on lui avait pris des morceaux, dedans. »

7

L'incendie s'est déclaré vers minuit dans une mosquée du nord de Paris, fréquentée surtout par des Comoriens. Il y a eu quelques victimes, des corps difficilement identifiables. La police ne comprend pas ce que les victimes faisaient à cette heure tardive dans ce lieu de prière décati. On a trouvé des bouteilles d'alcool, une voiture volée brûlée juste à côté, avec des armes à l'intérieur. La presse relate l'accident, insiste sur la vétusté et la surfréquentation du lieu, mentionne la présence dans le quartier de militants du Front national et déplore la montée des extrémismes et du racisme en France. Quelques associations bien-pensantes et quelques politiciens en mal de popularité enfourchent la monture de la réprobation et se fendent de discours unificateurs et de déclarations électoralement et médiatiquement opportunes. Une collecte est organisée pour la reconstruction du lieu de prière et pour l'aide aux familles. La compagnie que dirige Malik et son père fait un don significatif. Puis l'imam du quartier, ami de Kamel et de Malik, rend visite aux responsables de la communauté comorienne pour leur proposer quelques arrangements.

8

Johnny roule un peu trop vite sur le périphérique au volant de sa camionnette. Il a mis la musique à fond. Il fume un joint en compagnie d'une jeune femme blond filasse aux dimensions prospères qui faisait du stop juste à la sortie des entrepôts de Saint-Denis. Johnny veut finir cette livraison puis trouver un endroit pour sauter cette pouffiasse. C'est trop cool, la France. Tu prends les meufs, deux bières, un joint et tu les niques.

Il va l'emmener dans le quartier des entrepôts en rentrant de la livraison. Il connaît des coins tranquilles. Cette nana le rend fou avec sa grosse poitrine, ses cuisses qui tiennent à peine dans la jupe.

La fille a accepté de l'accompagner pour la livraison et Johnny, qui cache ses yeux derrière une paire de lunettes Ray-Ban tombée du camion, se dit que la journée va être belle. La fille passe son temps à envoyer des messages.

Une fois la livraison terminée, Johnny conduit la camionnette derrière les entrepôts du Bourget, dans une impasse au fond de laquelle se trouve un petit hangar vide.

Il gare le véhicule, coupe le contact et se tourne vers la fille pour lui peloter les seins. Elle lui fait signe d'attendre un peu, pour envoyer un message urgent.

« Tu suces ? »

La fille le regarde par-dessus l'épaule avec un sourire gourmand.

« Faut voir, peut-être, si ça vaut la peine. »

Elle se penche pour lui défaire le pantalon pendant qu'il malaxe l'abondante poitrine. Johnny a l'impression qu'il va exploser, cette meuf le rend ouf.

La portière côté chauffeur s'ouvre et deux hommes tirent Johnny du camion sans qu'il ait le temps de dire un mot. La fille descend du camion et va prendre place dans la Peugeot qui attend un peu plus loin ; elle se dit que deux cents euros pour ça, c'est vraiment une bonne affaire, elle n'a même pas eu besoin d'ouvrir les cuisses.

En fin de journée, une patrouille de vigiles s'approche de la camionnette. À gauche, côté chauffeur, ils trouvent le corps de Johnny, égorgé. Un message est tagué sur la portière : « Mort à ceux qui niquent les putes chrétiennes. »

Trois jours plus tard, après des obsèques auxquelles assistent Malik et son père, le corps est rapatrié en Algérie pour y être enterré au bled, dans le village d'où la famille est originaire. Les frais sont payés par la compagnie de Malik. Ce dernier est chaleureusement remercié par la famille de Johnny.

9

Dimitri est en admiration devant une Ford Mustang décapotable de 1967 que son père a reçue le matin pour une révision moteur. Il brûle d'envie d'ouvrir le capot et de regarder la mécanique de ce véhicule mythique qui a tant fait rêver.

Soudain, une voix familière se fait entendre, venant de l'entrée du garage.

« Hé, l'ancien combattant, le héros de la guerre des Balkans ! Mon ami Dimitri, viens ici, crapule ! »

Malik s'avance vers lui les bras ouverts, un immense sourire sur le visage, une véritable émotion dans le regard.

« De ta race, voyou ! Pourquoi t'es pas venu à la maison voir mon père qui est malade ? Tu sais qu'il t'aime beaucoup. Dimanche tu viens, ma parole, maman va te faire le couscous à te péter le ventre. Je te jure ! »

Ils se donnent une mâle accolade, avec grandes claques dans le dos et ébouriffage de chevelures.

« Comment tu vas, putain d'Arabe kabyle de mes deux ! Tu grossis ou je rêve ? Tu es patron maintenant et tu fais que bouffer ? Et tes livreurs, toujours aussi barjo avec les camionnettes ? Tant mieux, ça fait tourner le garage ici. Dimanche, ouais, ça roule, je te montrerai quelque chose, tu vas mourir, je te promets, tu vas me détester. »

Ils continuent la discussion avec le père de Dimitri qui est sorti de son bureau. Les affaires marchent bien, les véhicules roulent, les chauffeurs sont tous un peu dingues, mais bon…

« Tu sais ce que c'est le problème avec les chauffeurs aujourd'hui ? demande Malik. Tu as ceux qui fument le hash, ils sont moitié dans les vaps en permanence et ils conduisent comme des malades. Ou alors t'as ceux qui sont tombés dans la religion et ils s'arrêtent pour prier sur le bord de la route, ces cons, et pendant le ramadan ils sont moitié endormis. Tu le crois, toi ? Des camés et des mystiques ! Où je vais moi, avec ça ? À qui je peux faire confiance pour certaines livraisons délicates, urgentes ? Il y a à faire, beaucoup, on est bien en place, ici, à Courbevoie, à Bagnolet, au Bourget. On tourne bien, on reçoit les produits, on envoie les produits, on assure. Et depuis qu'on travaille avec le Russe et ses équipes, des mecs du tonnerre, ça marche bien, tu le sais. Et toi ? Pourquoi tu prends pas le garage ? Ton père, il est fatigué, il veut prendre la retraite et toi tu veux pas faire le mécano, tu veux pas les mains sales, c'est pas bon pour draguer les meufs, c'est ça ? »

Dimitri sourit. Effectivement, il ne veut pas reprendre le garage. Il ne veut pas faire le mécano, même pour un bon client comme Malik et ses équipes. Il a ses activités de chauffeur du sénateur Jacques Callerai, rencontré lors de son séjour militaire dans les Balkans, et cela lui ouvre des horizons nouveaux. Il a du temps de libre, accès à des lieux autrefois inaccessibles, et parfois la compagnie de charmantes jeunes femmes que le pouvoir émoustille bien au-delà du raisonnable. De plus, il a conservé des contacts établis au Kosovo avec lesquels il s'est lancé dans un commerce de trafic d'armes, judicieusement et soigneusement élaboré, pour des clients triés sur le volet et que rassure sa position de chauffeur d'un parlementaire. La collaboration avec Malik pour le Russe apporte un peu plus de confort financier. Alors, pourquoi se faire chier avec une entreprise ?

« Oh, tu sais, les meufs… Moi je vais doucement, je suis un grand timide. Il me faut une amie douce et compréhensive. Tu me connais. »

Malik se fend d'un immense sourire complice, pendant que le père de Dimitri hoche la tête d'un air dubitatif et désabusé.

« Timide, timide, toi ? Tu te fous de ma gueule ! Je laisserai pas ma grand-mère seule dans une pièce avec toi. Sale bouc en rut, tu serais capable de la sauter. Tu es la terreur des dancings, des bars et des pensions de jeunes filles. Y a combien de pères et de frères qui te cherchent pour te les couper ? Hein ? Avec ta belle gueule et tes allures d'aventurier, tu fais peur à toutes les mères du 9-3 et de Paris réunis. Mais, dis-moi, comment tu fais ? Donne-moi ta recette, salaud ; toutes pour toi, c'est dégueulasse.

— T'es marié, Malik, tu vas pas te mettre à draguer ? C'est trop tard, mon vieux. T'es casé, tu tires quand tu veux, d'accord, mais tu tires toujours la même, eh ouais ! Tiens, j'en ai une bonne ! Un jour, j'ai entendu un copain à mon patron dire : "Choisir, c'est exclure." Toi, t'as choisi une belle meuf, t'as exclu toutes les autres, alors les autres, elles sont pour moi ! »

Le père de Dimitri entre dans la conversation.

« Bon, les merdeux, là, on se calme. Je ne suis pas encore à la retraite, c'est moi qui dirige ici. Allez Malik, viens, on va regarder les factures et il faut que je te parle d'un de tes chauffeurs. Je ne sais pas où il va, mais il y a des trucs bizarres dans son fourgon. Tu sais, y a peut-être un moyen de vérifier: tu peux placer des GPS mouchards sur les véhicules, on pourra en reparler. Dimitri, va ranger la Mustang, on prendra un café après. Dimanche je ne peux pas venir. La maman est un peu fatiguée. Dimitri viendra tout seul, vous pourrez vous raconter toutes les conneries de la terre. »

Avant de quitter le garage, Malik entraîne Dimitri un peu à l'écart pour lui parler.

« Dim, je vais encore avoir besoin de toi. Pour le Russe qui fait appel à nos services. Il nous est très utile pour des affaires en Europe de l'Est. Il est exigeant mais il paye très bien. En ce moment il faut conduire des jeunes filles à des soirées, des jeunes hommes aussi, des fois, dans des lieux discrets. Parfois il faut aller les chercher et ils ne sont pas toujours en bon état. Mais ça va pas poser de problèmes, je sais que tu fais ça déjà pour ton patron, le politicien. Le Russe est content des autres livraisons de la clinique de Saint-Cloud pour le Bourget. Mais il faut que tu sois très discret, il ne faut pas qu'on te repère. Tu es sûr de faire bien attention ?

« Quelle question, bien entendu que je fais attention ! Je dois tenir compte de mes obligations professionnelles également : je ne peux pas faire n'importe quoi n'importe quand.

— Ton petit commerce, je suppose ? »

Dimitri regarde Malik qui ne sourit pas. Juste une constatation, un fait, une évidence. Les affaires sont les affaires et il est important de savoir un maximum de choses sur la personne avec laquelle on collabore. Tout est affaire de confiance.

« Ouais, j'ai mon business. Il faut que je fasse gaffe, tu comprends ? Alors ne t'inquiète pas.

— Pas de problème, mon ami. On se connaît depuis longtemps. On est en confiance. Je vais rassurer le Russe. Je suis certain que tout ira bien. »

10

Dans la résidence attenante à la clinique, alors qu'Aïcha prend le thé dans le salon véranda, une femme dont le visage porte quelques pansements prend place dans le fauteuil voisin. Elles se saluent d'un signe de tête, discrète connivence de leur présence en cet endroit et des démarches qu'elle sous-tend. Après quelques minutes d'observation polie, Aïcha lui propose de partager une tasse de thé. Elles se lancent dans les présentations avec la réserve qu'imposent de telles circonstances.

« Isabelle Callerai, enchantée. J'habite Paris, mais je tenais à un peu de discrétion. Le docteur Bellefond vient de me retoucher les paupières et les lèvres. Je suis certaine que le résultat sera superbe. Je sais ce qu'il est capable de faire. Je suis venue le voir une première fois il y a une dizaine d'années. J'ai souvent vu ses travaux et ses résultats dans des conférences. J'ai également prévu une intervention laser pour quelques rides. Je reste ici quelques jours. »

Aïcha lui tend une main aux doigts chargés de bagues.

« Aïcha al Makloum. Je viens de Dubaï. J'ai appris le français à Beyrouth et à Paris mais je parle très mal, excusez-moi.

— Mais non, pas du tout, votre français est excellent. Je suis déjà allée à Dubaï plusieurs fois pour des congrès. Je dois dire que ce n'est pas ma destination favorite pour le travail, mais quel plaisir pour le shopping ! »

Aïcha lui sourit d'un air entendu. Pour sa part, elle vient en Europe pour le shopping, et pour d'autres activités moins avouables, qu'une Occidentale a peu de chance de trouver dans le golfe arabo-persique.

« Vous parlez beaucoup de congrès. Que faites-vous exactement ?

— Je suis interprète de conférence. J'ai beaucoup réduit mes activités. Je suis mariée à un homme politique et nos activités sont devenues difficilement compatibles, mais je souhaite conserver ma liberté financière. Je ne me suis pas entièrement soumise, d'une certaine manière. Je continue à faire quelques missions pour le ministère des Affaires étrangères car je parle chinois et japonais, en plus de l'anglais et de l'italien. C'est d'ailleurs au cours d'une de ces missions que j'ai rencontré mon mari, en Chine. Et je reste active pour ne pas perdre pied par rapport à ma fille qui commence sa carrière d'hôtesse de l'air. »

Aïcha se met à réfléchir à ces femmes occidentales qui considèrent comme normal de mener à bien leurs carrières, de gagner leur argent, d'être libres et de vivre comme bon leur semble. Quelle différence avec l'existence des femmes du monde musulman qui, dans certains pays, aimeraient simplement pouvoir conduire une voiture ou sortir dans la rue sans être accompagnées par une douairière ou un gardien ! Sans parler du fait que ces femmes choisissent elles-mêmes les hommes qu'elles souhaitent épouser, sans avoir à en référer à leurs parents. Elle mesure ici le gouffre séparant ces deux mondes.

« Vous n'avez qu'une fille ? Pas de garçon ? Quel dommage. Ainsi, elle sait ce qu'elle veut faire. Mais hôtesse de l'air, n'est-ce pas un peu contraignant ? »

Isabelle se rappelle ses débuts, les horaires interminables, les missions qu'elle enchaînait, les voyages et les mauvaises nuits dans des chambres d'hôtel qui changeaient tous les deux jours. Mais elle recommencerait avec la même passion, elle le sait et se réjouit des ambitions de sa fille.

« Oui, une seule fille, qui en fait n'était pas vraiment prévue, mais bon… Elle est heureuse dans ce qu'elle fait et je lui apporte mon soutien total. Son père est plus distant, mais je pense que lui aussi est fier de sa fille. Et vous, mademoiselle, avez-vous une activité professionnelle ?

— Aïcha, appelez-moi Aïcha, je vous en prie. J'ai des activités mais je ne sais pas si je peux les qualifier de professionnelles.

Je m'occupe de la promotion et de l'éducation des jeunes filles dans les Émirats. Je veux les aider à être instruites, autonomes dans leur existence et, qui sait, peut-être un jour, émancipées. On peut toujours rêver, n'est-ce pas ? Il y a beaucoup à faire : les mentalités changent lentement. Mais je veux être optimiste. Les femmes représentent un tel potentiel pour nos pays. Si seulement nos religieux pouvaient comprendre cela. »

Comme beaucoup de femmes arabes des classes supérieures qui ont étudié en Occident, Aïcha parle avec un léger roulement des *r* et des envolées sonores qui ajoutent une musicalité inattendue à ses propos. Isabelle trouve cette jeune femme très belle, orientale en diable, avec des cheveux très noirs, le teint mat doré et des yeux clairs sublimes. Isabelle imagine le trouble qu'elle doit susciter partout où elle arrive.

Elle décide de poursuivre la conversation et, à sa propre surprise, s'engage vers une dimension plus personnelle. Bizarrement, elle se sent en totale confiance. Elle ose alors franchir la barrière de la réserve.

« Puis-je vous demander pourquoi vous êtes ici ? Si vous souhaitez en parler, bien entendu, je ne souhaite pas être indélicate. Mais peut-être pourrez-vous me donner des recettes de beauté : entre femmes, nous nous devons une certaine solidarité devant l'âge et ses attaques. »

Aïcha la regarde avec un mélange d'envie, de curiosité, d'incertitude. Cette femme lui est sympathique. Elle est simple, ouverte, franche et semble capable de véritablement écouter, ce qui est une qualité rare, surtout chez les femmes du monde. Par cette étrange et totalement imprévisible alchimie des compatibilités immédiates, elle se sent en confiance, portée par le sentiment d'être en présence d'une personne qu'elle connaît depuis longtemps et avec laquelle elle reprend une discussion interrompue quelques jours, semaines ou mois auparavant. De plus, sa présence ici indique des moyens qui ne font pas d'elle une éventuelle quémandeuse comme elle en rencontre trop souvent, de ces fausses riches qui à défaut d'être nouvelles dans le confort financier, sont surtout à la recherche d'une manne obtenue par le truchement d'une prétendue amitié. Et son mari fait partie du monde politique, cela peut être intéressant. Toutefois, avant de poursuivre, Aïcha ne peut s'empêcher de baisser les yeux et de sourire.

« Pour tout vous dire, c'est un peu embarrassant. En fait, voyez-vous, je suis ici pour des raisons que certains pourraient considérer immorales, surtout dans mon pays et dans ma religion. Il ne s'agit pas d'esthétique, plutôt de… réparation, d'une certaine manière. »

Il faut quelques secondes à Isabelle pour comprendre. Elle n'ose pas pousser plus loin la conversation. Elle regarde Aïcha en souriant, entre gêne et sympathie.

« Je ne suis pas certaine de comprendre. Encore une fois, je ne souhaite pas être indiscrète ou indélicate. Vous voulez dire que… ?

— Oui, il faut que je vous explique. Je vais devoir me marier dans quelques mois, sans doute l'année prochaine. Et dans ma culture, dans mon pays, il est indispensable d'être, comment dire, intacte, neuve, vierge. Mais j'ai un peu vécu, dirons-nous, et donc, je suis venue me faire … réparer, en quelque sorte. »

Isabelle sourit, touchée à la fois par la confiance exprimée par cette confidence et par la naissance de cette complicité qui peut survenir si rapidement entre femmes sur les questions intimes, surtout lorsqu'elles sont du même monde, qu'elles nourrissent les mêmes espoirs pour perdre ensuite les mêmes illusions.

« Moi aussi, je suis venue me faire réparer, vous savez. L'âge s'en prend à moi. Je déteste l'idée de vieillir, même si je sais qu'il n'y a pas d'alternative et que vieillir est mieux que mourir jeune. Et ce n'est pas une compétition avec ma fille. Mais je n'y peux rien, je suis paniquée. J'ai 48 ans et je ne vois pas pourquoi je devrais accepter de devenir décatie, plissée, bouffie. Je veux rester séduisante, je veux plaire encore, je veux que les hommes me regardent, me désirent. Ce que mon mari fait de moins en moins. Vous avez de la chance, vous êtes jeune et belle : profitez-en, ça ne dure pas. »

Aïcha regarde cette femme charmante, certainement séduisante, élégante, et dont tous les gestes révèlent une évidente classe, non pas feinte mais authentique, fruit d'une excellente éducation.

À son tour, elle se prend à lui envier cette éducation occidentale sophistiquée des classes supérieures françaises, britanniques ou italiennes. Puis elle pense aux propos d'Isabelle : la peur de vieillir, la crainte de ne plus plaire, la douleur de ne plus attirer le regard des hommes, la hantise de la solitude amoureuse et sentimentale – ce que redoutent tant de femmes, même jeunes. Elle-même vit dans l'obsession du paraître et ne peut empêcher l'inquiétude que fait naître son prochain mariage. Pour peu que son futur époux soit conservateur, cette union risque fort de la contraindre à une forme de disparition sociale.

« Je donnerais beaucoup pour être comme vous à votre âge, et surtout pour avoir votre liberté. Je ne sais pas trop ce qui m'attend. Alors j'essaie de vivre pleinement tant que mon père et mon existence me le permettent. Et je fais tout pour que ma jeune sœur puisse vivre aussi, malgré sa maladie. »

Isabelle se tourne vers le jardin. Le soleil décline, la lumière est douce, traversant un ciel lavé par une pluie récente. *La lumière des impressionnistes,* pense-t-elle. Monet aimerait ce ciel. Elle revient vers Aïcha qui semble elle aussi songeuse.

« De quoi souffre-t-elle ? Est-ce grave ?

— Ma sœur est diabétique, comme beaucoup de gens dans mon pays. Sa situation s'aggrave et il lui faudra sans doute une greffe de reins. Je suis très inquiète.

— En avez-vous parlé avec le docteur Bellefond ? Il doit certainement connaître du monde dans le domaine hospitalier.

— Ce ne sont pas les médecins qui manquent, ce sont les donneurs. J'ai effectivement prévu de lui en parler demain, avant de quitter la clinique. »

Elles poursuivent leur conversation, échangent des confidences, effleurent quelques secrets, effeuillent quelques souvenirs, éraflent quelques amies. Les hommes ne sont pas épargnés et les commentaires à leur sujet sont une avalanche de moqueries, de bons mots, de plaisanteries souvent osées sur les idées que les hommes ont d'eux-mêmes, de leur image, de leur charme vrai ou supposé, de leurs performances et de l'idée qu'ils se font des femmes et de ce qu'elles attendent d'eux. Dans cet inventaire où rien n'est épargné à la gent masculine, elles trouvent même l'occasion de se désoler de l'augmentation du nombre d'homosexuels, pourtant si beaux, qui ne s'intéressent pas aux femmes, même à celles qui sont plus que disponibles. Elles conviennent de se retrouver le soir au dîner.

Le lendemain au cours de la matinée, Aïcha se rend à la réception et demande à rencontrer M. Annaniev, l'associé du docteur Bellefond, pour affaires.

Dans l'après-midi, alors qu'Aïcha se repose dans sa chambre, son téléphone sonne. Elle décroche et un homme avec un fort accent étranger s'adresse à elle.

« Madame, je suis Kyril Annaniev, je crois vous avez demandé à me rencontrer. Je suis disponible maintenant si vous le souhaitez. »

Quelques instants plus tard, on frappe deux coups discrets à sa porte. Aïcha ouvre. L'homme se présente et s'exprime brièvement.

« Je suis l'associé du docteur Bellefond. Je pense pouvoir être en mesure de vous aider. Est-il possible de se rencontrer en dehors de la clinique ? Je crois que vous sortez demain, n'est-ce pas ? Pouvons-nous nous voir à Paris à votre convenance ? »

Il lui laisse sa carte, prend congé avec un baisemain comme seuls les gens de l'Est savent le faire et quitte la pièce discrètement.

11

Kyril Annaniev décide de quitter la clinique et de préparer son entretien avec la riche Arabe. Voilà la cliente idéale pour ouvrir ses activités vers cette partie du monde où il y a de l'argent à faire, beaucoup d'argent. Mais il va falloir jouer serré encore une fois.

Il a plusieurs choses à régler, à commencer par ses relations avec la famille Mahoudi. Le père est pratiquement à la retraite mais c'est toujours lui qui tient les rênes. Le fils, plus facile à manipuler, n'a pas encore le contrôle total de l'entreprise. Leur coopération fonctionne bien, et le développement vers l'Europe de l'Est et vers le Sud avec les entrepôts au nord de Paris comme point de jonction se poursuit avec une croissance constante. Il doit tenir son équipe. Il sait qu'il y a des tensions entre Boris, l'ancien flic, et les autres, menés par Youri et ses équipiers. Il va devoir mettre de l'ordre avant que cet abruti de Youri ne fasse tout péter. Et puis il y a la clinique et son commerce lucratif. La devanture, c'est la chirurgie esthétique et la clientèle friquée de l'Est. L'arrière-boutique, c'est le trafic mis en place avec le toubib véreux, quelques voyous roms, et le spécialiste russe débauché sans trop de difficultés.

Il s'assied dans la voiture et demande à son chauffeur de le conduire chez lui. Il a besoin de calme. Il regarde le spectacle de Paris et de son apparente insouciance. À quoi pensent tout ces gens ? Lui qui a connu le monde communiste sait qu'ils n'ont aucune idée de ce que le mot « difficulté » veut dire. Il pense à ses parents et à la dernière fois qu'il a vu son père.

Ses parents étaient de modestes employés qui avaient survécu à la Grande Guerre. Son père, Anatoli Annaniev, était un des héros du siège de Leningrad, comme on appelait la ville à l'époque. Sa mère, Natalia, était originaire de Rustavi, petite ville de la République soviétique de Géorgie. Sa formation d'infirmière lui avait permis de se porter volontaire pour le front en 1941, au déclenchement de l'opération Barbarossa. Elle fut affectée, dans la région de Leningrad, aux hôpitaux de campagne qui recevaient les blessés dont l'état témoignait de la sauvagerie des combats contre les troupes nazies. Elle fit la connaissance de Boris Annaniev, officier sorti du rang, qui alignait autant de blessures que de décorations et qui semblait toujours impatient de repartir dans la fournaise. Ils survécurent au siège, aux combats, à la famine, aux bombardements, au froid. Ils se retrouvèrent à la fin de la guerre, après la chute de Berlin. Ils décidèrent alors que le plus simple était de continuer à survivre ensemble.

Kyril connaissait l'histoire de ses parents, leur héroïsme, les privations, la tragédie du grand-père abattu dans une clairière de Sibérie par les sbires de la Gépéou. Il ne voulait pas de ces existences misérables. Il ne voulait pas d'un appartement médiocre, des queues dans les magasins d'alimentation. Il voulait être riche, puissant, et il n'avait pas l'intention de devenir un héros, ou alors à sa manière.

À la fin de ses études, il avait quitté Moscou et n'était jamais retourné à Leningrad.

12

Quinze jours après l'entretien avec Didier, le commandant Alain Dormeuil se trouve près du périphérique, à Aubervilliers, à quelques dizaines de mètres du camp de Roms qui s'étire sur près d'un kilomètre de long, coincé entre les passerelles autoroutières, une zone industrielle et un chantier de construction de logements sociaux. Alain repense à la discussion avec Didier. Il ne peut empêcher ses propres souvenirs de revenir à la surface. Que faire avec ce fatras ?

Au début de sa carrière dans la PJ, Alain Dormeuil s'était retrouvé aux Stups. Par le hasard des activités, il avait fait la connaissance d'une juge d'application des peines, Sylvie, la trentaine, urbaine chic, sportive, une bonne professionnelle sans préjugés ni illusions. La première rencontre fut explosive, à la limite de la violence verbale, stérile dans la rigidité des points de vue inconciliables.

Un soir, après une journée particulièrement tendue au cours de laquelle ils s'étaient écharpés avec véhémence à propos du cas difficile d'un groupe de jeunes filles dealers à la brutalité raffinée, ils se retrouvèrent mentalement et psychologiquement épuisés, comme K.O. tous les deux, sans que puisse être déclaré un vainqueur ou un vaincu. À des fins d'apaisement, un collègue conciliant organisa un repas. Par une de ces étranges trêves qui peuvent intervenir au milieu des combats les plus impitoyables ou des animosités les plus virulentes, ils acceptèrent la proposition et convinrent de laisser leur travail et ses effets indésirables sur le trottoir, devant la porte du restaurant. Au cours de la soirée, grâce aux talents pacificateurs de leurs collègues, ils parlèrent beaucoup, mangèrent peu, burent plus que de raison. Progressivement, ils se surprirent à se trouver des points communs, osèrent converser sans chercher l'affrontement, réussirent à se sourire. Ils se réveillèrent dans le même lit, dans la lumière flottante d'un de ces matins gris bleu où l'on chuchote des mots doux espacés de caresses et de baisers, dès lors que l'on a compris que le combat n'est qu'une impasse. Ils entrèrent dans un autre monde et commencèrent une nouvelle vie. Toutefois, cette nouvelle paix impliquait l'impossibilité de travailler ensemble, seule possibilité d'éviter les déchirures. Ils firent de leur mieux pour s'accommoder de leurs regards différents sur les populations avec lesquelles ils devaient composer, ce qui ne se fit pas sans mal ni grincements.

Le restaurant de la réconciliation devint leur lieu de prédilection. Ils prirent leurs habitudes dans quelques commerces, et des cartes d'abonnement au cinéma du quartier. Ils se présentèrent à leurs familles respectives. Elle fut reçue avec respect et affection chez les parents d'Alain qui la remercièrent discrètement d'avoir calmé leur fils. Dans la famille de Sylvie, des cathos bas-bretons bon teint, portés sur la protection du faible et de l'opprimé, il fut traité avec réserve et circonspection, comme une sorte de Rambo des Stups au comportement rarement en accord avec les idéaux de générosité et de tolérance que tout bon chrétien se doit d'entretenir.

Ils firent quelques voyages et flânèrent dans des villes qui étaient autant d'ailleurs. Il s'amusa à repérer les voyous ou les pickpockets pendant qu'elle observait les amoureux et cherchait à identifier les couples adultères. Ils admirèrent les monuments et les sites. Elle fit semblant de ne pas le voir suivre des yeux les belles passantes. Il s'efforça d'ignorer les hommes qui lui adressaient des œillades appuyées.

Un soir, dans un de ces moments de paix qui s'étirent sans envie particulière entre des livres et de la musique, elle lui annonça une grande nouvelle. Elle était enceinte. Elle lui jura qu'elle n'avait pas fait exprès, qu'elle n'avait pas voulu le piéger. Il y eut ce silence, bref au point d'être quasi indétectable, construit autour de cette absence de bruit qui accompagne souvent la proximité du danger. Il dit qu'il était content, mais le son de sa voix portait un autre message, à peine audible dans les vibrations que lui-même semblait étouffer. Elle choisit de n'entendre que la musicalité des mots qu'elle souhaitait percevoir. Elle lui dit qu'elle l'aimait et qu'elle était heureuse. Il lui affirma que lui aussi. Elle accepta de le croire. Ils traversèrent alors une période paisible, faite d'attentes et de projets. Elle décida qu'elle changerait de poste, le sien étant trop stressant. Il demanderait une autre affectation, peut-être moins dangereuse. Elle prit du poids, devint moins mobile, plus maternelle, moins sauvage.

Quelques semaines plus tard, il faisait beau lorsqu'elle revint du deuxième examen médical prénatal. Elle ne souriait pas. Elle s'assit en face de lui, lui prit la main et se mit à pleurer. Elle lui dit qu'elle devait avorter. L'enfant risquait d'être anormal, une épreuve qu'elle ne voulait pas vivre en dépit de ses convictions. Le silence des dangers s'insinua à nouveau entre eux, comme un coin à l'œuvre dans la destruction de leur couple. Enfouie dans une profonde tristesse qui lui enlevait tout plaisir de vivre, elle pleurait, de simples larmes exemptes de sanglots. Elle allait devoir tuer cet enfant qui était déjà là, en elle, tellement présent. Il ne dit rien. Il lui caressait la main, lui séchait les larmes, mais ne parlait pas. Aucun mot ne vint car il ne pouvait lui avouer l'étouffante vérité. Il ne pouvait pas lui dire qu'il était soulagé et qu'il en avait honte. Mais il savait que tel était le prix de sa liberté retrouvée. Il n'y aura pas d'enfant, donc pas d'obligations, pas de demande de mutation, pas de changement pour un poste pépère. Il eut honte et s'en voulut, ou souhaitait s'en vouloir, de ne pas avoir de peine, de se sentir délivré de la responsabilité d'une vie qu'il n'avait pas souhaitée. Mais il n'y parvenait pas. Pendant quelques semaines, il avait été content, ou avait prétendu l'être, glissant sans résistance dans un mensonge qui ne disait pas son nom. Bizarrement, la seule chose qui maintenant lui posait problème était d'annoncer la nouvelle à ses parents.

Il venait de passer un deal avec la mort. Il y en aurait d'autres et il le savait. Depuis, il portait ce remords, enfoui quelque part dans ces méandres obscurs où chaque individu garde sa part de petitesse, de choses qu'il préférerait oublier, de souvenirs qui mettent mal à l'aise, de lâchetés jamais assumées, de paroles qu'il n'aurait jamais fallu prononcer, de gestes qu'il aurait fallu tenter.

Elle entra en clinique accompagnée par un ciel sale et une pluie acariâtre. Il était en Belgique pour une mission dont il n'avait pu se dégager et ne put l'accompagner. Lorsqu'il revint, elle était partie se reposer en Bretagne, dans sa famille, à la recherche d'un réconfort qu'Alain, empêtré dans le mensonge et le remords, ne pouvait lui offrir. Elle rentra quelques jours plus tard et le trouva vide, absent, lointain. Elle le regarda et prit conscience de ce qu'elle avait refusé d'entendre et de voir, réalisant qu'elle était elle-même partie prenante d'un mensonge qu'elle avait autorisé par confort et illusion, pour se rassurer. Elle lui dit qu'elle lui pardonnait, qu'elle comprenait, qu'elle avait fait une erreur en lui imposant cette grossesse, comme le font souvent les femmes, qu'il n'avait pas été lâche, qu'il avait simplement voulu éviter de lui faire de la peine. Elle lui cherchait toutes les excuses possibles pour le dédouaner, et se dédouaner, elle aussi. Puis elle l'embrassa sur le front, lui demanda de dormir sur le canapé et de quitter l'appartement avant la fin de la semaine. Humilié mais soulagé, il partit le lendemain matin, disant qu'il enverrait chercher ses bagages et ses affaires. Il prit une cuite monumentale qui le laissa sur le carreau pendant plusieurs jours. Elle demanda sa mutation à Nantes, quitta Paris et fit en sorte de ne plus jamais croiser cet homme qu'elle pensait avoir aimé.

Alain sombra alors dans une phase de colère contre lui-même, contre Sylvie, contre ce gamin qu'ils n'avaient jamais eu ; et dans sa colère haineuse il mit tous les autres, ses collègues, les petits branleurs arrogants des banlieues, les dealers en BMW, les junkies sans dignité qui ont sombré un enfer trop loin, les prostituées camées qui refusent de s'enfuir, les juges trop conciliants, les flics trop passifs, les parents qui laissent leurs merdeux de 13 ans traîner dans la rue. Il se nourrit de cette colère qui l'empêchait de penser à sa lâcheté, au soulagement qui avait suivi et qu'il traînait comme une mauvaise odeur. Dans une sorte de fuite en avant, il accepta toutes les missions les plus dangereuses, et lorsqu'on lui proposa de s'introduire dans un réseau de truands à Marseille, il ne se posa même pas de questions et accepta. Il allait travailler dans les égouts de la société, comme les éboueurs, les vidangeurs, les vide-merde. Il savait que la société aurait pour lui la même estime que pour ces professions et lui infligerait le même traitement qu'aux égoutiers.

Il fut envoyé près de Marseille, dans la prison de Luynes, sous la fausse identité d'un comptable véreux de province supposé avoir escroqué ses clients et le fisc, et qui n'avait pas eu le temps de fuir à l'étranger. Il y passa deux mois, fit en sorte de se faire copieusement tabasser par les gardiens et de moisir huit jours au mitard, ce qui lui permit d'acquérir une légitimé taularde de voyou « fiable ». À sa sortie, il fut admis dans une bande qui faisait des affaires avec le port, comme on dit dans le jargon local. Il entra dans les réseaux de dockers mafieux, de transporteurs véreux, de trafiquants de toute sorte qui, tous, mangent sur la bête dans ce monde parallèle où tout s'achète, se vend, se vole. Il fit des livraisons, des guets, des planques, des réceptions de colis, des déchargements de camion dans la nuit sur des aires d'autoroute, des transferts de cargaisons dans des cours d'usines désaffectées. Il vit passer des caisses, des cartons, des colis aux emballages étanches, des voitures sans plaques d'immatriculation, des lots de marchandises venant du monde entier. Il ouvrit des conteneurs déchargés de bateaux demi-épaves, battant des pavillons véritables insultes au droit maritime, commandés par des caricatures de bourlingueurs contrebandiers. Il en fit sortir des marchandises, des voitures, des armes, des enfants terrorisés et grelottants, des femmes au visage bouffi, marque de leur velléité de désobéissance vite réprimée, tremblantes encore des coups reçus et des viols à répétition, des hommes engloutis dans l'humiliation qui regardaient le sol sans jamais fixer un regard. Certains tenaient de tristes balluchons, sacs de sport à demi éventrés ou valises mendiantes. Leurs corps et leurs postures exhibaient la marque de ceux qui ont appris que les menaces, les coups, les viols, les meurtres font partie intégrante du voyage. Lorsque l'on trouvait des morts, des trous étaient pratiqués au chalumeau sur chacun des côtés du conteneur et ce dernier était « perdu » en mer, au large, sans autre formalité qu'une vague demande d'assurance pour perte de cargaison.

Alain écoutait, observait, enregistrait, mémorisait. Il notait des adresses, des marques et des immatriculations de voitures, des numéros de téléphone, des prénoms, des surnoms, des noms d'hôtel ou de boîte de nuit. Il prit part à des bagarres, sombra dans quelques robustes cuites, creva des pneus, brûla des voitures, tabassa des mauvais payeurs et des prostituées non coopératives, car tel était le prix pour monter en confiance auprès de ses chefs. Et puis un soir il y eut enfin la grande livraison, le jackpot, le gros lot, bingo et plus si possible, le coup pour lequel il risquait sa peau depuis des mois. Il fit passer l'information, donna toutes les indications, se fit discret et efficace et le piège fut mis en place.

Tous les pontes des réseaux étaient pistés, leurs voitures traquées par le biais de puces électroniques, leurs domiciles surveillés, leurs téléphones et ordinateurs écoutés et infiltrés. Au moment de la livraison, lorsque les Stups, la BAC et la Crim lancèrent l'opération, Alain reçut deux balles tirées par un superflic. Il fut déclaré perdu, laissé pour mort et chargé dans une ambulance. Le gilet en kevlar avait été efficace. Il s'en tira avec deux côtes fêlées, une dent en moins et une identité récupérée. Le coup de filet fut un succès, le nettoyage, efficace. À la suite de ses exploits, il fut mis au vert à Paris pour se faire oublier et pouvoir reprendre une identité réelle. Toutefois, Alain, qui gardait de bons contacts dans les zones floues, donna quelques instructions afin de terminer son œuvre. Quelques semaines après cette opération, un transitaire marseillais qui avait pignon sur rue, fut retrouvé brûlé vif à bord de sa voiture dans un entrepôt des Arnavaux.

La mission était terminée. Alain revint à Paris après un petit séjour de dégrisement et de remise en état. Mais les fantômes refusaient de prendre congé.

Il est tiré de ses souvenirs toxiques par l'arrivée de Didier. Ce dernier descend de sa voiture, s'approche d'Alain qui est appuyé contre la sienne, contemplant depuis l'entrée du camp ce spectacle de fin du monde.

« Je vais aller voir le chef: j'ai une sorte de dispensaire près de sa caravane. Je pense que c'est là que nous nous rencontrerons. Il va sûrement falloir te faire escorter. Les flics seuls ne rentrent jamais ici, trop dangereux. Il faut que tu sois avec quelqu'un. Ne bouge pas, ne parle pas, ne fais pas de conneries. »

Alain le regarde en souriant et lui fait un signe de la tête pour lui signifier que tout est clair, qu'il fera comme il vient de lui dire. Quelques gamins se sont approchés, les regardent et discutent à voix basse. Certains qui connaissent Didier lui sourient et décident de lui faire escorte dans le camp. Quelques minutes plus tard, Didier revient avec deux hommes, jeunes en apparence. Ils font signe à Alain de les suivre.

Passé l'entrée du camp, Alain a l'impression de se retrouver sur le tournage d'un film d'apocalypse. Des caravanes, des baraques, des tentes, des amas de planches et de panneaux qui forment des abris plus que des maisons. Des immondices partout, des pneus sur les toits pour tenir des bâches, des grandes cuvettes en plastique, de toutes les couleurs, posées sur le dessus des portes, des vélos ayant connu des jours meilleurs, des équipements électroménagers en phase terminale, des flaques d'eau, de boue, des papiers, des ordures, rien pour inspirer le respect. Une jeune femme assise sur un siège de voiture se lave les pieds dans une cuvette. Deux femmes d'âge mûr font une lessive dans une baignoire installée à côté d'un robinet fontaine, autour de laquelle jouent des petits enfants malgré le froid de début mars. Du linge sèche un peu partout. Alain réalise à quel point les jeunes femmes peuvent être belles, des visages de madone, des regards de feu, des corps splendides. Quand et comment deviennent-elles les femmes déformées par l'existence impitoyable des camps ? À quel âge deviennent-elles ces créatures sans âge, édentées, ventripotentes, aux poitrines volumineuses et pendantes, aux cheveux gris et sales, aux membres épuisés ? Il note également que tous, ou presque, fument, y compris des gamins très jeunes. Plusieurs garçons ont la tête rasée, ce qui indique qu'ils sont les chasseurs de hérissons qui leur filent la gale. Quelques gamines portent des survêtements aux couleurs assassines, sont chaussées de mules, de chaussures de sport, de quelques restes de souliers de ville. Certaines sont parées, toutes ou presque portent un chignon. Mais ce qui sans doute étonne le plus Alain, c'est l'énergie qui émane de ce spectacle de désolation. Il ne semble pas régner ici une atmosphère de fatalité, d'abandon, d'épuisement, de tristesse, bien au contraire. La vie revendique tous ses droits en ce lieu. Il y a de l'activité, même parmi les hommes qui attendent, les mains dans les poches, en fumant et en jouant aux cartes. Des femmes servent du café, des enfants jouent et crient, des jeunes femmes comparent des toilettes. On entend de la musique, des hommes réparent des voitures dont Alain préfère ne pas connaître l'origine. On s'active, on existe, on survit, on reconstruit ce que le vent, la pluie, les CRS ont démoli. On dure, en dépit de tout.

Ils sont arrivés au niveau du dispensaire. Didier fait signe à Alain d'entrer. Des gamins, filles et garçons, se sont agglutinés aux fenêtres. Dans la grande salle, on a poussé les tables, les étagères. Plusieurs hommes sont assis. Au milieu du groupe, celui qui semble être le chef fait signe à Alain de s'asseoir. Deux femmes apportent des cafés, des bouteilles d'eau minérale bouchées, des boissons gazeuses, des gâteaux.

Alain est assis, dos à la porte, ce qu'il n'aime pas particulièrement, mais il n'a pas eu le choix. Didier est debout, au milieu de la salle. Alain prend un Coca, mange un gâteau, fait signe à l'une des femmes qu'il est bon. Elle le regarde sans répondre, puis s'éloigne en maugréant.

Le chef fait signe aux hommes de se taire. Alain a remarqué dans un coin un homme d'une cinquantaine d'années qui le regarde fixement depuis qu'il est entré. Il décide d'attendre et d'observer.

Alors le chef commence à parler dans un français chaotique, défectueux, au vocabulaire nécessiteux.

Depuis un an ou deux, des enfants disparaissent, des enfants habitués à la région, au quartier. Ils ne reviennent pas le soir, au camp, alors que les familles et les chefs de clan les attendent. On ne les retrouve pas. Ils ne sont pas partis dans d'autres camps. Ils ne sont pas retournés en Roumanie ou en Bulgarie, aucun Rom n'a envie d'y aller. D'abord on a cru que c'étaient des bagarres avec les Gitans ou les Arabes, ou même des Blacks des cités, ceux qui dealent la drogue. Mais un jour, les Gitans ont dit qu'il leur manquait des enfants aussi, un garçon et une fille avaient disparu à quelques jours d'intervalle, en fait des adolescents. Et des enfants qui rentraient au camp ont parlé des grosses voitures noires sans lumières, les plaques masquées, parfois garées près des routes que prennent les enfants pour revenir au camp, après leur journée « en ville ».

Alain veut poser une question, mais Didier lui fait un signe de la main pour lui dire d'attendre. L'homme dans le coin le regarde toujours fixement.

Et puis récemment, deux enfants d'un autre camp ont été attaqués. Une fille a disparu et un garçon a été retrouvé mort sous des bâches et des cartons dans une traverse. Il a été tué par des professionnels, aucun doute là-dessus. Le gamin n'a eu aucune chance. Un Gitan a parlé de voitures noires, d'hommes qui ne parlent pas. Trois jours plus tard, des enfants sont allés dans un ancien camp que la préfecture avait fait évacuer, pour voir ce qu'il y avait à récupérer avant l'arrivée des bulldozers. Ils ont trouvé le corps de la petite. Ils sont revenus chercher les hommes. Ils ont ramené la petite dans son camp. Les femmes ont commencé à la laver pour l'enterrement rom et c'est là qu'elles se sont mises à hurler, à dire qu'il y avait un monstre autour des camps.

Alain fait signe qu'il souhaite poser une question. Didier se tourne vers le chef qui se tait et regarde Alain pour qu'il s'exprime.

« Pourquoi n'avez-vous pas appelé la police ? Je sais que vous êtes en situation délicate, mais là il s'agit d'enfants retrouvés morts. C'est sérieux. »

Le chef répond que les Roms ne demandent jamais l'aide de la police, comme les Gitans, c'est comme ça. La police vient pour arrêter des gens ou pour évacuer le camp. Alors on ne parle pas à la police.

« Alors pourquoi me parler à moi ? » demande Alain.

Didier se tourne vers lui.

« C'est moi qui ai insisté pour que tu viennes. Je leur ai dit que tu es un flic différent, que tu ne diras rien en dehors d'ici. J'ai donné ma parole. Et toi seul peux les aider à retrouver ces types. Ensuite, ils s'en occuperont. Tu fais ton enquête officiellement et tu leur donnes les infos. Eux, en retour, ils pourront t'aider si un jour t'as des problèmes. »

Alain se demande ce qu'il doit répondre. Ce n'est pas commun de passer un accord avec des clans de Gitans et de Roms pour retrouver d'hypothétiques kidnappeurs d'enfants.

Les hommes ne parlent plus. Alain regarde par terre. Il réfléchit à la situation telle qu'elle se présente à lui maintenant. Des rumeurs courent depuis longtemps dans les services sur des trafics d'enfant et d'organes. Mais tout cela semblait relever plus de la série noire macabre que d'une éventuelle réalité. Cela semblait techniquement trop difficile. Il faut du matériel, des installations médicales de haut niveau et ça ne peut pas être fait par le charcutier du coin. Et puis il y a eu les rapports sur les prisonniers serbes dont les Kosovars ont vendu des organes, même chose au Moyen-Orient. La chose prend forme et elle est terrifiante. On est à trente minutes du centre de Paris.

Alain demande s'il peut parler aux enfants qui ont vu les voitures ou les hommes en noir et aux femmes qui ont préparé la jeune fille pour sa toilette mortuaire. Les hommes discutent et finalement acceptent. Il faut qu'il revienne dans l'après-midi pour les femmes et demain pour les enfants car certains sont dans un autre camp : il faut aller les chercher. Les hommes demandent la réponse d'Alain. Est-ce qu'il va travailler avec les Roms, est-ce qu'il va les aider, comme Didier l'avait promis ? Alain se lève et fait signe à Didier qu'il a besoin de lui parler, seul à seul, dehors. L'atmosphère s'alourdit, les hommes murmurent entre eux, font des signes, puis laissent les deux collègues sortir.

« C'est une affaire sérieuse, c'est du lourd. Je vais prendre ça en main. J'ai besoin de leur collaboration, mais je ne peux pas garantir que je leur donnerai ces mecs si je les trouve. Je ne peux pas m'engager sur un truc pareil, tu le sais.

— Je sais, je sais, répond Didier qui semble agacé, presque craintif. Écoute, dis-leur que tu vas les aider, simplement, sans aller plus loin. Dis-leur que, tant que tu n'as pas parlé aux gamins, tu ne peux rien promettre. Mais il faut qu'ils se sentent rassurés, soutenus.

— Je sais. Je sais ce que j'ai à faire. Tu ne veux pas m'apprendre mon métier, quand même ! Mais tout ce qui se situe à la limite du légal, j'ai donné, merci. J'ai besoin de plus d'informations. Tant que je n'ai pas parlé aux mômes, je ne prends aucune décision. Les types qui font ça ne sont pas des amateurs, surtout si, comme je le pense, ce sont des Russes. Je vais enquêter de mon côté : j'ai un collègue qui travaille sur eux. Bon, on y retourne et tu me laisses parler. »

Ils rentrent dans la salle du dispensaire où l'atmosphère est explosive. Au milieu du brouhaha il y a des éclats de voix, des gestes qui indiquent clairement les intentions ; certains hommes semblent prêts à en venir aux mains, des femmes crient et menacent, des enfants rigolent et font semblant de se battre contre des ennemis invisibles. Alain sait que sa marge de manœuvre est limitée, qu'il va devoir imposer ses règles.

Didier s'est approché du chef, lui parle à l'oreille. Le calme revient péniblement, les voix se taisent, les femmes reprennent leur siège en bordure de la pièce, près des fenêtres, les enfants dehors se tordent le cou pour voir et entendre. Le chef lève la main et dit quelque chose en rom. Le silence s'installe. Seul dans un coin, l'homme au visage imperturbable regarde Alain qui l'ignore.

« J'ai entendu tout ce que vous avez dit. Je veux parler aux enfants et aux femmes. Je veux des informations sur les lieux où les enfants ont disparu, où ils allaient et d'où ils revenaient, je me fous de savoir ce qu'ils y faisaient, ce n'est pas mes oignons. Il faudra me dire la vérité, seulement la vérité. Je vous jure qu'il n'y aura aucune enquête sur eux. Ils ne risquent rien avec moi. Je veux des informations sur ces hommes en noir et leurs voitures. Ensuite, je déciderai comment nous allons travailler ensemble. Je ne vous fais aucune promesse. Pour le moment, je considère cette histoire comme une affaire privée et je n'en parlerai à personne, mais vous devrez être discrets, vous aussi, et me laisser fonctionner dans vos camps et avec vos gosses. Je sais que vous n'aimez pas la police, les flics, mais là vous avez besoin de moi. Si ça vous rassure, je ne vous aime pas non plus : comme ça, on est clairs. Alors si vous acceptez mes conditions, nous trouverons la solution. Sinon, je me retire et vous vous démerdez avec ces assassins. Que répondez-vous ? »

Les hommes reprennent leurs discussions, les voix montent, les gestes deviennent plus amples et plus rapides, plus agressifs. Des femmes crient et semblent faire non de la tête. Les enfants à la fenêtre fixent Alain, avec curiosité et une sorte de respect. L'homme seul regarde Alain.

Alain s'est assis et regarde Didier qui semble épuisé, découragé, triste.

« Tu t'imaginais quoi ? Que j'allais leur tomber dans les bras et embrassons-nous Folle Ville ? Je pose mes règles. Ils doivent s'aligner sinon nada, ils auront juste à compter leurs merdeux. »

Le chef lève la main. Le silence revient, les enfants s'empilent à nouveau aux fenêtres.

« On va travailler avec toi. On veut garder les enfants. Alors on va t'aider et tu vas nous aider. On va organiser et tu vas revenir.

Le chef s'arrête et le silence s'impose. Didier regarde Alain qui fixe le sol. Finalement, il relève la tête et fait signe au chef qu'il est d'accord. Les voix explosent à nouveau, la pagaille s'installe, *tout est en place pour une enquête de merde*, se dit Alain.

Au moment où ils vont sortir accompagnés des deux hommes qui les ont escortés, l'homme seul s'approche d'Alain, lui met la main sur le bras.

« Tu connais Marseille, toi, tu connais Marseille ? »

Alain le regarde, dégage son bras.

« Je ne vais pas à Marseille, il y a trop de voyous. »

L'homme le fixe, puis recule. Alain et Didier sortent.

13

Isabelle Caillerai est satisfaite de la séance laser à laquelle elle vient de se prêter, menée de main de maître par une des associées du docteur Bellefond. Le lendemain matin, avant de quitter l'endroit, elle retrouve le médecin pour parler affaires. Elle est actionnaire de la clinique depuis quelques années et n'a pas à se plaindre du résultat. L'entreprise est prospère et, lorsque le docteur Bellefond lui a proposé d'investir avec lui dans un nouveau plateau laser, elle n'a pas hésité une seconde. Elle venait de toucher une somme d'argent significative, suite au décès de son père.

Isabelle retrouve le docteur Bellefond au restaurant de la résidence de la clinique, où une table pour deux a été préparée dans un coin isolé et calme. Elle l'observe pendant qu'il parle de ses activités, de ses voyages à l'étranger, de ses missions humanitaires sur des sites de catastrophes. Comment cet homme fait-il pour combiner toutes ces activités et paraître toujours en pleine forme, aimable, disponible ? Elle a envie de lui demander ce qu'il prend pour rester aussi dynamique et pimpant. L'idée de ce médecin utilisant des substances médicinales pour rester jeune l'amuse.

« Alors, ma chère Isabelle, je vous vois sourire. Qu'est-ce qui vous rend si heureuse, hormis le fait d'investir encore un peu plus dans notre projet ? Je vous garantis que vous n'aurez pas à le regretter. Ce n'est pas à vous que j'apprendrai que les femmes, et de plus en plus d'hommes, veulent conserver leur jeunesse et leur beauté. Notre maison jouit d'une excellente réputation, comme vous le savez, et les affaires amenées par mon associé russe ne font que renforcer notre position.

— Monsieur Annaniev semble très efficace ; mon amie Aïcha est en contact avec lui, me semble-t-il, pour un projet, mais je ne sais pas grand-chose à ce sujet. Effectivement, vous avez eu le nez fin en vous lançant avec lui dans cette entreprise. Il va sans dire que votre talent est le facteur essentiel et vous avez su vous entourer de gens très compétents. Annie est une magicienne avec les lasers, quelle dextérité !

— Annie est, comme moi, pour des retouches légères, de l'accompagnement du vieillissement et non pas du combat insensé contre les années. Elle est parfaite pour des femmes et des hommes comme vous, qui souhaitent simplement rester séduisants. »

Isabelle approuve de la tête, n'osant le contredire sur ce point. Elle est terrorisée par l'idée du temps qui passe, par la simple notion des années qui s'accumulent et la rapprochent inexorablement d'une décrépitude contre laquelle elle ne pourra rien. Elle veut rester belle à défaut de rester jeune, mais à quel prix ?

La discussion se poursuit sur des questions plus générales. Isabelle convient d'augmenter ses investissements ; son gestionnaire de fortune prendra contact avec le chargé d'affaires de la clinique et les papiers seront signés en temps voulu. Le docteur Bellefond observe Isabelle, intrigué par l'obsession de cette femme pour une forme de jeunisme inaccessible. Elle approche de la cinquantaine, ce cap si difficile à accepter pour beaucoup de femmes, ce passage temporel et physiologique qu'elles perçoivent souvent comme la fin de leur vie de femme en tant qu'individu sexuel capable de séduire, de plaire, de reproduire, de retenir. Il aimerait l'aider, lui dire que sa beauté ne se juge pas seulement sur les rides de son front, sur ses pattes d'oie ou sur le léger embonpoint qu'elle ne pourra pas éviter. Mais il sait qu'une femme obsédée par son apparence ne souffre pas d'un problème physique mais psychologique, et qu'aucun discours raisonnable ne pourra la faire changer d'avis.

Il raccompagne Isabelle jusqu'au taxi qui attend dans la cour de la clinique. La sortie sera discrète, comme toujours, ce qui n'est pas le moindre critère de choix de ce lieu pour nombre de ses clients.

14

Il est tard. Les camionnettes sont alignées dans l'entrepôt, les palettes sont rangées, les produits empilés, emballés et prêts à être livrés dès le matin. Les deux femmes de ménage terminent leur travail, mettent quelques détritus dans une grande poubelle et rangent leurs ustensiles. Les deux vigiles se sont installés dans la petite salle où se trouvent les écrans de contrôle, une machine à café, un réfrigérateur et un mobilier sommaire invitant plus au comportement spartiate qu'à la somnolence nocturne ; ils boivent un café et planifient une nuit de veille.

Alors que Malik s'apprête à fermer la porte, les commentaires du père de Dimitri lui reviennent en mémoire. À plusieurs reprises, il lui a signalé des choses anormales à propos de certains de ses livreurs : des kilométrages inhabituels qui, de toute évidence, ne correspondent pas aux activités de la maison. Au départ, il n'a pas vraiment fait attention, ayant d'autres chats à fouetter. Sa sœur essaie de tomber enceinte et son mari veut l'éloigner des activités de l'entreprise. La santé de son père est défaillante et l'inquiète. Le Russe avec lequel ils se sont associés commence à avoir de plus en plus d'exigences sur les marges. Certes, la société, la maison-mère, est prospère, elle n'a pas de dettes, les affaires sont en pleine croissance, le personnel est bien payé, les clients sont fidèles. Tout ce que son père avait pensé, mûri, mis en place pendant des années, avec conviction et patience, porte ses fruits.

Finalement, il va faire ce que le père de Dimitri lui a conseillé. Il va installer des mouchards GPS sur les véhicules, mais sans en informer les chauffeurs. Il sait que c'est illégal mais il s'en moque.

On ne joue pas avec lui, il doit garder le contrôle, il doit savoir ce que font ses chauffeurs-livreurs. Et puis il faut que Dimitri trouve un autre endroit pour garer sa moto et ses voitures. Il opère tard la nuit, les gardes le voient entrer et sortir à des heures inhabituelles. Il faut trouver une autre solution, rapidement.

Il faut également qu'il soit ferme avec le Russe. Si celui-ci veut aller dans la drogue, ce qu'il fait sans doute déjà, qu'il le fasse en dehors de leur collaboration. Il a de la marge. Malik a vu les dégâts chez les jeunes des cités, un vrai ravage, une violence inimaginable, des gamins rendus fous par l'argent facile, les voitures, les armes, les bijoux, les filles. Et les familles qui se taisent parce que ces merdeux de 20 ans gagnent dix fois plus d'argent que leurs pères qui se brisent les reins depuis quarante ans sur les chantiers.

Malik se dit qu'il convoquera les chauffeurs militants religieux qui commencent à mettre le bordel dans ses équipes. On les a vus s'arrêter sur des parkings pour prier, ce qui a conduit à des jets de pavés sur les véhicules. Ces types peuvent faire ce qu'ils veulent, mais pas avec ses véhicules, pas pendant le boulot.

Les deux femmes de ménage sont parties avec des sacs de nourriture invendue que Malik leur donne, ainsi qu'aux vigiles. Tout est calme, tout est en ordre pour demain. Malik ferme son bureau, prend les clefs de sa voiture. Il va rentrer chez lui, dans la petite maison proche de celle de ses parents. Sa femme va l'accueillir, lui servir un verre de vin, des olives, lui demander s'il a passé une bonne journée, s'il veut prendre une douche avant de passer à table. Il lui demandera si elle va bien, ce qu'elle a fait de sa journée. La routine d'un couple tranquille qui mène une existence sans problème ni à-coups.

15

Sammy gare son scooter, range le casque et installe la chaîne de sécurité qui n'empêchera personne de lui voler sa machine. Il n'a pas obtenu beaucoup d'informations auprès des Roms qu'il est allé voir. Il a été mal accueilli, les gamins se sont moqués de lui. Visiblement, pour des raisons qu'il ne s'explique pas, non seulement ils n'ont pas voulu le renseigner sur d'éventuels membres d'une mafia russe ou d'Europe de l'Est mais en plus, ils lui ont fait comprendre qu'il valait mieux qu'il ne revienne pas tourner autour du camp. Il s'est tourné vers d'autres pistes. Finalement, une de ses amies, mannequin photo occasionnel, lui a parlé d'une boîte de nuit près de La Villette où l'on trouve des filles de l'Est pour des photos de charme, terme délicat pour parler des photos érotiques… et plus.

L'endroit est visiblement fréquenté par des marlous de banlieue à la recherche d'un exotisme torride et monnayable, preuve que le tourisme sexuel ne nécessite pas toujours de longs voyages aériens. Sammy entre sans problème, sous le regard écrasant de deux vigiles massifs, dont les phalanges indiquent le potentiel d'intervention sans armes. Le bruit est assourdissant, les éclairages aveuglants et l'un des trois bars de la boîte fait de toute évidence office de présentoir à jeunes filles. Sammy a un nom, Katia, qu'il compte utiliser comme alibi pour obtenir des informations. Il s'approche du bar, parvient à se placer dans l'axe de vision de l'une des deux jeunes femmes qui officient et fait signe qu'il souhaite lui parler.

« Bonsoir. Je cherche Katia, un modèle. Je suis photographe. »

La jeune femme, grande et belle, les cheveux presque ras, l'examine, le jauge sans un sourire. Sammy a l'impression qu'elle va réussir à voir son slip Dim pas tout neuf, mais propre.

« Vous êtes photographe ? Vous avez une carte ? »

Sammy sort sa carte de photographe de presse que Charlotte lui a obtenu pour son intervention avec les parlementaires. Il la montre à la serveuse qui n'a pas l'air autrement impressionnée. Cette absence de réaction a le don de l'agacer. Généralement, il obtient un regard d'appréciation lorsqu'il exhibe sa carte, mais pas ici. Il est d'autant plus irrité qu'il s'est exécuté sans même réfléchir, comme si cette serveuse avait un droit de regard sur ses activités ou une espèce d'autorité en ce lieu. Il se sent brusquement en situation d'infériorité, placé dans la catégorie des merdeux voyeurs en quête d'émotions fortes, des petits joueurs, des gamins égarés dans un endroit réservé aux grands. Il réalise qu'il va devoir avancer avec prudence.

La serveuse continue à le toiser, légèrement de profil par rapport à lui, comme pour lui permettre d'admirer sa poitrine et ses fesses. Elle se décide à lui sourire :

« Katia n'est pas encore là. Elle ne devrait pas tarder. Qu'est-ce que vous prenez ? »

Elle parle avec un accent qu'il ne parvient pas à identifier. Sammy commande une bière, ce qui déclenche chez la serveuse un sourire de commisération, et son regard semble dire : « Ce n'est pas avec ça que tu vas lever les filles qui sont ici. » Sammy s'en moque. Il observe la salle, les hommes et les femmes qui dansent, circulent, se côtoient, se frôlent, se touchent, se désirent, se négocient. La plupart des femmes sont belles, grandes, souvent outrageusement maquillées, et leurs tenues reflètent directement leur niveau de disponibilité. Lorsqu'elles parlent entre elles, pour le peu qu'il parvient à entendre, elles s'expriment dans des langues d'Europe de l'Est. Les hommes se comportent comme des mâles en rut prêts au combat pour la plus belle femelle, dans un concours de parades et des circonvolutions nourries à la testostérone flottant dans l'atmosphère. Le clinquant est optimal, les abdominaux et les bas-ventres en projection virile, les vêtements soigneusement négligés, et Sammy se demande combien de temps certains de ces types ont passé devant la glace pour avoir l'air aussi soigneusement décoiffés.

Alors qu'il se tourne pour demander à la serveuse à quelle heure Katia vient habituellement, trois hommes s'approchent du bar. Sammy juge plus judicieux de se déplacer pour leur laisser la place que de se retrouver simplement expulsé de son siège. Les deux jeunes femmes assises à côté de lui s'éloignent sans regarder les arrivants, dans un mouvement ondulant. Leur décision semble plus liée au principe de l'impératif territorial qu'à l'agression d'une eau de toilette hors normes, d'une transpiration toxique ou qu'à un souci de discrétion. Les trois hommes parlent russe et celui du milieu, au visage de méchant des séries B américaines, s'adresse directement à la serveuse qui le regarde avec froideur.

Sammy observe la scène avec un mélange de crainte et de curiosité. Il tient son sujet : ces types sont exactement ce qu'il cherche. La serveuse, affichant ostensiblement un air blasé pour ne pas dire agacé, pose trois coupes sur le comptoir et ouvre une bouteille de champagne. Celui qui semble être le chef lui fait signe d'en prendre une pour elle, mais elle ignore l'invitation et lui jette en russe une courte réflexion dont la tonalité n'exprime pas vraiment l'empathie. L'homme appuie les deux mains sur le comptoir et pose un regard glacial sur la jeune femme qui ne semble pas impressionnée. Sammy est fasciné par cette scène à la violence contenue mais palpable. L'homme vient de prendre un râteau. Son visage est un masque dur, mélange d'envie et de colère. Brusquement, la serveuse voit quelque chose dans la salle, se tourne vers Sammy et lui signale l'arrivée d'une autre jeune femme, sans doute la Katia en question. Sammy se dégage du bout du comptoir et, après un signe de tête de remerciement, se dirige vers la nouvelle arrivante. Le séducteur éconduit lui jette un bref regard exterminateur puis, en bon mâle alpha ayant constaté qu'il n'est pas face à un rival, revient à ses préoccupations immédiates de chef de meute dominateur.

D'un abord sympathique, Katia est souriante et Sammy se trouve tout de suite en confiance. Il se place dans un coin moins bruyant que le reste de la salle pour s'entretenir avec elle, tout en gardant un œil sur la scène qui se déroule au bar. Il a inventé un projet photographique et se dit que, de toute manière, il pourra toujours utiliser les clichés un jour ou l'autre. Il propose une boisson à Katia qui commande une double vodka. Sammy commence à s'inquiéter pour son budget, mais il n'a pas le choix. Ils discutent des travaux que celle-ci a déjà faits dans la photographie. Elle donne des noms que Sammy ne connaît pas et semble parfaitement à l'aise pour parler des photos un peu dénudées, ou peut-être plus.

« Vous voyez, je suis une artiste. Je revendique mon sens de l'esthétisme et de la plastique. »

Sammy est déstabilisé et se demande si la pente sur laquelle il commence à glisser est la bonne. Alors qu'il réfléchit à sa prochaine phrase en écoutant Katia minauder sur ses mensurations, Sammy voit un homme entrer dans la boîte de nuit et s'approcher du bar où se trouvent les trois Russes et la belle serveuse. Il sait qu'il a déjà vu cet homme mais il ne peut pas le resituer immédiatement. Il le suit du regard et d'une oreille distraire écoute toujours Katia.

« J'aime offrir mon corps à la lumière qui me sculpte à nouveau pour le plaisir du photographe. Je crois, on peut faire de belles choses ensemble, vous et moi. »

Elle lui détaille les poses qu'elle aime prendre. Dans le vacarme et les aveuglements stroboscopiques de la boîte de nuit, Sammy trouve cette discussion surréaliste. Il se tourne légèrement pour observer la scène. L'homme est maintenant au bar et fait un signe à la serveuse. Elle s'approche et se penche pour l'embrasser sur les joues. Elle a l'air heureuse, pétillante. Elle indique au nouveau venu qu'elle va lui préparer une boisson. Les trois Russes se sont tournés vers l'homme et semblent hésiter quant à l'attitude à adopter. Celui-ci est maintenant accoudé au bar, à demi tourné vers la salle, et observe les danseurs et tous les autres manèges de séduction à but très lucratif.

« Et puis vous savez, je suis disponible pour de la créativité, même dénudée. Quand on est une artiste, comme moi, il faut savoir oser aller vers l'art. »

Youri est énervé par le comportement de la serveuse, Marika, cette Polonaise qui lui met le feu au bas-ventre. Elle vient de le faire passer pour un guignol et l'arrivée du Français aggrave encore la chose. Il a envie de frapper, de cogner ce mec et de passer derrière le comptoir pour montrer à la Polonaise ce dont les Russes sont capables. Mais il sait que le service d'ordre de cet endroit est particulièrement efficace et qu'il ne gagnera rien à déclencher une bagarre. Il faut qu'il repère qui est ce type. Il s'en occupera plus tard avec ses collègues. Pour le moment, le plus simple est de finir le champagne et de sortir de la boîte, mais il sait qu'il reviendra régler ses comptes.

« Et nous pouvons envisager du cinéma, si vous le souhaitez. Je suis aussi comédienne et… »

— Vous connaissez les trois types qui sortent, les costauds, là ?

Surprise par sa question alors qu'elle était en pleine explication de ses multiples talents, elle regarde les trois hommes et annonce qu'elle ne fréquente pas les voyous, surtout ceux-là, ces putains de Russes qui n'ont aucune éducation, des Tartares, des Cosaques, pas comme les Tchèques qui, eux, savent vivre et traiter les femmes, surtout les femmes artistes comme elle. Sammy insiste pour avoir plus d'informations, tout en lui confirmant que leur collaboration sera très fructueuse. Elle lui dit que ces types logent du côté de Bagnolet, qu'ils sont toujours en groupe et qu'ils font différents boulots pas toujours très clairs, contrairement à elle qui est une vraie artiste. La discussion continue sur des appréciations artistico-érotiques qui semblent mettre Katia en émoi et plonger Sammy dans un océan de circonspection, surtout lorsque la jolie Tchèque annonce ses tarifs. À ce stade, Sammy se dit qu'il est temps d'aller voir ailleurs où l'on peut trouver des voyous russes à photographier. Il prend congé de Katia en lui jurant qu'il la rappellera rapidement, qu'il est très intéressé et prêt à voir son book et qu'ils vont certainement faire de belles choses ensemble. Au moment de sortir, il se retourne une dernière fois pour voir l'homme au bar et il le reconnaît. Le chauffeur de Callerai, le type de la commission des Affaires étrangères du Parlement qui lui avait gentiment proposé de le raccompagner à son agence après la séance de photos pour Charlotte. Il hésite et aimerait aller lui dire bonjour, mais Katia est toujours là et le regarde d'un air gourmand qui invite plus à la fuite qu'à la récidive. Il a un filon à suivre. Il sort en sifflotant, il va étonner Charlotte.

Assis dans la camionnette banalisée en compagnie de trois gamins roms, Alain observe les entrées et sorties de la boîte. Les informations étaient bonnes, le lieu est visiblement achalandé à l'Est, comme en témoigne la population du lieu. Les trois gamins observent par la fenêtre avec lui, en échangeant des phrases courtes qui les font rire. Alain commence à se prendre de sympathie pour ces merdeux, même sachant ce qu'ils sont capables de faire pour voler un touriste dans le métro. Brusquement, l'un d'eux se tait, se fige, montre du doigt un groupe de trois hommes qui sortent de la boîte de nuit : l'un semble très excité, un autre rigole et le troisième, un peu gros, traîne en arrière.

« Là, le gros et l'autre qui bouge. Je reconnais. J'ai vu déjà pas loin du camp. »

Les trois enfants ne rient plus. Celui qui les a reconnus a gardé la main tendue. Son doigt appuyé sur la vitre semble suivre le cheminement des trois hommes. Les deux autres sont également figés, les sourires ont disparu. Un autre gamin hoche la tête lentement et murmure :

« Oui, je reconnais, le gros. »

Alain a pris l'appareil photo et mitraille le groupe qui monte dans une Mercedes noire.

Un des petits Roms montre une autre personne.

« Et l'autre aussi, qui sort. Je reconnais. »

Alain regarde dans la direction indiquée par le gamin. Il voit un jeune homme, pas vraiment vêtu comme les clients du club et qui semble prendre de loin des photos du groupe de Russes. Alain prend des clichés de celui-là aussi, puis du scooter qu'il enfourche.

« C'est qui ce mec ? Tu le connais comment ?

— Photographe, il venait au camp. Il a fait des photos, beaucoup. Il est gentil, mais un peu con. »

16

Le taxi se gare devant l'Institut du monde arabe, et Isabelle Callerai sort de la voiture. Elle dit au chauffeur qu'elle lui enverra un message pour venir la récupérer, sans doute tard car un dîner est prévu après le vernissage de l'exposition.

Alors qu'elle s'avance sur le parvis vers l'entrée du bâtiment, Isabelle constate qu'il y a une file d'attente. Aïcha lui a dit de l'appeler dès son arrivée pour lui épargner une inutile perte de temps et la promiscuité. Elle tient absolument à ce qu'Isabelle fasse la connaissance de ce jeune artiste calligraphe palestinien, au talent qu'elle considère comme exceptionnel. Isabelle envoie un texto à Aïcha, en espérant que celle-ci aura eu la bonne idée de laisser son portable en service. Moins de deux minutes plus tard, alors qu'Isabelle contemple la Seine et les immeubles avoisinants dans la lumière du soir de printemps, une jeune femme orientale, superbement élégante, s'approche d'elle en souriant.

« Bonsoir madame. Soyez la bienvenue. Je suis Nadia, assistante du directeur de l'Institut. Vous êtes attendue. Je vais vous accompagner. »

Elles se dirigent vers une porte qui donne directement accès à l'intérieur du bâtiment. Deux gardes s'écartent pour les laisser passer. Nadia leur dit quelques mots en arabe. Les deux hommes sourient, saluent d'un signe de tête, puis reprennent leurs positions de cerbères devant la porte.

Aïcha se dirige vers Isabelle et remercie chaleureusement Nadia qui les salue d'un petit signe de tête et s'éloigne, laissant les deux amies au plaisir des retrouvailles. Isabelle ne peut s'empêcher de faire un compliment.

« Cette Nadia est sublime. Elle doit faire des ravages dans son entourage. Où l'as-tu trouvée ?

— Elle vient d'une famille libanaise qui est en délicatesse avec certains partis politiques actuellement en place dans le pays. Alors je lui ai procuré cet emploi à temps partiel. Elle est très intelligente et sait se rendre indispensable. Elle ira loin, si les ennemis de sa famille le lui permettent. Bon, assez parlé de Nadia. Comment vas-tu ? Tu es magnifique. Comme j'aimerais être aussi belle que toi à ton âge !

— N'exagérons rien. J'essaie de rester acceptable malgré les ans. C'est un combat perdu d'avance, je le sais. Mais le docteur Bellefond fait des miracles et cela se voit à peine.

— Il devrait venir ce soir. En tout cas, je l'ai invité, ainsi que son associé russe, Kyril. Il est un peu "brut de décoffrage" comme on dit en France, mais bon, il peut être utile. Viens, il faut absolument que je te présente cet artiste. Tu vas adorer ce qu'il fait. »

Les deux amies se fraient un passage zigzaguant dans la cohue du vernissage où se retrouvent les habitués des grands événements où toute personne qui veut être quelqu'un se doit d'être vue.

Aïcha s'approche d'un petit groupe dans lequel Isabelle reconnaît le directeur de l'Institut, ce vieux beau lifté et botoxé, ex-ministre, ex-député, ex-maire, prêt à toutes les manigances pour garder un poste et faire parler de lui. Il voit Isabelle, se détache du groupe et lui lance un jubilant et ostentatoire :

« Chère madame Callerai, mais quel bonheur de vous accueillir ! Vous allez adorer notre jeune artiste. Je n'en doute pas une seconde. Ah, quel délice de vous avoir. »

Isabelle le salue, avançant la main avant que le vieux hâbleur n'ait eu le temps de l'embrasser. Il se fend d'un baisemain calamiteux qui fait sourire l'entourage. Isabelle se souvient des mots de son père qui affirmait qu'il en est du baisemain comme du nu en photographie ou du civet de lièvre, c'est absolument sublime ou totalement raté. Aïcha lui prend le bras et s'avance vers un homme, jeune, grand, habillé à l'occidentale avec cette touche de fantaisie méditerranéenne que les gens du Moyen-Orient maîtrisent si bien.

« Isabelle, je te présente Slimane Charhbi, l'artiste calligraphe dont le travail s'inspire des poèmes de Mhamoud Darwich, le célèbre poète palestinien. Il pratique la calligraphie nashki, mais il va t'expliquer tout cela mieux que moi. Slimane, je sais que tu comprends le français et que tu le parles correctement, alors sois un bon guide. Je te confie cette dame, c'est mon amie, te voilà avec une grande responsabilité. »

Puis, pivotant sur ses escarpins à trois mille euros, elle agrippe le bras du directeur et, sous couvert de projets potentiels qui contribueront à sa gloire, l'entraîne vers le bar.

Isabelle se retrouve seule avec l'artiste. Celui-ci semble un peu gêné, et amusé également. Il n'est pas sans charme, son élégance est raffinée, discrète, efficace. Mais ce qui frappe immédiatement Isabelle n'a rien à voir avec son apparence extérieure. Elle est subjuguée par la voix de cet homme qui commence à lui parler de son travail, lui demande de l'excuser par avance s'il est trop technique dans ses explications, qu'il ne faut surtout pas qu'elle hésite à l'interrompre si elle a des questions. Isabelle est prête à tout entendre. La voix s'est posée sur elle, la pare de mots qui imposent une bulle de silence à l'exception de celui qui parle et de celle qui écoute.

« L'exposition commence par un travail sur un poème de Mahmoud. Il dit : *"La poésie, mon ami, est cette nostalgie inexplicable qui fait d'une chose un spectre et d'un spectre une chose."* Dans ces lettres et leurs courbes, je cherche à montrer comment le spectre et la chose se rencontrent, se génèrent, se nourrissent l'un de l'autre tout en restant différents. Je cherche à représenter la volupté que vivent les contraires qui s'unissent dans une improbable rencontre. J'utilise la calligraphie nashki, cursive, qui peut se décliner en six styles. Mais toutes les lettres partent du *alef*, la barre verticale. Cela remonte aux premiers temps de l'islam. Je prends des poèmes très courts, quelques vers, parfois un seul, et je forme les lettres en fonction des émotions que ces mots m'inspirent. Est-ce que je vous ennuie ? »

Isabelle lui sourit, fait signe que non de la tête. Elle souhaite qu'il continue à parler, qu'il lui dise encore et encore les vers en arabe puis en français. Elle ne veut pas entendre autre chose.

Elle veut que cet homme lui parle, de la poésie, de l'écriture, de la beauté, de la nostalgie née de l'éloignement, des voix que l'on n'entend plus, des femmes que le poète voyait dans ses rêves et qui ont inspiré les courbes des œuvres qu'elle contemple, transportée, enlevée, évadée. Slimane parle de la douleur de Darwich, de sa souffrance de la guerre et de l'exil, de la solitude, de l'amour infini et des ciels d'Orient les soirs d'été lorsque la lune se reflète dans la Méditerranée. Puis il se met à parler de lui, de sa famille, de sa vie, de son propre exil, de la paix qui se refuse, de la guerre qui perdure, des extrémistes de tous bords qui ne peuvent entendre raison en dépit des efforts des artistes palestiniens et israéliens. Il prononce plusieurs fois le mot « amour » et Isabelle a le sentiment que chaque fois, il ne s'adresse qu'à elle. À quelques reprises, leurs mains se frôlent et Isabelle reçoit un véritable choc qui la fait tressaillir. Est-ce que cela se voit ? Est-ce qu'il s'en aperçoit ? Elle doit absolument boire quelque chose. Elle se décide à l'interrompre.

« Je vous prie de m'excuser, mais j'ai vraiment besoin de boire quelque chose. Je suis déshydratée. Voulez-vous m'accompagner au bar ? S'il vous plaît, continuez à me parler de votre travail. »

Ils se dirigent vers l'un des deux bars, installé près de la fenêtre qui donne sur les quais. Ils se retrouvent face à face, chacun avec un verre de cocktail de fruits, ignorant les petits fours et autres toasts à la mie de pain épargnés par les parasites de service. Isabelle pose quelques questions à Slimane sur sa vie actuelle, son travail, ses études, ses espérances. Il répond avec attention, en cherchant ses mots, semblant faire des efforts pour trouver les bonnes tournures. Alors qu'ils sont là depuis quelques minutes, Aïcha se place devant eux et les sermonne :

« Eh bien, en voilà des manières ! Tu m'enlèves l'artiste que tout le monde réclame, tu l'accapares, tu le veux rien que pour toi. De toute manière, nous allons dîner ensemble. Vous pourrez reprendre votre conversation. Mais là, il faut que je te le retire, ça devient incorrect. »

Le sourire qui ponctue le dernier mot jette Isabelle dans un embarras sans nom. Elle se dirige vers un des tableaux qui l'a particulièrement impressionnée. Quelques personnes sont autour, dont le directeur de l'Institut qui profite de cette aubaine pour prendre Isabelle à part.

« Ma chère, ma chère, il faut que vous m'arrangiez un rendez-vous avec votre mari. J'ai de grands projets. Nous pouvons faire de grandes choses, croyez-moi. »

Isabelle ne l'entend pas. Elle veut qu'il se taise. Elle s'est arrêtée devant un tableau dont les lettres qu'elle ne peut lire lui inspirent un violent trouble qu'amplifie le poème qu'elles illustrent :

« Celle que mon corps réclame
Est belle
Comme la rencontre du rêve et de l'éveil. »

Isabelle ne peut se détacher de ce tableau et de ce poème. Elle est sourde aux bavardages mondains et intéressés du directeur et des quelques flatteurs venus se joindre à sa micro-cour. Elle veut le silence, elle veut le calme, la paix, juste la voix de cet homme et ses mots qui lui disent que la vie est magique et que peut-être le hasard n'existe pas.

Ils se sont retrouvés en petit comité dans un restaurant proche de l'Institut du monde arabe. Aïcha a eu la bonne idée de placer Isabelle à côté de Slimane. La soirée est une longue fuite, dans laquelle Isabelle est partie à la recherche d'une femme qu'elle avait oubliée, jeune et amoureuse, capable de frémir aux mots d'un homme, capable de se laisser emporter dans la dérive de ses sens. Elle acceptera la tempête, se sent prête à tous les naufrages.

À quelques dizaines de mètres du restaurant, assis sur son scooter sous un arbre, Sammy, qui vient d'arriver, se dit que la soirée n'est pas terminée. Charlotte va être étonnée, enfin !

17

Aïcha rentre à son hôtel et, en dépit de l'heure avancée, met son ordinateur en marche pour lire ses courriels. Il y a un message de sa sœur, qu'elle ouvre immédiatement. Celle-ci est de plus en plus souffrante et les médecins sont devenus très pessimistes. Il faut trouver une solution rapidement, peut-être est-ce une question de mois ou même de semaines désormais. Aïcha lit le message et comprend qu'elle va devoir agir, vite. Elle est à Paris depuis plus d'un mois, les choses doivent bouger.

Elle a eu un long entretien avec Kyril Annaniev, l'associé du docteur Bellefond. Les deux hommes sont arrivés ensemble au vernissage et, après quelques minutes, Aïcha a pris le Russe à part et lui a demandé de confirmer sa proposition. Il lui a assuré qu'il pouvait trouver un donneur, de préférence une jeune fille, compatible. Mais il faudra soigneusement planifier l'opération, car tout est une affaire d'heures dès lors que la compatibilité aura été validée. Dans la mesure où le prix n'est pas un obstacle, tout est possible. Aïcha est désespérée, Annaniev est prêt à aider, donc la solution existe.

Aïcha ne veut pas se poser de questions. Elle ne veut pas savoir qui sera le donneur, ou la donneuse. La vie de sa sœur est en jeu, il n'existe pas d'autre solution. Elle se dit que, dans la mesure où l'organe sera acheté, elle aidera une famille nécessiteuse et que la donneuse pourra très bien vivre avec un seul rein. Elle se conforte de cet alibi qui la dédouane de toute préoccupation morale. Elle ne veut pas chercher plus loin, ne veut pas mettre en doute la parole d'Annaniev qui lui garantit que tout sera fait dans les règles, même si ce type de transaction n'est pas autorisé officiellement. Elle ne souhaite pas savoir ce que fera Annaniev avec son argent. Elle se doute que sa commission doit être conséquente. Mais il en va de la vie de sa sœur et elle ne veut pas d'organes pris dans le tiers monde, en Inde ou ailleurs, dans des conditions douteuses sur le plan hygiénique. Elle veut simplement que tout soit organisé comme il le lui a expliqué. Il trouve le donneur qui est transporté à la clinique. L'organe est prélevé par un chirurgien spécialiste des greffes. Ensuite, celui-ci prendra l'avion avec l'organe prélevé et fera la transplantation sur sa sœur à l'hôpital de Dubaï. Elle fournira l'avion privé pour le transport. Ils partiront du Bourget et le transfert sera assuré par un chauffeur particulièrement compétent.

Isabelle n'est pas au courant de cette intervention. Aïcha lui donne assez peu d'informations sur le sujet. Elle reste vague lorsque son amie lui demande des nouvelles. Elle répond que l'état de sa sœur est stable, sans entrer plus dans les détails. Elle sait qu'Isabelle voit régulièrement le docteur Bellefond pour des soins esthétiques, mais elle n'est pas informée des autres activités de la clinique.

Aïcha sourit en pensant à la soirée, à la rencontre entre Isabelle et Slimane. Tout s'est bien passé, l'exposition est un succès, son protégé a bien travaillé, le directeur de l'Institut du monde arabe ne tarit pas d'éloges comme à son habitude et les réseaux vont fonctionner. Elle se demande si Isabelle et Slimane vont se revoir. Isabelle était de toute évidence troublée et Slimane ne semblait pas indifférent non plus. Aïcha se dit que cela pourrait lui être utile, une sorte de placement à long terme.

Aïcha sait qu'il lui reste peu de temps de liberté. Son père pousse à ce mariage avec l'héritier saoudien, richissime mais conservateur, qui ne lui laissera pas beaucoup de marge après leur union. Elle se demande par quel moyen elle pourrait échapper à ce destin qui la condamnera à l'isolement, à la solitude, aux grossesses répétées. Combien faudra-t-il d'années avant qu'il ne lui impose une seconde épouse ? Le poids des traditions l'écrasera, et ses chances de préserver son mode de vie actuel sont infimes. L'idée de ne plus pouvoir voyager, de ne plus avoir accès aux distractions, aux plaisirs des nuits chaudes de Paris, Londres, Beyrouth, lui est insupportable. Désobéir à son père signifierait la fin de son confort, de ses moyens financiers et surtout de la survie de sa sœur. Son père est fataliste et considère que cette maladie est une décision divine, peut-être une punition pour ne pas avoir été un bon musulman. Bien que relativement progressiste, il reste ancré dans les principes et continue à regretter l'absence d'héritier mâle. Aïcha ne se fait pas trop d'illusions ; elle sait qu'il aime ses filles, mais qu'il aurait préféré un ou plusieurs fils. Elle retarde le mariage le plus possible, trouve des excuses professionnelles, médicales. Elle a demandé au docteur Bellefond de lui faire des rapports médicaux qui justifient sa présence à Paris. Maintenant qu'elle a récupéré sa virginité, elle doit faire attention et ne pas se laisser emporter dans les soirées, ce qui ne va pas sans poser de problèmes. Elle est passée plusieurs fois près de la catastrophe, laissant ses partenaires désemparés.

Aïcha décide de mettre un peu de pression sur Annaniev pour accélérer les choses. Elle lui téléphonera demain. Il faut que sa sœur survive, il faut qu'elle ait un avenir, une vraie vie hors des carcans d'une culture aliénatrice. Avec un peu de chance, les choses auront peut-être évolué avant que sa sœur ne devienne adulte et elle n'aura pas à se soumettre à un mariage arrangé qui mettra un terme à ses ambitions et à ses rêves. Aïcha est prête à tout sacrifier pour que sa petite sœur ne soit pas, comme elle, pratiquement vendue à un homme qu'elle n'aura pas choisi. Elle est décidée, elle agit dans l'urgence, elle ne reculera devant rien, car elle sait qu'elle sera bientôt condamnée à une forme d'exil proche d'une mort vivante.

18

Depuis plusieurs jours Sammy piste les Russes, cherchant des moyens pour les photographier dans des situations propices à un vrai reportage sur leurs activités. Les rares informations qu'il a pu obtenir confirment que ces hommes appartiennent à une organisation et qu'ils logent pratiquement tous du côté de Bagnolet. La tumultueuse Katia, avec laquelle il entretient une étrange relation faite de promesses de contrats et de soirées torrides, lui a donné quelques informations sur leurs activités. Bizarrement, Sammy ne s'est pas posé la question de savoir où et comment elle les avait obtenues. Il était dans l'urgence et il allait au plus pressé. Ces Russes assurent des missions de sécurité dans de grands événements, font de l'accompagnement de VIP, pas tous nécessairement recommandables, et effectuent de nombreux déplacements en France et à l'étranger. Les filles de l'Est les craignent et se méfient d'eux comme de la peste. Après plusieurs journées de surveillance, il a réussi à identifier deux véhicules qu'il a suivis dans Paris, en se camouflant en livreur sur son scooter. Il a identifié une clinique du côté de Saint-Cloud, où une Mercedes noire s'est rendue à plusieurs reprises. Il a pris un ou deux clichés du Russe, qui semble être le patron, et de son chauffeur.

Sammy s'est pris au jeu, a gagné une sorte d'assurance et se dit qu'il va enfin pouvoir montrer ce qu'il peut faire. Il a été relancé par Charlotte qui semble inquiète. Il l'a rassurée, lui affirmant qu'il continuait ses travaux de préparation. Pour le moment, il lui donne un minimum d'informations. Il est toutefois étonné de l'attention que Charlotte lui porte, comme si elle ne voulait surtout pas qu'il lui arrive quelque chose alors que, jusqu'à présent, elle se souciait assez peu de ce qu'il faisait, étant même plutôt contente de ne pas avoir de ses nouvelles. Le changement est intervenu le lendemain des premières photos d'Isabelle Callerai et de son « ami » palestinien. Charlotte a pris les images mais sans faire de commentaires et lui a rappelé d'être prudent. Il se dit qu'elle a enfin réalisé qu'il est un photographe de valeur et qu'elle souhaite le garder dans son agence. Il va monter en grade, il va faire son chemin dans le monde de la photographie.

Ce soir, au départ de Bagnolet, il a suivi la Mercedes noire conduite par deux Russes jusqu'à Saint-Cloud. L'avantage des scooters en ville, c'est qu'ils permettent de suivre un véhicule à distance, y compris en utilisant les contre-allées pour être plus discret. Finalement, la voiture s'est arrêtée devant un portail équipé d'une caméra de surveillance. Après quelques secondes, le portail s'est ouvert et la voiture est entrée lentement à l'intérieur de ce qui semble être un parc, vu de loin.

Alors qu'il se prépare pour faire le tour du quartier et repérer les lieux, Sammy entend un bruit de moteur. Il décide alors d'attendre encore un peu. Il voit approcher un autre véhicule, qui répète le manège précédent. Il s'agit d'une sorte de fourgon noir aux vitres fumées. À nouveau, le portail s'ouvre et le véhicule disparaît à l'intérieur. Il décide alors d'aller voir de l'autre côté de la rue, car visiblement ceci est une entrée discrète. Il gare son scooter à proximité d'un abribus, change de blouson, met une casquette, sort un petit sac à dos de son coffre, s'équipe de son iPod et se met en marche comme s'il rentrait chez lui. Après une dizaine de minutes, il a repéré le secteur, l'entrée officielle d'une clinique et une résidence adjacente, très discrète, qui communique avec la clinique par un parc. Il se demande quel est le rapport entre les Russes, leurs véhicules discrets et cet établissement. Il est tard et il se dit qu'il ne trouvera rien de plus ce soir. Il va continuer son périple dans le quartier, chercher des points de surveillance d'où il pourra mieux observer dans les prochains jours.

Le quartier est paisible, formé de rues droites bordées de pavillons cossus. Tout en marchant pour revenir à son véhicule, il pense au dernier entretien avec Charlotte. Il ne veut surtout pas devenir une espèce de paparazzi. Ce n'est pas son ambition. Il a toujours considéré ces gens-là comme des parasites indignes de sa profession. Il veut devenir un grand photographe. Ce reportage sera le projet qui conduira à sa consécration. Il doit avouer malgré tout qu'il aime l'excitation associée à la traque, à la chasse. Il y a une sorte de plaisir, malsain il doit l'admettre, à traquer des personnes, à les attendre et à presser sur le déclencheur. Même s'il est à la limite de ce que font les paparazzi, il ne sera pas obligé de continuer sur cette voie pendant des années. Après tout, cela va lui permettre de se refinancer, d'obtenir un peu de respect dans l'agence. Finalement, il pourra faire des photos artistiques avec Katia, qui ne demande que cela. Il sourit en marchant, imaginant une vraie séance de photos avec sa volcanique Tchèque, l'artiste autoproclamée qui explique comment elle aime sculpter l'espace avec son corps. Cette idée l'amuse. Ils ont déjà fait une série de photos, juste pour tester la lumière lui a-t-il dit, mais il a eu du mal à lui faire garder ses vêtements. Le soir même, elle lui avait fait une brillante démonstration de ses potentiels de mouvements, avec ou sans lumière. Mais il veut rester un homme droit, un photographe intègre, il ne veut pas avoir honte de ce qu'il fait. Alors, même s'il dérive un peu dans ces photos, il mettra ce travail à profit pour faire de vrais reportages, avec une vraie dimension sociale, humaniste. Il utilisera de l'argent sale pour faire des choses propres. Il se servira de photos de gens peu recommandables pour faire des travaux sur des gens qui ont besoin d'aide. Ainsi, d'une certaine manière, les riches paieront pour les pauvres, les méchants pour les victimes, les salauds pour les bons et lui sera la main, ou l'œil, porteuse de cette justice. Sa morale sera sauve, son éthique intacte, sa déontologie inattaquable. Il imagine déjà les critiques qui l'insulteront et auxquels il pourra répondre : « Oui mais… » Et puis, cette Katia est quand même géniale dans ses délires, surtout au lit.

Il vient de tourner à nouveau dans la rue où quelques minutes auparavant il s'est garé à une respectable distance du portail de la clinique. Il a placé son scooter derrière un arrêt de bus, sous des arbres, contre un mur de clôture. Il cherche dans sa poche la clef de contact. Il va se changer à nouveau, deux précautions valent mieux qu'une, et remettre les vêtements qu'il portait en venant. La rue est vide, calme. Il s'approche de l'arrêt du bus. Brusquement, il hésite une seconde, se retourne pour vérifier qu'il est bien dans la bonne rue, ce qui est le cas. Son scooter n'est plus là. Il ralentit le pas, avance tout en regardant derrière lui à plusieurs reprises. Le scooter a bel et bien disparu. Il s'est fait voler sa bécane dans un quartier chic. Putain, on ne peut plus faire confiance à personne. Il passe derrière l'arrêt de bus : plus une trace de la machine. La catastrophe : il n'a vraiment pas besoin de ça en ce moment. Alors qu'il se prépare à partir à pied, il entend un bruit de l'autre côté de l'arrêt. Une silhouette apparaît, face à lui. Puis un autre homme sort de l'arrêt de bus.

« Toi, quoi tu cherches ? »

19

Les rues sont vides à cette heure de la nuit et Dimitri prend un certain plaisir à faire des exploits avec sa moto. La livraison au Bourget devrait se faire sans problème. La boîte sera livrée, les vigiles du service de sécurité fermeront les yeux comme prévu et il n'aura plus qu'à rentrer chez lui ou, s'il n'est pas trop tard, il ira faire un petit tour à la boîte de nuit au cas où Sofia serait disponible, sait-on jamais.

Il va devoir déménager ses machines, ce qui ne l'arrange pas. Il ne souhaite pas que l'on repère le manège de sa moto et de la voiture, au garage de son père ou dans le quartier. En même temps, il ne veut pas perdre ce boulot de confiance, extrêmement lucratif; et si les choses continuent à ce train, il va même pouvoir arrêter sa propre activité de négoce avec les fournisseurs des Balkans, surtout que ces guignols commencent à le fatiguer.

L'heure de rendez-vous a été validée en début de soirée, avec le système de messages habituels. Il se présentera à la clinique à 23 heures 30 précises; ensuite trente minutes pour le Bourget, par la route habituelle qui évite toutes les caméras vidéo. Comme il est un peu en avance, il s'amuse à faire des petites accélérations dans les rues vides de ce quartier endormi dont la géométrie se prête à ses jeux.

Alors qu'il s'approche de sa destination et qu'il se prépare à tourner dans la rue qui va le mener au portail arrière de la clinique, Dimitri voit un homme qui marche, seul, sur le trottoir, à une centaine de mètres. Il ralentit, éteint ses phares et laisse la moto continuer en roue libre. La silhouette tourne à gauche et s'engage dans la rue de la clinique. L'instinct de Dimitri lui dicte que ce type ne doit pas être là, pas à cette heure-ci et pas dans ce quartier. Il arrête complètement sa moto, se gare dans une zone d'ombre et décide d'attendre un peu, il a de la marge. Il descend de sa machine et, silencieusement, s'approche du coin de la rue. L'homme marche d'un pas qui semble assuré, tranquille, et s'approche d'un abribus situé à une cinquantaine de mètres du portail de la clinique. Soudain, l'homme semble hésiter, regarde en arrière, repart, mais d'une démarche incertaine. Alors qu'il est presque au niveau de l'abribus, un homme en sort, puis un autre apparaît sur le côté. Les choses vont alors très vite. Le promeneur tente de partir en courant mais un des hommes le bloque, le plaque au sol et, avec l'aide de l'autre, le neutralise. Ensuite, l'un des deux agresseurs le charge sur son épaule et ils se dirigent vers le portail qu'ils franchissent avec leur paquet.

Dimitri repart vers sa moto. Il vient de se passer quelque chose qu'il n'aime pas. Qui était ce type ? Qui sont ceux qui l'ont assommé et emporté dans la clinique ? Pour ces « missions », il a accepté de ne jamais poser de questions. Il vient, il charge, il repart, il livre. Mais là, on est sorti du scénario classique, de la routine habituelle. Un homme vient de disparaître. Seulement voilà, il vient de disparaître dans l'endroit même où lui doit aller chercher un paquet à livrer. Il va devoir prendre une décision et il n'a que quelques minutes. Il ne peut pas ne pas assurer la livraison, pour des tas de raisons dont l'argent n'est pas la moindre. Il peut essayer de trouver l'explication à ce qui vient de se passer, mais cela signifie certainement mettre les pieds dans un gros plat de merde. Il pourrait en parler à Karim : après tout, c'est lui le commanditaire. Finalement, il considère que le plus simple est d'attendre l'heure précise du rendez-vous, de se présenter devant le portail et d'effectuer la livraison comme si de rien n'était et de ne pas aller fouiller dans les affaires des autres.

Dimitri s'installe sur sa moto, sort son téléphone portable et envoie le message. Dès réception de la réponse, il démarre et, quelques instants plus tard, se présente devant le portail qui s'ouvre pour le laisser entrer. À très faible vitesse, il s'engage sur le chemin dallé et se place devant une double porte marquée « Livraisons ».

Il descend de sa moto, enlève son casque et prépare le support arrière pour l'installation de la boîte que l'on ne va pas tarder à lui apporter. C'est alors qu'il voit deux véhicules garés un peu plus loin, contre le bâtiment. Un homme est assis au volant d'une sorte de fourgon noir. Il aperçoit, plus qu'il ne voit, les silhouettes de trois autres hommes engagés dans une discussion animée. L'un d'entre eux voit Dimitri, fait signe aux autres de se calmer et s'éloigne. Alors qu'il va partir, l'un des deux autres s'arrête et semble regarder Dimitri. À ce moment-là, la porte s'ouvre et un homme en tenue médicale sort, portant une sorte de glacière rectangulaire aux côtés arrondis, qui ne porte comme indication qu'une croix rouge et les mots « MÉDICAMENTS - URGENT ». Dimitri installe la boîte sur le système prévu à l'arrière de sa moto, remet son casque et démarre vers la sortie. Il a trente minutes pour arriver au Bourget.

Boris est furieux. Normalement, ils quittent toujours la clinique avant l'arrivée du livreur mais l'incident du promeneur les a obligés à rester sur place, ce qui n'est pas bon. Il espère simplement que l'autre ne les a pas vus suffisamment pour les identifier.

Youri est furieux. Il vient de réaliser que l'homme qui fait les livraisons n'est autre que celui qui lui a soufflé la belle Sofia.

20

La nuit est tombée sur Paris, avec l'aide d'un ciel bouché par de gros nuages qui assombrissent la Seine et renvoient sur la ville le reflet blafard de ses propres lumières. Kyril a envie de boire, beaucoup, avec des filles et de la musique. Et de manger aussi, des poissons gras, du caviar, du vrai saumon de Sibérie, pas la merde que mangent ces Français qui n'y connaissent rien. De toute manière, il considère que les Français ne savent pas faire la fête : ils sont coincés, polis, bien élevés. Comme pour cette soirée de merde à l'Institut du monde arabe, pour voir les gribouillis d'un Palestinien qui n'a même pas le courage d'aller se battre pour son pays. Il résiste avec des œuvres artistiques, la belle affaire. Pavel conduit la Mercedes avec prudence car il sait que son patron n'aime pas les à-coups. Le portable de Kyril vibre dans sa poche de veste. Quoi encore ? Ils vont me foutre la paix, tous ces cons. Un message d'Oleg Baryshnov qui lui demande de le rappeler d'urgence, il a besoin de lui parler. Kyril appuie sur la touche de rappel et se cale dans le fond de la voiture en fermant les yeux.

« Oleg, qu'est-ce que tu veux ?

— Kyril, mon ami, il faut que l'on se parle, d'urgence, ce soir.

— Qu'est-ce qu'il y a ? Tu n'as plus de viagra ? Plus de vodka ? Plus de putes ?

— Arrêtez vos conneries. C'est autre chose et c'est urgent. »

Au ton de la voix, Kyril comprend que c'est sérieux.

« Où es-tu ? Je viens te chercher.

— Non, venez à mon hôtel. J'ai tout ce qu'il faut. Je vous attends. »

Kyril soupire, ferme son portable d'un claquement sec. Cet Oleg est une plaie mais c'est un chirurgien hors pair et il lui fait gagner beaucoup d'argent. Jusqu'à présent, toutes les greffes ont été parfaitement exécutées, et son équipe est d'une discrétion remarquable. Même le personnel de nuit de la clinique ne trouve rien à redire et les collègues français le considèrent avec respect. Alors Kyril dépend de lui, pour le moment, surtout avec la demande de la princesse arabe. Ils ne peuvent pas se louper. Si cette opération fonctionne, ils s'ouvrent le marché des magnats du Moyen-Orient et là, avec leur mode de vie à la con, il y aura de quoi faire.

Il donne l'adresse à Pavel, desserre sa cravate, tente de se reposer quelques minutes.

Oleg est nerveux. Il attend Kyril avec une certaine impatience mais aussi un peu de crainte. Il passe et repasse les arguments dans sa tête. Il est le meilleur, son équipe est rodée, ils font un excellent travail, le marché sur la Russie est florissant, surtout que les oligarques et tous les autres nouveaux riches sont prêts à payer des fortunes pour sauver leurs gosses. Alors lui, Oleg, est en position de force et peut demander ce qu'il veut. Il a prévu de l'alcool et des filles car il sait que Kyril aime bien se défouler le soir, même si certaines filles n'ont pas envie de revenir lorsqu'on les rappelle, d'après ce qu'il a entendu dire. Mais ça, ce n'est pas ses oignons.

Lui, le docteur Oleg Baryshnov, tient enfin sa revanche, après tant d'années de galère. Comme la majorité des médecins, des ingénieurs, des chercheurs et des enseignants de l'ère soviétique, pendant des années il avait touché un salaire médiocre et parfois inférieur à celui de certains ouvriers, notamment les aventuriers du pétrole en Sibérie, ou encore des militaires et miliciens, et ce n'était qu'en négociant ses services discrètement, en privé, qu'il avait accédé à une certaine aisance financière. La chute du système soviétique n'avait fait qu'aggraver la situation et malgré son dévouement à la cause des transplantations d'organes, il ne supportait plus sa situation précaire et détestait passer plus de temps à faire la queue dans les magasins qu'à travailler à ses recherches. Il avait suivi les traces du docteur Voronoy de Khersov et de l'école soviétique de transplantation d'organes, surtout les reins. Pendant des années, le système soviétique a permis des expériences qui n'auraient pas été autorisées dans d'autres pays. Il avait acquis une parfaite maîtrise des techniques de prélèvement et de réimplantation, et celle de l'identification des mécanismes de rejets immunologiques. Il était un expert reconnu mais mal payé, très mal payé.

La proposition de Kyril Annaniev, ce voyou notoire mais tellement respecté, était particulièrement intéressante. Il avait fait les deux ou trois voyages nécessaires pour rassurer les autorités françaises, puis le système avait été mis en place. Il avait recruté son équipe, avec à sa tête son assistant qui connaît sa technique, l'anesthésiste qui fait toujours un sans-faute, l'infirmière instrumentiste qui semble anticiper ses besoins. Tous étaient intéressés, car l'argent devait couler à flots.

Il peut enfin négocier ses compétences à leur juste prix. Il va pouvoir s'offrir la Porsche dont il a toujours rêvé et les services des superbes prostituées qui arpentent les halls des hôtels de luxe, de Moscou et d'ailleurs. Il n'aura plus besoin de trousser des infirmières revêches aux jambes poilues et aux croupes de jument des steppes. Le marché est là, il fournit, il va gagner de l'argent, beaucoup d'argent. Il y a de la demande de gens très riches, malades – eux ou des membres de leur famille – qui ont besoin de ses talents, de son savoir-faire. Il en a assez de l'altruisme médical ; il n'en pouvait plus de vivre chichement, de travailler dans des conditions désastreuses pendant que d'autres médecins, beaucoup moins compétents que lui, gagnaient des fortunes en transformant des rombières nouvelles riches en sculptures vulgaires bourrées de silicone, de produits de comblement et de Botox, sans compter les multiples liftings et autres lipoaspirations. Et en plus, il avait toujours rêvé de vivre à Paris.

La proposition de collaboration avec cette clinique de Paris avait été l'occasion idéale. Aujourd'hui tous les Russes capables de revendiquer une forme d'expertise se vendaient dans le monde : les spécialistes du nucléaire en Iran et en Inde, les spécialistes de l'aéronautique en Chine et au Brésil, les spécialistes de la médecine partout où des gens riches sont prêts à payer pour la vie éternelle, les spécialistes de la sécurité partout où des voyous craignent pour leur peau, et les grands délinquants partout où l'on est prêt à les accueillir avec leurs méthodes, leurs fortunes et leurs putes.

La voiture dépose Kyril devant la résidence hôtelière de luxe où loge Oleg, non loin du palais des congrès de la porte Maillot. Le quartier est discrètement cossu, à la limite de Neuilly, pas trop loin de Saint-Cloud. Kyril dit à Pavel de rentrer : il prendra un taxi, qu'il laisse son portable en service, juste en cas.

Oleg le fait entrer dans son appartement à la décoration clinquante. Deux femmes, visiblement des prostituées, boivent des Cocas, affalées sur un canapé blanc recouvert d'une sorte de fourrure. Oleg est en chemise, pieds nus, un verre à la main. Kyril pose sa veste sur un fauteuil et regarde les deux filles, les bouteilles de vodka sur la commode. Il se dit qu'Oleg doit avoir quelque chose d'important à lui demander.

« Tu ne devrais pas boire, Oleg, tu es chirurgien, ce n'est pas bon pour ton travail.

— Du jus de fruit : je suis sobre comme un dromadaire. Moi, la vodka, je m'en fous. Je te sers un verre et on cause. J'ai à manger aussi et plus. »

Il donne l'ordre aux deux galantes de servir à boire à Kyril et de lui préparer une assiette. Elles se lèvent lentement. Elles sont outrageusement maquillées, pulpeuses mais visiblement siliconées de partout et leurs regards révèlent leur fatalisme : encore deux gros porcs à satisfaire par tous les moyens possibles. L'une se dirige vers la cuisine, et l'autre vers les bouteilles posées sur une commode. »

« Si tu veux qu'on parle, tu fais sortir les deux putes.

— Pas de problème. Elles te servent et je les envoie marcher un peu. Elles reviendront après. »

Kyril est vraiment fatigué. Il ne faut pas qu'il boive tout de suite, il le sait. Mais il a faim et très soif. Les deux filles le servent, prennent leurs manteaux et quittent l'appartement.

« Bon, c'est quoi ton problème ? Fais vite. Je suis fatigué.

— Ce sera bref. Tu sais que je suis heureux de travailler avec toi et que je te suis reconnaissant de ta confiance.

— Fais pas chier avec tes compliments de menteur. Qu'est-ce que tu veux ? »

Kyril est agacé. D'habitude, il flaire les problèmes à distance, avant qu'ils ne lui tombent dessus. Mais là, il est surpris. Il n'a pas prévu le coup de son adversaire. Il n'a pas senti la mauvaise odeur portée par le vent.

Oleg semble hésiter, il regarde le sol, semble hésiter à franchir le pas.

« Je veux plus d'argent sur les greffes. Ma part est trop mince. Tu ne peux rien faire sans moi et tu le sais. Alors je veux plus. »

Kyril le regarde avec un léger sourire. Il n'est pas étonné de la demande. Il s'en doutait. Comme tous les gens qui ont accepté pendant des décennies de crever la dalle et de se faire traiter comme du bétail, Oleg a maintenant des velléités de richesse. Toujours plus, toujours plus vite, là, maintenant, ne plus attendre, après toutes ces années de servitude. Il le regarde se balancer d'une jambe sur l'autre. Il a parlé avec l'agressivité des gens qui savent qu'ils sont sortis de leur zone de confort, qu'ils se trouvent aux limites de ce qui est autorisé et qui haussent le ton, plus pour se donner de l'assurance que pour convaincre l'autre ou lui faire peur.

« Sinon ?

— Sinon, il faudra que tu ailles chercher ailleurs un médecin de mon calibre pour faire ce travail sans demander d'explications. Tu sais que le marché est restreint.

— Pour toi aussi, il est restreint. Et il le sera encore plus si tu me fais ce coup. »

Ils se sont resservi à boire, un jus pour Oleg, une vodka pour Kyril. Oleg décide de reprendre son argumentaire, de faire valoir son raisonnement.

« Écoute, on peut s'entendre. Je suis prêt à continuer avec toi. Tu as toujours été correct. Mais je veux plus. C'est moi l'expert. »

Kyril avale sa vodka d'un coup. L'expert, c'est lui l'expert ? Sans son intervention, il serait en train de croupir dans son hôpital pourri au milieu de nulle part, dans les steppes. S'il y a bien une chose que Kyril ne supporte pas, ce sont les menaces, n'importe lesquelles. Mais il sait que l'autre joue sur du velours pour le moment. Alors il va falloir attendre, manœuvrer, être patient, calculer les mouvements de pions.

« Tu veux combien exactement ?

— La moitié de ce que tu gagnes sur chaque opération. »

Kyril réfléchit rapidement. Impossible dans l'état actuel des choses : il va devoir négocier. Il explique à Oleg les frais, ses équipes, le médecin véreux endetté aux jeux qui, contre son silence et moyennant l'effacement de son ardoise dans deux cercles de jeux, lui a fourni les fiches médicales des petits Roms qu'il a copiées dans les dispensaires où ils viennent se faire soigner, les véhicules, le nettoyage après les opérations et sa marge à lui, finalement pas énorme. Alors si Oleg veut encore lui en prendre sur le peu qu'il lui reste, il n'y aura plus moyen.

Oleg écoute les arguments, les explications, fait signe de la tête qu'il comprend. Mais lui aussi a des frais. Et puis il y a cette petite instrumentiste, Natalia, belle à mourir, qui le fait attendre, qui réclame une voiture et des vêtements.

« Je sais tout cela, je comprends, mais ce n'est pas mon problème. Moi je vous ai trouvé l'équipe, je me suis engagé à vous faire un excellent travail et vous savez que je suis le meilleur. J'ai tenu parole. Alors, je veux être mieux associé. Augmentez vos prix, réduisez vos frais. Je veux plus. Dès la prochaine opération. Sinon j'arrête tout. »

Kyril ferme les yeux, se laisse aller sur le dossier du canapé. Ce connard lui fait du chantage. À tous les coups, c'est encore une histoire de cul. Il faut qu'il se renseigne pour savoir ce qui se passe à la clinique, au bloc opératoire. Il va trouver une solution, il le sait. Il a toujours trouvé des solutions, et toujours à son avantage. Il va gagner du temps. Après, il s'expliquera avec l'expert en temps voulu et il lui expliquera comment lui est expert dans son domaine.

« C'est bon. On va s'arranger. Je vais faire les comptes et je te ferai une proposition. Tu auras une prime pour la prochaine.

Maintenant, va chercher les putes, j'ai envie de baiser, et je veux les deux. Toi, tu n'as qu'à te branler dans ta chambre.

— J'en ai une autre en réserve. Fais ce que tu veux. Je n'ai pas besoin de toi. »

Kyril se dit que le temps des explications viendrait bien assez vite pour l'expert. Toujours avoir un coup d'avance.

21

Isabelle laisse sa tête reposer sur l'oreiller. Elle est allongée sur le ventre, nue, dans la semi-obscurité d'une chambre sur cour au calme étonnant dans ce quartier pourtant animé du 20e arrondissement. Slimane se place à cheval sur ses reins et lui demande de fermer les yeux. Elle obéit et, quelques secondes plus tard, sent la caresse d'un pinceau qui glisse sur sa peau, en lentes arabesques.

« Que faites-vous ? »

Slimane continue de promener le pinceau sur son dos.

« Je vous écris un poème. Je vous écris des mots que vous ne pourrez jamais lire. Je dessine des arabesques qui n'existeront jamais et que je suis le seul à voir se former sur votre peau. Il n'y a que moi qui sais ce que le pinceau dessine sur votre corps.

— Dites-moi, je vous en prie, dites-moi au moins un vers. »

Lentement, le pinceau continue ses méandres. Isabelle sent les mots qui se forment et disparaissent, remplacés par d'autres. Elle se laisse délicieusement porter par cet exercice calligraphique qui fait naître en elle des désirs de jeux plus osés.

« Je vous en prie, juste un premier mot… »

Slimane sourit, laisse le pinceau glisser sur le côté, frôler un sein, puis revenir vers le milieu du dos. Il s'interrompt, lève le pinceau et pose un baiser juste dans la fossette de la chute de reins. Puis, tout en traçant les lettres invisibles, il murmure le début d'un poème :

« *Une émotion passe, discrète comme un voile que l'on écarte…* »

Isabelle se laisse emporter par cette voix teintée d'un léger accent qui lui confère une troublante sensualité.

« Et ensuite… ?
— Ensuite, c'est mon secret.
— S'il vous plaît, ensuite…
— Savez-vous garder un secret ?
— Oui, bien sûr.
— Moi aussi.
— Je vous déteste.
— Je sais, moi aussi. »

Le pinceau tombe à côté du lit, le poème disparaît, la lumière de la cour s'évade. Isabelle veut simplement que le temps s'arrête. Elle sait que cette relation est une folie, que cet homme est trop jeune pour elle, que rien ne pourra jamais advenir de durable, mais le bonheur qu'elle vit dans ses bras chasse tous ses doutes et balaie tous ses scrupules.

Elle est vivante, séduisante, désirée, appréciée pour elle-même. Elle retrouve des émotions qu'elle pensait ne plus jamais connaître. Elle a eu quelques rares aventures depuis son mariage. À chaque fois elle en est sortie mal à l'aise, avec un sentiment de culpabilité, parfois de salissure ou d'indignité, ayant commis l'adultère par désœuvrement et rancœur envers un époux qui la néglige. Les propositions ne manquent pas, tant dans ses activités professionnelles que dans sa vie personnelle. D'une certaine manière, cela la rassure. Elle se dit que si des hommes la désirent encore, c'est que l'âge ne l'a pas trop endommagée. Elle est sans illusion et n'ignore pas que certains de ces Casanova soit la considèrent comme une prise à placer sur leur tableau de chasse, soit tentent simplement de la séduire parce qu'elle est l'épouse d'un homme connu et que cela ajoute à leur prestige. Elle a vécu une ou deux vraies rencontres qui l'ont déstabilisée mais, à chaque fois, elle s'est empressée de s'enfuir, sachant le péril que la vraie passion engendre. Jusqu'à présent, elle a toujours tenu son rang, assuré d'une certaine manière le respect de sa position. Et puis elle a fait la connaissance de Slimane, une rencontre improbable, une envolée délirante, accompagnée d'une emprise émotionnelle et physique qui sème en elle le désarroi en même temps qu'une exubérance enivrante.

Il est toujours dans le lit lorsqu'elle sort de la douche et commence à s'habiller.

« Pouvez-vous m'appeler un taxi s'il vous plaît, je ne veux pas donner mon nom. Demandez-lui de vous envoyer un message dès qu'il sera en bas. »

Slimane s'exécute, vérifie avec le chauffeur que tout est en ordre, puis propose de préparer un café turc. Isabelle n'a pas envie de partir, elle aimerait rester encore, ne rien faire, allongée à ses côtés sur son canapé qui a connu des jours meilleurs, regarder un gros navet à la télévision en mangeant des pâtes, en buvant du vin rouge, comme dans les films d'amour américains qu'elle se surprend parfois à regarder dans les hôtels lorsqu'elle est en mission. Mais elle sait que tout cela n'est pas pour elle. Elle se résigne à n'être qu'une maîtresse d'après-midi, une amante de passage, une amoureuse éphémère. Mais ce qui la dérange surtout, c'est de ne pas arriver à savoir ce qu'il pense vraiment. Il est d'une discrétion exemplaire, ce qui d'une certaine manière arrange et rassure Isabelle. Mais elle ne sait pratiquement rien de lui. Les rares fois où elle a essayé de le faire parler de sa jeunesse, de sa famille, de son pays, il s'est immédiatement fermé. Il affirme ne vouloir vivre que le moment présent, totalement, et ne pas se disperser. Elle en ressent une légère frustration, vite balayée par l'intensité de leurs rencontres.

Slimane a enfilé une djellaba égyptienne bleu ciel. Isabelle le trouve sublime.

« Vous n'allez quand même pas sortir comme cela ?

— Vous savez, dans ce quartier, la djellaba est plus discrète qu'un costume trois-pièces. »

Elle approuve de la tête en dégustant le café. Ils ont convenu de garder le vouvoiement, pour ne pas se compromettre par mégarde en public. De plus, elle doit admettre que la distance imposée par la deuxième personne du pluriel ajoute une note sensuelle à leurs échanges.

Slimane fouille dans des papiers qu'il consulte, puis se tourne vers Isabelle.

« Je dois vous dire. Je vais partir quelques jours la semaine prochaine. Je suis invité à Bruxelles, puis Amsterdam et sans doute Berlin. L'Autorité palestinienne se sert de moi comme ambassadeur de l'art palestinien, messager de la paix. Je vous téléphonerai dès mon retour. Je ne serai pas parti très longtemps. Mais il y aura certainement des expositions, comme celle de Paris, par la suite : du moins je l'espère. »

Isabelle s'arrête de boire son café. Une violente appréhension la saisit. La jalousie vient la broyer, pulvérisant chaque particule de son être. En une seconde, elle imagine les réceptions, les vernissages, les présentations à d'autres femmes, certaines belles, jeunes, séduisantes, célibataires, en admiration devant ses œuvres, envoûtées elles aussi par sa voix. Elles voudront des explications en tête à tête, des poèmes récités à voix basse. Elle tente de reprendre pied et de résister à cette tempête de jalousie furieuse, impitoyable, destructrice.

« Nous pourrons nous téléphoner, n'est-ce pas ? Je pourrai même faire un saut dans l'une de ces villes, sous un prétexte quelconque. Ce serait drôle de se retrouver ensemble à l'étranger, non ? »

Slimane sourit, baisse la tête, semble hésiter, cherche d'autres papiers sur la petite table. Elle veut qu'il réponde, là, maintenant, tout de suite. Elle veut qu'il lui dise qu'il n'y a qu'elle, qu'elle peut, qu'elle doit venir le retrouver, qu'ils iront visiter ces villes étrangères. Alors qu'il va répondre, son téléphone sonne, écrasant tous les espoirs d'Isabelle.

« Votre taxi est arrivé. Je vous raccompagne jusqu'à la porte d'entrée. Je vous appelle demain. »

Il pose un baiser léger sur les lèvres d'Isabelle qui a du mal à rester calme. Elle descend les marches avec difficulté. Une sorte de colère s'est emparée d'elle, qui la dévore, la fait vaciller. C'est bien cela, il la met dehors, il la rejette, il se débarrasse d'elle. Peut-être même qu'une autre femme l'attend ou va venir le rejoindre dans cet appartement. Elle enrage de son silence, de devoir partir, de ne pas l'avoir entendu la rassurer. Alors qu'il s'approche pour lui prendre la main et y déposer un baiser avant qu'elle ne sorte,

Isabelle ouvre la porte, lui lance un « bonsoir » à peine audible et s'engouffre dans le taxi. Elle donne l'adresse de l'hôtel où se trouve Aïcha et décide de conserver ses lunettes noires pendant quelques minutes, le temps pour le taxi de quitter le quartier.

Assis sur sa moto banalisée, le motard des services de renseignement affecté à la surveillance des « Palestiniens de marque » en France se demande s'il doit continuer à surveiller « Ben Picasso », comme la maison a surnommé le jeune artiste. C'est vraiment le bordel, ce métier. Il décide de rester sur place, il n'est pas d'humeur à zigzaguer dans Paris à cette heure.

22

Assis dans sa voiture garée près de l'adresse indiquée par Didier, Alain observe à distance le camp de Roms où ils ont rendez-vous avec le chef du clan et, si possible, les familles des enfants disparus. Didier l'a averti que le personnage est difficile et que lui-même avait eu du mal à se faire accepter, même avec les recommandations des autres chefs. Ce camp a été le premier touché par la disparition d'enfants et les habitants sont hostiles à tout ce qui vient de l'extérieur et à tout ce qu'ils associent, de près ou de loin, à tort ou à raison, à la police ou à une autre forme d'autorité.

L'enquête n'avance pas vraiment et Alain commence à se demander comment il va s'y prendre pour coincer les Russes. Il fonctionne à la limite de la légalité, il ne réfère à aucune autorité et le moindre faux pas pourrait lui causer de sérieux ennuis. Il n'a aucune preuve, les gamins refusent de déposer officiellement et la collaboration avec les différentes familles roms ou gitanes est laborieuse, marquée par la méfiance, l'incompréhension.

Il entend la voiture de Didier, une vieille Peugeot toussotante et polluante, qui arrive et se place juste à côté de lui. Didier a toujours sa tête de bienfaiteur malheureux, condamné à sombrer dans sa quête pour le bonheur des autres. Il s'approche d'Alain, l'invite à descendre de la voiture.

« Je vais aller chercher deux gamins pour te garder la bagnole, sinon tu retrouveras une carcasse sur parpaings. Ensuite, tu connais la routine, on va nous conduire au chef, Ivo. Je te préviens, c'est un méchant, il déteste tout ce qui n'est pas rom, mais il n'a pas le choix. Il a perdu de son prestige et de son autorité avec la disparition des gamins. Alors il est obligé de composer avec nous. Il a toujours le respect des familles parce qu'il a réussi à faire la paix avec les clans gitans et même quelques tribus des cités alentour, ce qui est un exploit en soi. Au début, tu me laisses parler. Après, en fonction de la tournure des événements, on avisera. »

Alain soupire, ferme sa voiture, jette son sac à dos sur l'épaule et suit Didier vers l'entrée du camp. Il commence à saturer de ces lieux qui le mettent toujours aussi mal à l'aise. Comment peut-on vivre dans des endroits pareils ? Comment peut-on y faire et y élever des enfants ? Il s'est habitué aux gamins avec lesquels il a mené une partie de son enquête et il les trouve un peu drôles, même s'il n'a pas beaucoup d'illusions sur eux et sur ce qu'ils font une fois qu'ils ne sont plus avec lui. Mais ces camps restent pour lui un mystère absolu. Pourtant, il en avait vu des taudis, des endroits minables dans lesquels des familles s'entassaient et survivaient. Mais il n'y avait pas une intention définitive et souvent, dès qu'ils le pouvaient, les habitants s'empressaient de partir vers des lieux plus accueillants. Les camps Roms sont autre chose. Ils ont une dimension quasi crépusculaire, une atmosphère d'anarchie post-cataclysme, une fin du monde arrivée trop vite et qui ne fait qu'ajouter à la brutalité de ces ghettos. Et, comme à chaque visite, il est également étonné par la beauté des enfants et surtout des jeunes femmes, par leur étrange grâce et leur soudain basculement dans une décrépitude physique qui, de toute évidence, se produit dès qu'elles deviennent mères.

Ils s'arrêtent à côté d'un camion qui sert de bistrot. Des gamins discutent avec Didier puis se dirigent vers les deux voitures. Didier leur a donné la clef de la sienne. Ils vont s'installer dedans, écouter de la musique et fumer les cigarettes qu'il a laissées dans la boîte à gants. Une femme s'approche et leur tend deux tasses de café et leur montre des chaises de jardin en plastique. Des hommes sont assis, certains engagés dans une vive discussion, d'autres le regard dans le vide, semblant ne rien attendre de l'existence. D'autres, plus jeunes, se tiennent à distance, saluent Didier d'un petit mouvement de menton et regardent Alain avec méfiance. Ils savent ce qui se passe et donc tolèrent la présence d'un flic, surtout s'il accompagne un docteur. Alain se demande de quoi ils vivent, puis préfère ne pas envisager la réponse. Un homme jeune, porteur de bijoux en or criards, s'approche de Didier et discute avec lui à voix basse. Il regarde Alain à plusieurs reprises, hoche la tête et finalement leur fait signe de le suivre. Alain tend sa tasse vide à la femme sans âge qui s'occupe du « café », lui sourit pour la remercier. Elle le regarde, décide de lui sourire et dit quelques mots en rom qu'il ne peut comprendre. Elle semble douce, aimable, serviable. Combien de sacs a-t-elle vidés dans le métro ? Alain se met en marche derrière Didier et son guide, sous le regard inamical des hommes.

Ils pénètrent plus avant dans le camp et le spectacle est toujours le même… et pourtant sans cesse renouvelé. Un étrange capharnaüm se présente à eux, au fur et à mesure qu'ils avancent, que Didier ne semble plus voir. Par endroits, le camp a l'aspect de certaines villes après une tempête. Tout est en désordre, mais la population fonctionne dans ce chaos et trouve une fonction pour chacun des éléments, souvent par dévoiement de la fonction initiale de l'objet. Des regards les accompagnent pendant quelques mètres, des phrases sont prononcées sur leur passage, qu'Alain se réjouit de ne pas comprendre. Il ne peut s'empêcher d'observer les jeunes filles et de ressentir un certain trouble par instants. Que faudrait-il pour les faire entrer dans la vie moderne dite normale ? Le veulent-elles ? Pourraient-elles y rester ?

Ils arrivent devant une cabane qui semble gigantesque. Le jeune homme leur fait signe d'attendre. Didier regarde autour de lui, dit bonjour à des gamins qu'il reconnaît et à une mère et son bébé qui s'approchent de lui. Elle semble vouloir lui parler, lui montre son enfant sans doute malade. Didier lui dit de revenir après leur entretien, qu'il auscultera l'enfant, mais elle insiste en lui tirant la manche avec urgence, en poussant vers lui l'enfant qui se met à pleurer. Au même moment, leur guide sort de la cabane et crie quelque chose à la jeune femme qui se dégage, fait un geste hostile de la main, crache par terre en regardant Alain, puis s'éloigne. Ils entrent et se trouvent dans une large pièce. Plusieurs personnes sont assises –, des hommes, quelques femmes et deux ou trois enfants. Un homme se lève, s'approche, leur montre deux sièges puis ordonne aux femmes et aux enfants de sortir. L'une d'entre elles, jeune et mince, vêtue d'une longue jupe chatoyante, d'un bustier à grosses fleurs imprimées très ajusté, les cheveux ramassés dans un chignon orné de parures dorées, passe très près d'Alain en le regardant droit dans les yeux, à la limite de la provocation, dans une sorte de défi sensuel. Il ne baisse pas le regard et ne peut s'empêcher d'observer sa finesse, le côté félin de sa démarche, la fluidité de ses gestes, la grâce de ses mains. Il l'imagine dansant devant un feu de bois au son des guitares, dans un songe fugitif au romantisme sirupeux. D'où vient-elle ? Quelle est et que sera sa vie ? Décidément, ces jeunes femmes roms sont déroutantes.

Ils se sont assis, le silence s'est installé dans la pièce où tout le monde fume. Didier se lève et prend la parole.

« Bonjour à tous, bonjour à toi, Ivo. Merci de nous recevoir. Comme vous le savez, mon ami, ici, travaille avec vous pour trouver les assassins de vos enfants. Il lui manque des informations et il a besoin de votre aide. Il souhaite parler aux enfants, ainsi qu'aux mères des deux disparus. Il y a urgence. Nous avons toutes les raisons de penser que les enlèvements vont reprendre. Il faut faire vite. Nous devons collaborer et vous devez faire confiance à Alain. »

Il se rassoit lentement, le visage triste, le geste las. Alain le trouve fatigué, découragé, à bout de course. L'humanitaire, à long terme, ça vous tue un homme plus sûrement qu'une maladie. Ça fonctionne comme du poison, comme une gangrène émotionnelle, à cette différence près que c'est une destruction auto-infligée.

Ivo se tourne vers un vieil homme et lui pose une question que Didier et Alain ne comprennent pas. Une discussion s'engage, d'abord entre le vieil homme et Ivo, puis avec le reste du groupe. Le ton monte rapidement, des gestes prennent de l'ampleur, de la dureté, de l'agressivité. Les deux visiteurs sont laissés en dehors de la discussion et cela commence à irriter Alain qui se dit qu'il en a assez de perdre son temps avec ces cons-là, infoutus qu'ils sont de se mettre d'accord.

Il se lève brusquement, écarte les bras pour indiquer qu'il veut la parole et qu'il exige le silence. Les hommes se taisent, Ivo le toise et son regard laisse peu de place au doute quant à ses sentiments. Alain n'en a cure et décide de parler, que ça leur plaise ou non.

« Je vous demande de m'écouter. Si vous ne comprenez pas ce que je dis, faites venir une personne qui pourra vous aider. Je n'ai pas beaucoup de temps, et vos enfants encore moins. Je me fous de vos histoires internes, de qui est le chef ou pas. Il y a dehors des types qui tuent vos gosses et leur prennent des organes. Si vous voulez que ça recommence, continuez vos palabres, continuez à vous engueuler sans prendre de décision ! Moi j'ai autre chose à faire. »

Les hommes le regardent avec un mélange d'étonnement et de colère. Ivo se lève, s'approche, presque à le toucher. Des hommes lancent des mots, peut-être des encouragements, peut-être des invitations à la retenue.

« Toi tu viens ici et tu parles, ça va pas. Mais nous, on perd les enfants, et moi je suis le chef. Alors je décide comment on fait. Toi, après, tu feras comme je dis. »

Alain ne se laisse pas impressionner. Didier est assis, regardant alternativement Alain et Ivo. Il sait que tout se joue maintenant. Ivo ne peut pas perdre la face, mais Alain est capable de s'en aller et de tout foutre en l'air. Alain reprend la parole, sans regarder Ivo.

é Vous avez un quart d'heure pour vous décider, après je me casse et vous vous démerderez pour ramasser les morceaux de vos mômes. Je vais prendre l'air. Et si je reviens dans cette pièce, je veux un interprète pour savoir ce que vous dites. Sinon c'est sans moi. Je veux arrêter ces types, vous aussi, et nous devons travailler ensemble. Et pour que tout soit bien clair, quand ça sera terminé, si je vous chope, vous ou vos merdeux, en train de voler ou de trafiquer, je vous mettrai en prison. Moi non plus, je ne vous aime pas. »

Suivi par Didier, accablé et silencieux, Alain sort et s'assied sur un fauteuil déglingué devant un brasero. Ils entendent les voix dans la caravane. Le ton est monté, il y a des cris et probablement des insultes. Après quelques instants, la jeune femme qui avait frôlé Alain en sortant de la caravane s'approche avec un plateau en émail sur lequel sont posées des tasses, des verres d'eau, ainsi que des gâteaux. Elle pose le plateau, s'éloigne de quelques pas, s'assied sur un pneu de camion, légèrement de biais par rapport aux deux hommes, et allume une cigarette. Elle regarde Alain avec une sorte de curiosité amusée. Il essaie de ne pas la regarder, de laisser son regard se promener sur le désolant spectacle qui les entoure, mais il revient inévitablement à elle. Elle sait l'effet qu'elle a sur lui et elle sait qu'il le sait. Sa beauté trouble Alain plus que de raison. Son visage est un ovale presque parfait, sa bouche est délicate, agrémentée d'un bel ourlé des lèvres et d'un arc de cupidon marqué qui met en valeur son nez fin. Une mèche de cheveux pend sur un des côtés de son visage et sa position permet à Alain de voir la silhouette de son buste, la longueur de ses jambes. Il se dit qu'elle doit être terriblement photogénique, belle, et il se prend à l'imaginer nue. Elle sait qu'il la regarde et que ce qu'il voit le trouble. Elle est chatte et décide de la manière dont elle va dévorer la souris. Elle réfléchit au piège qu'elle va lui tendre. Alain se tourne vers Didier. Celui-ci hausse les épaules, désabusé, sans inspiration. Il se demande comment tout cela va finir. Il veut juste que cette affaire soit résolue pour qu'il puisse reprendre ses activités dans les dispensaires des camps. Il s'est pris d'amitié pour ces Roms, leur mode de vie, leur incohérence, leurs excès, leur sens de la tribu, même si beaucoup d'autres aspects de leur existence et de leur comportement le dérangent. Alain décide de se lever et de faire quelques pas. Elle se lève, reprend les tasses, s'approche d'Alain, lui tend un verre d'eau. Ses gestes expriment une sensualité terrifiante.

« C'est propre, tu peux boire. Désinfecté, tout. Pas de danger. C'est propre, moi aussi je suis propre, nous sommes propres. »

Alain prend le verre, la remercie, le porte à ses lèvres. Elle le regarde dans les yeux. Il s'approche de la pente dangereuse et il le sait.

« Marjiana, c'est mon nom, Marjiana. Je parle français bien et je vais à l'école, des fois, pas toujours et je vais avoir un travail. Mais je suis pas une voleuse.

— Je m'appelle Alain. Je suis policier. Je vais vous aider.

— Je sais qui tu es. Tout le monde le sait. Tu travailles avec les enfants. Ils t'aiment bien. Ils disent qu'un jour tu les mettras en prison, ça les fait rire. Je connaissais les deux qui ont partis, non, qui sont partis. Georghe et Livia, ils étaient gentils, un peu voleurs, mais gentils, surtout Livia, elle voulait que sa sœur étudie. Alors elle travaillait pour Ivo. Georghe, lui, il voulait jouer de l'accordéon et coucher avec des filles, avec moi ou d'autres. Il nous faisait rire parce qu'il disait qu'il serait notre plus grand amant du monde, il disait. Et nous, ça nous faisait rire. Il essayait de nous voir pendant nos toilettes. On lui jetait de l'eau avec du savon. Il voulait jouer de l'accordéon avec oncle Zarko. »

Alain sourit, pensant à l'un de ses collègues qui veut créer l'association pour la stérilisation des accordéonistes roumains, dans la même veine que cet employé du Quai d'Orsay obligé d'assister à toutes les soirées officielles, qui avait créé l'association pour l'assèchement du lac des Cygnes.

« Pourquoi tu rigoles ?

— Non, rien, je pensais à quelque chose. Continuez.

— Georghe avait peur d'Ivo parce qu'Ivo, il couche avec sa mère quand il est saoul et il n'est pas gentil. Enfin, il couchait, parce que maintenant elle ne parle plus à Ivo ni aux autres hommes. Elle est enfermée dans elle, toute seule, elle n'est plus avec nous dans son cœur et dans sa tête. Et elle pleure souvent, toute seule. Moi, je peux t'aider, si tu veux. »

Alain l'écoute attentivement. Il se demande pourquoi cet Ivo est aussi hostile. Didier s'est approché. Il sourit à Marjiana, qu'il connaît. Il lui demande comment elle va, comment vont les études et son travail à l'hôpital. Elle lui répond sans le regarder, continuant à fixer Alain. Dans la caravane, les voix se sont calmées, le guide sort et les appelle. Il dit quelque chose en rom à Marjiana. Elle pose le plateau et les suit dans la caravane.

Ivo est debout, l'air sombre, agressif, tendu. La discussion a dû être difficile, comme souvent dans les clans, lorsqu'il faut imposer un point de vue qui n'est pas partagé par la majorité des membres.

Son autorité est en jeu. Il a besoin d'Alain et de Didier, il le sait. Mais il doit rester le chef.

« On a parlé. On va faire avec toi. Tu vas poser tes questions, on va te répondre. Si on peut pas, Marjiana va aider avec les femmes, elle parle bien. Dis ce que tu veux savoir. »

Alain décide de rester debout ; Didier s'est assis à côté de lui, calmé, visiblement soulagé. Marjiana s'est assise un peu en retrait. Elle regarde par terre. Ivo la regarde, les autres hommes aussi. Ils savent qu'elle joue avec Alain et ils n'aiment pas ça.

« Je veux savoir si d'autres enfants ont été enlevés ou ont disparu, quand et surtout où ils étaient ou étaient supposés être. Je veux savoir leur âge, ce qu'ils faisaient et s'ils allaient toujours aux mêmes endroits ou s'ils passaient par les mêmes chemins. Je veux… »

Marjiana lui fait un signe, étonnamment autoritaire, pour l'interrompre.

« Je vais traduire, je sais que y en a qui comprend pas. »

Elle parle pendant quelques instants. Les hommes hochent la tête, semblent approuver. Ivo ne dit rien, se contentant de la fixer, sans un regard pour Alain ou Didier.

« Je veux parler aux parents des deux disparus et à leurs frères et sœurs. Aujourd'hui, là, tout de suite. »

Après la traduction, les hommes se concertent, on envoie des émissaires. Au bout de quelques minutes, une femme entre avec une gamine d'une dizaine d'années, au regard apeuré. Une autre femme vient quelques minutes plus tard. Elle entre et s'assied, pose son regard au sol et semble attendre, dans une douloureuse léthargie. Ivo se lève et décide de quitter la pièce. Marjiana explique à Alain qu'il s'agit de la mère de Georghe, de la mère et de la sœur de Livia.

L'atmosphère est dense, pesante, imprégnée de peur, de tristesse, de fatalisme. Ces femmes, à peine sorties de l'enfance, sont devenues des jeunes filles sur lesquelles des hommes ont rapidement jeté leurs regards, leurs envies, leurs pulsions. Elles ont dansé pour être choisies, elles ont été belles le temps qu'un accord soit trouvé pour les donner à un homme, puis leurs vies se sont arrêtées. Encore une fois, Alain est étonné par l'impossibilité de leur donner un âge. Leurs corps sont fatigués des vies de misère dans ces caravanes et ces baraques, sans le moindre confort, dans la chaleur, le froid, la promiscuité, l'absence d'hygiène, la mauvaise nourriture, la violence. Elles sont devenues mères et leurs enfants leur ont été enlevés.

Marjiana traduit les questions d'Alain d'une voix douce, puis elle lui donne les réponses sans le regarder, comme si la présence de ces femmes imposait une trêve dans son jeu de séduction. Oui, Livia et Georghe travaillaient beaucoup ensemble. Ils étaient amis depuis toujours. Ils allaient souvent dans les mêmes zones, ils connaissaient bien les chemins et ils étaient prudents. Ils n'avaient jamais parlé à des étrangers avant et ils ne connaissaient pas les hommes en noir dont les Gitans ont parlé. Les questions ne mènent à rien et Alain commence à se dire qu'il perd son temps. Il demande à la sœur de Livia si sa sœur lui avait dit quelque chose sur des gens qu'elle aurait vus quelque part.

« Non, elle connaissait personne. Elle ne racontait rien, elle disait juste qu'il fallait qu'elle aille à l'école pour devenir infirmière ou docteur comme Didier et l'autre docteur et les infirmières qui étaient venus pour les examens et les analyses. »

Alain se tourne vers Didier.

« Quel docteur, quelles analyses, c'est quoi cette histoire ?

— Il y a deux ou trois ans, nous avons fait une série d'examens et d'analyses pour l'Assistance publique. C'est un contrôle médical obligatoire. On le fait tous les trois, quatre ans, pour suivre l'état de santé des gamins, dépister des pathologies, des trucs comme ça. Mais ça dure une quinzaine de jours, pas plus : ce sont des campagnes. On fait ça dans tous les camps, mais on n'est pas certains d'avoir tous les gosses. C'est dommage. Ça donne beaucoup d'informations sur l'état de santé et sur l'évolution de ces populations.

— Est-ce que Livia et Georghe ont été examinés ? »

La mère répond que oui et qu'ils étaient en bonne santé, qu'ils étaient propres, elle faisait attention, propres dans la tête et dans le corps.

Marjiana regarde Alain avec attention, sans ambiguïté: elle sent qu'il se passe quelque chose. Il est tendu soudain, il semble réfléchir intensément, vite. À nouveau, il se tourne vers Didier.

« Que faisaient-ils comme analyses, les mecs des labos ? Et qui a les dossiers ? Qui a les noms des gosses qui ont été vus ? Je veux savoir si les gosses enlevés sont passés entre les mains des toubibs de l'Assistance publique ; putain, c'est ça la clef. Je veux ces infos, et pour les autres camps aussi. Est-ce que les gosses qui ont été enlevés sont passés par les analyses ? Et qui a ces putains de dossiers ? »

Didier se lève brusquement, livide, tremblant.

« Qu'est-ce que tu insinues ? T'es malade ou quoi ? Quel est le rapport ? Tu ne vas quand même pas imaginer que l'Assistance publique enlève des gosses ? »

Alain regarde Didier avec commisération. Il ne veut pas comprendre, il va falloir lui ouvrir les yeux. Une deuxième prise de contact avec la réalité du monde, après son escapade africaine. Ça ne va pas l'arranger, parce que ça risque d'être brutal.

« Que faisiez-vous comme analyses ? Donne-moi des détails, même incomplets, comme ça. »

Didier hésite, fouille dans sa mémoire. Marjiana le fixe, debout, tendue, prête à le frapper s'il ne parle pas. *Elle a compris*, se dit Alain, *elle est intelligente, elle vient de réaliser.* Elle est belle à damner tous les saints de la création et tous les flics de la terre et en plus elle est intelligente.

« Prise de sang, les urines aussi, parfois les selles. On cherchait les similitudes des groupes sanguins, les antigènes HLA, en cas d'épidémie, de grosse crise sanitaire, si jamais on avait besoin de …

— Besoin de quoi ? Didier, besoin de quoi, avec ces HLA ? »

Didier regarde par terre. Il semble assommé par ce qu'il vient de réaliser. Il dodeline de la tête.

« C'est pour les compatibilités… de greffes, je crois, il faut le sang et les antigènes HLA pour que ça marche. J'y crois pas, c'est pas possible ! »

Marjiana le regarde, les yeux emplis de fureur. Son corps tendu vibre de colère. Pour elle, Didier a basculé dans l'autre camp.

Les deux mères ne comprennent pas ce qui se passe et regardent Marjiana qui pleure, les poings serrés, et ces deux hommes qui s'affrontent sans élever la voix, ce qui est inhabituel chez les Roms.

Dans la pièce, le silence est écrasant. Tous regardent Alain comme s'il allait apporter la réponse.

« Didier, qui a ces putains de dossiers ? »

23

Le bar restaurant d'Alphonse est presque vide. Les éboueurs sont partis, les employés de bureau ne sont pas encore arrivés et les pochetrons du quartier sont allés cuver leur alcool dans des endroits plus silencieux, à défaut d'être plus confortables. Marceline, la serveuse laiteuse à la poitrine de pin-up de calendrier qui fait l'admiration des clients, est en train d'écrire le menu du jour sur une grande ardoise. Charlotte entre dans le café, jette sa cigarette dans le caniveau, réclame un café serré, avec un croissant et lance à la serveuse :

« Alors, qu'est-ce qu'il a trouvé chez Métro pour nous intoxiquer aujourd'hui, le père Alphonse ? Du saumon aux antibiotiques, de la souris d'agneau qui n'a jamais bêlé, des tomates qui poussent dans l'eau à deux mètres du sol ? »

Marceline hausse les épaules, ce qui fait tressaillir sa poitrine, et pose l'ardoise sur le comptoir.

« T'as qu'à lui demander si tu veux commencer la journée par une belle engueulade. Si tu lui dis qu'il fait de la bouffe Métro, il te passe à la machine à trancher. Il y a du lapin et du dos de cabillaud. Il prépare le lapin avec des petites échalotes et une sauce au vin blanc, et le dos de cabillaud en salade, avec des gros haricots blancs et du chorizo. »

Charlotte observe Marceline avec une certaine tendresse. Elle représente l'archétype des filles d'auberge, de celles qui tournent le sang des hommes, par un mélange de sensualité charnelle et de simplicité touchante. Elle est attachante de gentillesse, professionnelle et passionnée par son métier. Peu lui importe que les hommes plongent leurs regards dans son corsage lorsqu'elle les sert à table. En fait, elle aime assez cela.

Charlotte lui demande un autre café et regarde dehors, l'air soucieux. Marceline l'interroge, inquiète.

« Ça va pas ? T'as des problèmes ? Tu veux des sous ?

— Non, je suis juste inquiète, putain. Un de mes photographes. Je n'ai pas de nouvelles depuis plusieurs jours et ce n'est pas normal. Il s'est lancé dans un truc à la con et moi je l'ai laissé faire. Je n'aurais pas dû. Je redoute une catastrophe.

— Quel truc à la con ? Il a voulu photographier des stars et il a pris une branlée ?

— Non, plus grave que ça. Mais bon, c'est à moi de trouver ce qui s'est passé. Allez, je remonte. Garde-moi une place pour tout à l'heure. Du cabillaud, ça a l'air bon, son truc, avec un putain de petit blanc.

— Ça marche ! Je te mets une belle table à côté d'un beau mec, friqué et tout.

— Font chier, les mecs, c'est tous des cons. »

Charlotte remonte à l'agence, elle a du boulot : une exposition à préparer pour un festival dans le Sud, un client qui cherche des nus artistiques pour une boîte de nuit galante, une femme qui veut offrir une photo vintage à son fils pour ses 21 ans. La réceptionniste lui tend un post-it avec un nom et un numéro de téléphone.

« Je ne sais pas qui c'est. Une certaine Katia. Elle a déjà appelé la semaine dernière. Elle cherche à joindre Sammy. Elle dit qu'ils avaient prévu de faire un projet ensemble. Pas française, Europe de l'Est sans doute, Russe ou un truc du genre. »

Charlotte prend le papier et monte dans son bureau. Elle fait le numéro et tombe rapidement sur une voix affectée, à l'accent étranger prononcé. Charlotte se présente, explique ce qu'elle fait et demande à Katia quand elle a vu Sammy pour la dernière fois. La réponse est embrouillée, mêlée de commentaires sur d'éventuels talents artistiques, sur un ton hystérique. Charlotte décide que le plus simple est de lui demander de venir à l'agence pour un entretien. Sur la base de ce qu'elle vient d'entendre, elle se dit que la suite devrait être intéressante. Elle demande à la réceptionniste de réserver une table pour deux finalement, chez Alphonse.

Charlotte se présente dans le restaurant en plein coup de feu accompagnée de Katia. Marceline les conduit à une table tranquille qu'elle a réussi à conserver pour sa copine.

« Posez-vous là. Je t'apporte un pot de blanc, ça ira super avec le cabillaud. »

Charlotte regarde Katia qui vérifie que les hommes la regardent. Il y a de quoi et le résultat doit se situer au-delà de ses espérances. Sa robe fourreau noire, qui doit demander un temps de mise en place significatif, permet de deviner le moindre détail de sa plastique, au demeurant fort avantageuse. Elle se déplace sur des escarpins plus proches de l'échasse que de la ballerine, qui augmentent la cambrure de ses reins et confirment que, si lingerie il y a, cela doit se situer dans le string minimaliste. De toute évidence, elle a oublié le haut.

Marceline jette un regard étonné à Charlotte, prend la commande et s'en va vers d'autres clients en hyper-testostéronémie.

« Vous comprenez, je suis une artiste sculpteuse avec mon corps. Je sculpte l'espace par le mouvement, par la forme. Et les photographes aiment beaucoup mon travail. »

Charlotte fait signe de la tête pour signifier qu'elle a compris, à défaut d'approuver.

« Alors, Sammy est venu au club où des fois je danse, mais attention, respectablement. Et il m'a proposé de faire des photos, artistiques bien entendu, car je suis une vraie artiste, mais j'offre mon corps aux yeux des photographes, ou des peintres et des sculpteurs, pour faire des œuvres géniales.

— Ça remonte à combien de temps, votre rencontre avec Sammy ? C'était où exactement ?

— Je vous ai dit, au club Paradise Dance de La Villette. Il y a un mois, un peu plus. Il est gentil. On a fait un essai ensemble.

— Un essai ? Des photos, je suppose ? »

Katia affecte une moue offensée.

« Oui, je vous dis, je suis respectable, pas comme toutes ces putes russes. Moi, je suis tchèque. Je ne suis pas une Marie là couche-toi.

— Marie couche-toi-là. Mais c'est pareil. Pourquoi parlez-vous des Russes ? Est-ce que Sammy vous a dit quelque chose à ce sujet ? »

À grand renfort de mouvements amples qu'elle imagine artistiques, Katia écarte les mains en signe d'incompréhension, puis les ramène sous son menton pour se donner l'air d'une réflexion profonde.

« Je ne sais pas, non. Ah si : une ou deux fois, il m'a demandé si je connaissais les Russes, des voyous qui viennent dans cette boîte. Je me suis demandé pourquoi, mais après, ça a sorti de ma tête, j'ai d'autres choses plus importantes. Vous comprenez, moi je suis artiste, une vraie artiste. Vous savez, je pourrais faire des essais chez vous, si vous connaissez des bons photographes.

— Bien sûr, pourquoi pas, faut voir. Mais dites-moi, elle est où, cette boîte… heu…

— Respectable, c'est un lieu bien, classe, distingué, vous savez.

— Oui, je n'en doute pas une seconde. Vous avez l'adresse ? »

Pendant que Katia fouille dans son sac, Charlotte fait signe de la main à Marceline qui vient aux nouvelles.

« Tu nous apportes deux cafés, s'il te plaît ? Et tu mets ça sur mon ardoise.

— Moi, je veux une vodka. On finit pas un repas sans vodka. »

Katia se tourne vers Marceline, la dévisage et la scrute de bas en haut.

« Vous êtes très belle. Belle partout. Vous ne voulez pas faire de la sculpture artistique avec moi ? »

Marceline regarde Charlotte qui lève les sourcils, en mal d'explications. Cette pétasse est insupportable, elle a envie de l'envoyer paître, elle et ses prétentions artistiques, mais elle veut des informations sur Sammy et sur cette boîte de nuit.

« Marceline est très heureuse ici et elle ne peut prétendre être aussi belle que vous, ni certainement aussi artistique. Alors, c'est où, cet endroit classe ? »

Marceline s'éloigne en riant, laissant Charlotte se dépatouiller avec la pouffe qui, pour une fois, lui permet de ne pas avoir tous les yeux des hommes braqués sur son buste.

« Je veux ma vodka. C'est bon pour la voix et pour réfléchir aussi. Ah oui, l'endroit, c'est là, à côté de La Villette, je vous laisse l'adresse. Moi, je danse le mercredi et le vendredi. Si vous voulez venir voir une artiste.

— Mais qui sont les Russes dont vous parlez ? Qu'est-ce qu'ils font ? Savez-vous où on peut les trouver ?

— Des voyous, des sales voyous qui ne savent pas traiter les femmes, surtout les artistes comme moi. Ils logent à Bagnolet, tout le monde les connaît dans les groupes de l'Est. Je veux encore une vodka. C'est bon pour ma voix. »

Charlotte comprend alors qu'elle ne tirera plus rien de cette idiote. Elle se lève, l'emmène à son bureau, lui fait servir un café et lui commande un taxi.

« Écoutez-moi. Voici mon numéro de téléphone perso. Si jamais vous avez des nouvelles de Sammy, appelez-moi immédiatement. De mon côté, je vous promets de vous trouver un vrai photographe digne de vous et de votre talent de danseuse.

— Non, pas danseuse, sculpteuse de mon corps dans l'espace.

— C'est ça, pardon, j'avais oublié. Allez, votre taxi est arrivé, à bientôt. »

Une fois l'artiste sculpteuse expédiée, Charlotte s'assied à son bureau et se demande comment elle va procéder. Elle ne peut pas aller elle-même dans la fameuse boîte sélect et il est pratiquement impossible de trouver les Russes comme ça, à Bagnolet en plus. Il faut quelqu'un de pro, discret, habitué de ce genre de boulot. Il ne faut pas que l'on commence à fouiller dans les dossiers de l'agence, sait-on jamais. Il y a des dossiers photographiques et des contacts qu'elle ne tient pas à partager.

Peut-être Max, ce cher Max : lui seul peut trouver la solution, retrouver Sammy, faire ça discrètement. Le tout maintenant est de savoir où il est en train de traîner.

24

Le café est presque vide ; quelques clients sont au bar, un autre lit un journal dans un coin. Généralement, à cette heure de l'après-midi, il n'y a pas grand monde et Boris est assis dans le fond, dans un coin, placé de manière que personne ne puisse le surprendre dans son dos ou sur les côtés. Il peut voir l'ensemble du bar dans la grande glace qui est sur le mur et il peut également surveiller ce qui se passe dans la rue. Il a posé son arme à côté de lui dans un journal plié, on ne sait jamais ; de plus son couteau est fixé sur son mollet droit et la corde à piano dans la poche arrière gauche de son pantalon. Il sait que la partie pourrait être serrée. Il est prêt à se battre, il est disposé à tuer, ce qui pour lui n'a jamais été un problème de toute manière. Il doit convaincre Kyril qu'il ne peut plus travailler avec Youri, et encore moins avec lui et Pavel ensemble. Un fou et un pervers, l'un obsédé par les femmes, l'autre par les petits garçons, tous deux imprévisibles et indisciplinés. Dans la police de Moscou, ils n'auraient pas tenu un mois. Ils se seraient fait tuer avant, ou expulser pour incompétence. La mort du photographe est l'erreur de trop. Il avait dit à Youri de le laisser dans le hangar, attaché ; que lui viendrait l'interroger, avec Nikita. Il s'agissait juste de lui faire peur, de lui mettre deux ou trois gifles, de lui expliquer qu'il vivait dangereusement. Ce petit merdeux serait parti à toute vitesse, probablement dans un kibboutz au fin fond d'Israël, loin de Paris en tout cas, et l'affaire aurait été réglée. Seulement voilà, ces deux imbéciles s'étaient crus obligés de commencer sans lui. Lorsque Boris était arrivé, le gamin était déjà bien esquinté, le visage éclaté par les coups – et d'ailleurs pas que le visage. Youri a dit qu'il avait été arrogant, qu'il les avait insultés et ce gros con de Pavel avait confirmé. À ce moment-là Boris avait vu la chaîne en or avec l'étoile de David et il avait compris. Un mini pogrom, un lynchage en règle contre un juif, la vieille haine rance des Russes orthodoxes. Il avait jeté un seau d'eau au visage du gamin et avait vite réalisé qu'il n'y avait plus grand-chose à faire. Il avait frappé le gamin derrière la tête, d'un coup mortel, pour abréger ses souffrances. Youri l'avait regardé avec une sorte de fierté, de provocation.

« Tu l'as tué, c'est pas bien ça. Tu as tué un Français en France et un juif en plus, tu vas avoir des ennuis. »

Pavel ne disait rien, mal à l'aise. Nikita avait détaché le jeune homme et donné l'ordre à Youri et Pavel de le mettre dans un des sacs plastiques qu'ils utilisent pour la clinique, après les opérations. Boris avait dit de laisser le sac ouvert, qu'il s'occuperait de préparer le corps pour qu'il ne flotte pas et que, dans le pire des cas, on ne puisse pas l'identifier. Il avait donné l'ordre qu'on emmène le scooter dans un terrain vague, de préférence près d'un camp de Roms ou de Gitans, ou près d'une cité et qu'on y mette le feu avec de l'essence.

Finalement, il avait téléphoné à Kyril. Il avait fixé un rendez-vous immédiatement dans ce bar isolé, seul, pour faire un point : il commençait à y avoir urgence.

Cependant, il se méfie de Kyril et des autres, sauf peut-être de Nikita, le moins con de tous. Lui obéit et ne fait pas n'importe quoi. Il faut mettre un terme aux activités de Youri et de Pavel très rapidement, sinon les choses vont devenir ingérables. Boris est un professionnel, pas un des ces amateurs incohérents.

Il attend depuis bientôt une heure. Ce n'est pas bon signe. Peut-être Youri et Pavel ont-ils parlé à Kyril pour demander que lui, Boris, soit éliminé de l'équipe. Leur version contre la sienne, lui pouvant au mieux compter sur Nikita et quelques-uns des autres employés qui respectent Boris lors de prestations « officielles ».

Il a pris soin de garer sa voiture à distance, dans une rue à double sens, derrière un pavillon qu'il sait être abandonné. Un véhicule que

Boris pense reconnaître passe lentement dans la rue, puis s'arrête. La portière côté passager s'ouvre et la silhouette de Kyril apparaît. Il descend, se penche pour parler au chauffeur. Puis la voiture démarre. Il se dirige vers le café sans paraître inquiet, calme comme à son habitude. Il s'arrête à l'entrée de la salle, aperçoit Boris qui le regarde. Il vient s'asseoir en face de lui, commande un verre de vin blanc et pose ses deux mains sur la table.

« C'est quoi, cette embuscade ? C'est quoi ce cinéma ? »

Boris l'observe quelques secondes, attend que le serveur soit revenu avec le verre de blanc, puis reparti.

« Ce n'est pas une embuscade et ce n'est pas du cinéma. Je vous ai demandé de venir parce que les choses sont graves.

— Tu me donnes des ordres maintenant ! Tu penses que…

— Ce ne sont pas des ordres, c'est une invitation. Je connais ma place et mon rang. Ne vous inquiétez pas. Nous devons parler. Il y a urgence.

— Bon, je suis venu seul, je te donne ma parole. Je t'écoute. Essaie d'être bref, j'ai déjà eu une discussion à la con avec le charcutier de la clinique. Je n'ai pas que ça à faire. »

Boris observe Kyril, sa position, ses mains. La veste est boutonnée, il n'y a pas de gonflement au niveau de la poche intérieure. Il peut parler.

« Nous avons, non, vous avez un gros problème avec Youri et également avec Pavel. Ces hommes sont dangereux, imprévisibles, indisciplinés. Ils ont failli faire capoter plusieurs opérations. Ce ne sont pas des pros. Youri est obsédé par le cul, il perd tout jugement devant une pétasse. Pavel est pire. Il court après les petits garçons et ça, en ce moment, dans ce pays, ce n'est pas vraiment bien vu. Ils ont tué un homme qui devait rester en vie et maintenant, sa famille, ses amis, ses employeurs vont le chercher, la police va s'y mettre. Tant que l'on est dans les Roms et les Gitans, la police hésite car elle n'a pas envie de faire des remous, de se retrouver avec toutes les associations de défense sur le dos alors ils parlent de règlements entre tribus, entre clans. Mais là, c'est différent. C'était un Français, un juif en plus. Ça ne va pas arranger les choses. Il y a un moyen. On peut mettre ça sur le compte des gangs arabes des cités. On peut se servir de la situation au Moyen-Orient qui déborde en France, dans les banlieues. Je peux m'en charger, faire ça discrètement avec Nikita et l'un des vigiles de congrès. Seulement, les deux fous, vous devez vous en débarrasser le plus vite possible. Je refuse de travailler avec eux désormais.

— Tu sembles avoir déjà tout envisagé pour ce Français. Qui était-il ? Pourquoi s'est-il trouvé ici ?

— C'était un jeune photographe. Il nous pistait depuis quelques semaines. Je l'avais repéré à Bagnolet, et aussi à proximité de la boîte de nuit de La Villette où vont traîner tous les gens de l'Est. On l'a coincé à la clinique, il nous avait suivis depuis Bagnolet. Je pense que c'était juste un jeune qui voulait faire des photos un peu chaudes, pour se faire mousser. Le problème est de savoir si l'agence pour laquelle il travaillait était au courant de ses activités. J'ai récupéré sa carte de presse que j'ai détruite. J'ai désactivé son téléphone et je l'ai balancé dans la Seine, loin des ponts de Paris. »

Boris décide de devancer les questions de Kyril, d'être le plus précis et le plus concis possible. Kyril constate, une fois de plus, que Boris fait un vrai boulot de policier pro, habitué des coups discrets, des nettoyages efficaces. Il vaut mieux être avec lui que contre lui. Boris continue :

« Il n'y avait personne, il était tard. Nous avons attendu longtemps, après. Personne d'autre n'est venu, juste le livreur avec sa moto noire, qui ne nous a pas vus. J'avais dit à Youri et à Pavel de garder le photographe dans le hangar du Bourget un jour ou deux, pour lui faire peur. Je serais venu l'interroger, ça je sais faire. Ensuite, il suffisait de le laisser partir en lui expliquant qu'il n'avait pas intérêt à revenir. Mais voilà, les deux autres abrutis l'ont démoli. J'ai été obligé de m'en débarrasser et surtout effacer toutes les traces qui conduisent à la clinique. À propos, j'ai revérifié notre trajet : de Bagnolet à la clinique, il n'y a pas de caméras vidéo, j'ai tout étudié. »

Kyril fixe Boris quelques instants, baisse la tête et se dit que, décidément, en ce moment les choses ne sont pas terribles. L'Arabe ne veut pas entrer dans la drogue, le chirurgien veut plus d'argent, les revenus de la clinique stagnent, les activités officielles ralentissent à Paris et dans toute l'Europe et maintenant, il a un meurtre à la con sur les bras et deux fous furieux dont il doit se débarrasser.

« Que veux-tu faire pour les deux ? Que me proposes-tu ?

— C'est vous le patron. Vous pouvez les virer, mais ce serait risqué. Ces mecs-là sont imprévisibles. Ils seraient capables de mettre le bordel. À ce stade, vous devez les éliminer, et le plus tôt sera le mieux. Il faudra aller vite.

— Nous avons une importante opération qui se prépare. Il va falloir être efficace. Et nous allons avoir besoin de tout le monde. Est-ce que tu peux assurer avec les deux dingues encore une fois ? Après, on les nettoie. »

Boris est satisfait. Visiblement Kyril est d'accord avec lui et ne réfute ni sa compétence ni son autorité. Une dernière opération est envisageable, mais sous certaines conditions.

« D'accord, mais vous indiquez clairement et fermement que je dirige les opérations et que tous doivent m'obéir. Nous avons peut-être été repérés au niveau des camps de Roms. Il va falloir faire très attention. Ensuite, je me chargerai des deux autres. Vous n'aurez rien à craindre. Je vous garantis que l'opération sera menée en toute discrétion. »

Kyril regarde Boris. Il se demande comment la police de Moscou a pu laisser partir un mec pareil. Un vrai pro, froid, discret, efficace, comme on en trouve rarement. Il va effectivement falloir se séparer des deux abrutis. Est-ce que ce sera suffisant ? Dans l'état actuel des choses, il ne peut pas prendre de risques. Il se demande si Boris joue aux échecs et si oui, combien de coups il prévoit d'avance.

25

C'est elle qui a téléphoné, qui l'a sollicité et il ne sait trop que penser, maintenant qu'il l'attend dans sa voiture. Elle lui a donné rendez-vous dans une petite rue entre la gare du Nord et la gare de l'Est. Il se demande comment elle connaît cet endroit, ce quartier. Est-ce là qu'elle vient sévir avec les autres jeunes femmes roms, dans le RER, le métro, autour de la gare, avec leurs journaux, leurs sacs, leurs airs de malheureuses en détresse prêtes à voler l'argent de braves grands-mères qui cherchent une pièce pour nourrir le bébé qui dort, bourré de médicaments pour le tenir calme ? Alain a garé sa voiture de manière à surveiller la rue dans les deux sens. Marjiana lui a dit qu'elle viendrait seule, mais il préfère prendre ses précautions. Il a mis la radio en sourdine. Il s'est enfoncé dans son siège et se demande s'ils iront manger ensemble. Comment doit-on s'y prendre pour inviter une Rom au restaurant ?

Un petit coup sec contre la portière le sort de sa rêverie. Il voit la silhouette de Marjiana qui fait le tour de la voiture, ouvre la portière passager et s'installe sur le siège. Comment a-t-elle fait pour qu'il ne la voie pas ? *Font chier ces Roms,* se dit-il, *ils sont vraiment forts, pas étonnant qu'ils nous arnaquent si facilement dans les lieux publics.* Marjiana dénoue son châle, ouvre son manteau qui n'est pas de première fraîcheur. Il constate qu'elle porte un pull à col roulé moulant mais sans provocation, une paire de jeans et des tennis qui visiblement assurent une fonction tout terrain.

« Bonjour. Je ne vous ai pas vue arriver. Par où êtes-vous passée ?

— Par la route, comme tout le monde. Bonjour. C'est normal que tu m'as pas vue. Tu attendais une Rom. Là, je suis en française.

— C'est pas faux. Belle observation. Avez-vous fait exprès ?

— Non, c'est juste que là, je viens en ville et je veux être tranquille. Je fais des ménages dans un centre hospitalier trois fois par semaine. Des fois je m'habille comme vous et on me remarque moins. Je veux pas que les gens s'écartent quand j'approche. J'essaie d'être… comme toi. Pourquoi tu me dis vous ? »

Alain réfléchit une seconde, déstabilisé par cette question. Doit-il donner la vraie réponse qui vient de lui apparaître dans toute sa logique ? Il choisit une voie moins compromettante.

« Parce que je suis policier, même si cette mission n'est pas très officielle. Mais je préfère comme ça. »

Marjiana baisse la tête, sourit. Alain sait pourquoi il conserve le vouvoiement. Cela reste sa dernière protection avant la glissade définitive. Elle le sait et s'en amuse. Cette jeune femme est d'une rare intelligence. Il est en danger, il est sorti de sa zone de confort, il est en territoire non cartographié, il peut rapidement perdre ses repères, ses références. Il s'accroche au « vous », la dernière barrière.

« Pourquoi m'avez-vous téléphoné ? Qu'avez-vous à me dire de si important ?

— Pourquoi tu m'as donné ton numéro ? Seulement à moi ?

— J'avais le sentiment de pouvoir vous faire confiance. Et j'ai besoin d'une interprète pour communiquer avec les mères des enfants. »

Il regarde droit devant lui pour ne pas voir le visage, les cheveux élégamment coiffés en chignon, avec une barrette étonnamment discrète, le léger maquillage, le galbe des seins, les jambes qui n'en finissent pas et ces yeux qui le transpercent chaque fois qu'elle se tourne vers lui pour lui adresser la parole. Il regarde devant lui pour ne pas franchir la barrière de l'autre côté de laquelle elle l'attend, patiente et sûre d'elle.

« C'est pour les enfants et les docteurs. Je sais des choses que je veux te dire. Seulement à toi.

— Est-ce que ce sera long ? On pourrait aller manger un morceau, j'ai faim, moi. Pas vous ? »

Elle se tourne vers lui, l'obligeant à la regarder en face. La barrière devient de plus en plus instable.

« Tu veux m'emmener au restaurant ? Moi, une Rom et toi un flic ? Dans ce quartier ? Tu veux qu'on se fait tuer ? Tu es fou ? »

Il n'y a aucune colère dans ses paroles, juste la constatation d'un fait. Il observe comment son regard a changé. Comment font ces femmes pour basculer d'un regard de madone angélique à celui de diablesse prête à tous les méfaits ? Il a souvent vu ce changement d'expression, lorsque les Roms se font rabrouer par les gens qu'elles importunent dans les transports publics ou dans la rue. Elles deviennent soudainement glaciales, méprisantes, agressives, inquiétantes. Combien d'humiliations, d'insultes, de violence pour parvenir à ces mutations. Mais, quel que soit son regard, Marjiana est toujours aussi belle.

« Vous avez raison, mais j'ai faim quand même. Je vous emmène ailleurs. Je connais un endroit où personne ne vous connaît et où personne ne m'emmerdera !

— Toi t'es pas poli des fois, quand t'es en colère.

— Je ne suis pas en colère. J'ai faim et quand j'ai faim, je n'aime pas que l'on me cherche. »

Marjiana le regarde à nouveau. Alain sent que la barrière devient de plus en plus fragile. Il démarre et commence à rouler vers la Seine.

« Vous pouvez commencer à me raconter. Nous en avons pour quelques minutes. Je vous ramènerai, ne vous inquiétez pas.

— Me ramener ? Où ? Je peux voyager seule, j'ai l'habitude. Je peux fumer dans ta voiture ? Et je suis pas inquiète (pause) je suis bien avec toi. »

Silence, la barrière oscille, à peine.

« Bon, alors, qu'avez-vous à me dire ? Oui, vous pouvez fumer, et attachez la ceinture. »

Marjiana allume une cigarette, baisse un peu la vitre, attache la ceinture et pose la tête sur le siège en soufflant un long panache de fumée. Elle est bien avec Alain, elle se sent en sécurité, tranquille, elle a le sentiment qu'il ne peut rien lui arriver et qu'elle pourrait sortir du camp enfin, une fois pour toutes.

« C'est quand les médecins sont venus pour les analyses. Moi, je venais d'arriver. Ton ami, Didier, était là. Il est gentil, il est con mais gentil. Tout le monde se moque de lui. Tout le monde sait qu'il est gentil et con. Mais quand les autres sont venus, c'était pas pareil. Ils étaient pas comme Didier. Ils ont demandé pour les enfants, pour faire des examens, prendre le sang et tout ça. Moi, j'ai pas voulu. Je me suis cachée. »

Alain écoute, réalise que ce pauvre Didier est à cent lieues d'imaginer ce que pensent vraiment de lui ceux qu'il aide. Ou le sait-il et accepte-t-il simplement parce que c'est ainsi ? Il est condamné à être bon et à encaisser la fiente d'une humanité qu'il veut aider mais qui le méprise.

« Pourquoi vous êtes-vous cachée ? Pourquoi refuser un examen médical ? »

Marjiana regarde par la fenêtre. Elle baisse encore un peu la vitre et jette son mégot par la fenêtre.

« Il y a un cendrier, vous savez. Vous ne m'avez pas répondu. Pourquoi avoir refusé ?

— J'ai pas mis dans le cendrier pour pas que tu as un problème avec ta femme, ou ta copine. J'ai le rouge et tout ça. »

Alain hésite une seconde avant de répondre.

« Il n'y a pas de femme, ni de copine. Il n'y a personne. »

Marjiana contemple ses chaussures. Elle sourit, passe la main dans ses cheveux pour arranger un chignon qui n'a besoin de rien.

« J'ai pas voulu parce que l'autre docteur, je l'aimais pas. Il y avait quelque chose pas bien avec lui. Même les infirmières, elles aimaient pas. Ça allait pas. Alors quand ils sont revenus pour les analyses …

— Comment ça, revenus ? Ils n'ont pas tout fait d'un coup ?

— Non, d'abord ils ont pris le sang. À presque tous les enfants et les jeunes. Après ils sont revenus deux ou trois mois après, mais ils ont pas fait l'analyse à tous les enfants. Seulement quelques-uns. Ils ont parlé aux parents, qui ont signé des papiers. Après, ils ont refait des analyses, mais pas le sang. Autre chose, que je sais pas, mais pas à tous les enfants. Moi j'aimais pas ce docteur, mais il a payé les parents. Moi, j'ai pas les parents, alors j'ai pas fait les analyses. »

Ils sont arrivés près de Luxembourg. Alain gare sa voiture rue Le-Goff, se tourne vers Marjiana.

« Est-ce que vous aimez la nourriture chinoise ? Il y a un petit restaurant familial très sympa. On peut aller là. Ou alors chez McDo ou Quick, il y en a un de chaque côté de la place.

— Chez McDo ou Quick, ils aiment pas les Roms, les gros qui gardent, les Blacks ou les Beurs qui sont en costume. Ils disent pas vous, retournez dans vos camps. En fait, personne ne nous aime. Alors, on va pas au restaurant. Non, j'ai jamais mangé de Chinois.

— Non, vous n'allez pas manger un Chinois. Mais de la cuisine chinoise. C'est très bon. On mange avec des baguettes.

— Des baguettes de quoi, avec du pain, des baguettes de pain ? »

Alain sourit, la regarde, réalise qu'il a une furieuse envie de la prendre dans ses bras, que la barrière est en passe de s'écrouler.

« Allez, on y va. Je suis certain que ça va vous plaire. Venez. »

Ils descendent de la voiture, remontent l'impasse et tournent à gauche dans la rue Royer-Collard. Alain ouvre la porte du restaurant, fait entrer Marjiana, observe la salle et les gens attablés. La patronne, une Chinoise gouailleuse et hospitalière, s'approche, reconnaît Alain et les guide vers le fond du restaurant, dans l'angle opposé à la fenêtre. Elle apporte deux cocktails maison et des beignets de crevettes. Marjiana observe en silence, sort les baguettes de l'étui en papier, regarde Alain qui est en train de consulter le menu.

« Qu'est-ce qu'y mangent, les Chinois ? Tu choisis pour moi. Je mange tout, je suis pas difficile.

— Est-ce qu'il y a quelque chose que vous ne mangez pas du tout ? On peut commencer avec une soupe, puis des nems : ce sont des rouleaux de pâte feuilletée avec de la viande et des légumes à l'intérieur. Après, si vous voulez, il y a de la viande, du canard, du poulet, du porc, ou alors du poisson, avec du riz ou des nouilles. Est-ce que vous buvez de l'alcool ? Une bière chinoise, ça vous dit ? »

Marjiana lui fait signe qu'elle ne sait pas. Brusquement, son visage s'illumine d'un grand sourire. Alain comprend qu'il ne pourra pas résister beaucoup plus longtemps.

« Est-ce qu'ils ont du hérisson ? Nous et les Gitans, on mange du hérisson : c'est bon, ça, t'as pas essayé ? »

— Ça m'étonnerait. Les Chinois mangent pas mal de choses bizarres, mais pas ça. Vous voulez que je demande ?

— Oui, t'es pas capable. Pour voir. Fais-le pour voir. »

Alain fait signe à la patronne qui s'approche avec son carnet. Elle est vêtue d'un costume chinois, ses cheveux sont coupés courts, elle regarde Alain, prête à prendre la commande. Il regarde Marjiana. Elle lui adresse un petit sourire complice teinté d'une note de défi. Une mèche de cheveux flotte sur sa tempe, caresse son oreille. La barrière tombe inexorablement.

« Dites-moi. Est-ce que vous avez du hérisson ? Je n'en vois pas sur la carte. »

La patronne abaisse son carnet, le regarde, totalement incrédule, écarte les bras dans un geste d'incompréhension et d'impuissance.

« Vous voulez quoi ? Vous êtes dans un restaurant chinois. Vous savez bien. Vous venez souvent ici, non ? C'est quoi ça ? Vous avez bu déjà ? »

Elle se tourne vers Marjiana qui regarde Alain avec une sorte d'amusement admiratif.

« Vous avez entendu, mademoiselle. Il est fou. Il est bourré. C'est tous des fous, les flics. »

Marjiana ne la regarde pas, elle sourit, le regard plongé dans celui d'Alain.

« Non, je crois il est amoureux, c'est tout. »

La barrière n'est plus qu'un décombre, piétinée, en passe d'être pulvérisée. Alain la regarde et ne sait plus quoi dire. Il se replonge dans la carte et passe la commande à la patronne qui note en soupirant. Elle repart vers la cuisine avec un grand sourire et crie la commande en chinois pour les cuisiniers que l'on entend s'activer.

Le silence s'est installé entre eux et Alain ne sait plus où regarder. Il est perdu, désorienté, déstabilisé.

« Bon, vous n'aviez pas fini de me répondre. Qu'est-ce qu'il s'est passé avec ces examens ? Pourquoi les parents ont-ils signé ?

— Parce que les chefs de camp avaient dit il faut signer. Ils ont touché de l'argent, alors ils ont dit c'est bien avec les docteurs. Les enfants qui ont disparu, c'est ceux que les parents ont signé.

— Savez-vous ce que Didier faisait à ce moment-là ?

— Didier, il était pas là tout le temps. Et puis il est con. »

Alain comprend qu'il va falloir fouiller plus loin, passer par-dessus Didier, trouver ce docteur, l'autre, celui des analyses.

« Est-ce que vous vous rappelez le nom de l'autre docteur et des infirmières ? On a du mal à les retrouver.

— Non, on l'appelait l'autre docteur. Peut-être le chef du camp, il sait. Seulement je sais, il jouait aux cartes, beaucoup, des hommes du camp ont dit qu'il trichait. Une fois ils ont joué avec lui. »

Un nouveau silence, enveloppant, confortable, se met en place et leur permet de se retrouver enfin ensemble de l'autre côté de la barrière. La serveuse, une Chinoise trapue au français plus qu'approximatif, leur apporte les plats. Ils se lancent dans l'exercice d'apprentissage des baguettes, dans la dégustation de mets inconnus pour Marjiana, de rires soudains et de regards complices. Alain franchit le pas en lui tenant la main pour lui apprendre à manier les baguettes. Elle se laisse guider, elle le regarde dans les yeux, elle sait qu'elle a gagné. Ils parlent, se racontent… partiellement. Elle est en France depuis quatre ou cinq ans, venue avec sa mère. Elle n'a aucun contact avec son père qui est resté en Roumanie. Elle avait un frère, mais il est mort dans une bagarre, il y a quelques années. Mais elle n'aimait pas son frère, il la frappait et sa mère aussi, parce que c'était lui l'homme de la famille. Un jour, sa « famille » a été reclassée dans un appartement, dans une cité au nord de Paris, avec d'autres familles d'autres camps. Ils y sont restés quelques mois. Les enfants sont allés à l'école, les femmes faisaient les marchés et des ménages, les hommes travaillaient ou faisaient des formations, enfin, c'est comme ça qu'ils disaient. Et puis un jour, ils ont tous fait leurs paquets. Les hommes ont démonté tout ce qui pouvait se vendre et ils sont tous repartis dans les camps. Après, elle a fait des choses, selon son expression, ce que font les Roms comme elle : des petits boulots, de la mendicité, mais pas voleuse, jamais, juré. Elle aimait bien l'école. Elle voudrait recommencer, pour apprendre bien. Mais elle devient vieille : à 21 ans, il faut qu'elle se dépêche. Et maintenant elle a un travail à temps partiel dans un hôpital.

Il l'écoute, prend ce qu'il y a de plausible, décide que le plus simple est de laisser le reste de côté. Il est bien, calme, séduit, enchanté, au sens premier du terme. Il le sait et l'accepte. À la fin du repas, la patronne apporte deux coupes de saké. Elle donne à Alain celle avec la femme nue qui apparaît au fond de la tasse lorsque l'on verse l'alcool. Cela le fait sourire. Marjiana veut voir, il hésite, lui tend la coupe. Elle regarde, fait une moue.

« Elle est pas belle. Pute. Moi je suis plus belle et je suis pas pute. »

Ils retournent à la voiture, s'installent, sans se regarder. Alain lui prend la main, sans tourner son visage vers le sien.

é Je vais te ramener, dis-moi où tu veux que je te laisse. Je vais avoir besoin de toi encore, pour l'enquête. Essaie de savoir où se trouve le docteur, l'autre, et ne dis rien à Didier. Et puis, si tu veux, on peut se revoir, mais il ne faut pas que ça te pose un problème avec les autres, au camp. Tu as mon numéro. Tu peux m'appeler : si tu as besoin d'un forfait, je t'en trouverai un. »

Marjiana baisse la tête, garde la main d'Alain dans la sienne, la porte à ses lèvres. Elle ne parvient pas à parler. Elle veut rester dans la voiture. Elle veut qu'Alain l'aide à sortir du camp avant qu'Ivo ne la choisisse, avec d'autres filles, quand le marché avec son père sera terminé. Elle a besoin d'Alain, mais elle ne veut pas lui faire du mal. Pas comme l'autre avant, celui que les hommes du clan ont tué quand il l'attendait près du camp pour l'emmener et qu'elle les a laissés faire. Elle ne l'aimait pas, mais il voulait la sortir du camp. Alain est flic, il est beau, il est fort. Lui, il ne laissera pas les autres le tuer et elle pourra partir du camp.

26

Malik est assis à son bureau devant un café préparé par Samia, son assistante dévouée et discrète, son oreille dans la maison. Il attend le chauffeur qu'il a convoqué pour une mise au point, suite aux informations fournies par le GPS installé sur toutes les camionnettes. Cette solution a confirmé les utilisations anormales du véhicule par cet ultra-religieux qui commence à mettre le bordel dans les équipes, soit par sympathie, soit par antipathie, car tous les chauffeurs et les employés sont loin d'adhérer à ses idées religieuses. Seulement voilà, même ceux qui le désapprouvent vivent dans les quartiers où les barbus commencent à prendre du pouvoir. Malik doit reprendre la main rapidement, car les rumeurs sur l'ambiance au sein des équipes sont inquiétantes. Samia lui a plusieurs fois relaté des incidents, des altercations, certaines violentes, aux limites de la bagarre, qui lui ont été racontées par les femmes de ménage et les vigiles.

La porte des bureaux s'ouvre et le chauffeur passe la tête, demandant la permission d'entrer. Samia se lève, lui propose un café ou un verre d'eau. Elle vient avertir Malik que le chauffeur est là, qu'elle lui sert un café et qu'il est prêt pour l'entretien. Elle n'aime pas cet homme, ce Moktar Boussefik qui sème le trouble dans les équipes, la regarde et la traite avec un respect qui est plus une forme de distance méprisante que d'appréciation. Elle sait ce que serait sa vie sous la coupe de ce religieux. Malik se lève, ouvre la porte de son bureau.

« Moktar, bonjour. Viens, prends ton café, on va discuter. »

Moktar se lève, remercie Samia en passant, entre dans le bureau de Malik, s'assied sur le fauteuil que celui-ci lui désigne.

« Bonjour Malik, que la paix soit sur vous et votre famille. Vous voulez me parler, n'est-ce pas ? Je suis prêt à vous écouter. »

Malik le regarde, surpris par l'assurance du jeune homme. Il est bien habillé, propre, courtois. Son crâne rasé et sa barbe abondante révèlent son appartenance religieuse. Il en vient à se demander qui a convoqué qui. Ce garçon est à l'aise, à la limite d'une arrogance polie. Pourtant il ne peut pas ignorer pourquoi Malik l'a convoqué. Il doit bien se douter qu'il se trouve dans une situation difficile, mais cela ne semble pas le gêner. C'est un peu inquiétant et Malik se dit qu'il doit être ferme et montrer qui est le patron.

« Est-ce que tu veux un autre café ? Ou un verre d'eau ? Non ? Alors allons-y. Tu sais pourquoi je t'ai demandé de venir ? »

Moktar regarde Malik en souriant, puis promène son regard sur les murs du bureau.

« Je ne suis pas certain de savoir pourquoi vous souhaitez me parler. Mais moi, j'ai des choses à vous dire. Je suis étonné, il n'y a pas de phrases du Coran dans votre bureau, mais il y a des photos que le prophète interdit. »

Malik le regarde, interloqué. Ce type a un culot monstre, il porte un jugement sur le bureau de son patron. Non mais, c'est quoi ce bordel ?

« Écoute-moi au lieu de te préoccuper de ce que je mets sur les murs de mon bureau. Je sais que tu te sers de la camionnette pour des opérations qui n'ont rien à voir avec ce pourquoi je te paye. Tu es allé jusqu'à Calais et tu circules autour de Paris, tu vas jusqu'à Auxerre, complètement en dehors de ton périmètre de livraison. Tu as une explication à me donner ? »

Moktar termine son café, boit un peu d'eau, se cale dans le fauteuil et regarde Malik avec un sourire tranquille qui a le don d'exaspérer son interlocuteur.

« Je vais vous donner les explications, bien entendu, car j'aime que les choses soient claires. Il faut vivre dans la vérité entre frères musulmans, sur la voie que le prophète a ouverte pour nous. Vous êtes mon frère, Malik, dans le royaume de l'islam, même si vous êtes un peu égaré, mais nous allons nous retrouver bientôt. Avec l'aide de Dieu.

— Écoute-moi bien, connard. Tu vas laisser Dieu en dehors de cette histoire. Tu es mon employé et tu fais des choses que tu n'es pas supposé faire. Alors tu vas t'expliquer et arrêter de m'emmerder avec tes conneries. »

Sans se départir de son sourire tranquille, Moktar pose sur Malik un regard étonné. Il boit encore un peu d'eau, puis reprend la parole.

« Malik, mon frère, la société française vous a corrompu. Vous avez perdu vos repères de bon musulman, c'est la faute de votre père, mais lui aussi reviendra bientôt parmi nous. Essayez de rester calme pendant que je m'explique. »

Malik est au bord de l'explosion. Il a envie de frapper cet abruti fanatique. Mais il se souvient de la manière dont son père menait ce genre de discussion. Il écoutait en silence, il réfléchissait puis il faisait une première proposition conciliante et si l'autre ne pliait pas, il augmentait la pression calmement, étape par étape, jusqu'à imposer son choix. Il doit se reprendre vite, il doit garder la main sur cette discussion.

« Bon, je suis fatigué en ce moment. Ce n'est pas grave, trop de travail, des soucis, les impôts, tout ça. Je me fais un café et je reviens. On reprendra la discussion. »

Il sort de son bureau, se dirige vers la machine à café. Il passe devant Samia qui lui lance un regard inquiet, lui fait signe de se calmer. Il sait qu'elle a raison, qu'il doit reprendre ses esprits, mais ce con de chauffeur le met hors de lui. Il se fait un café, retourne dans son bureau, reprend sa place.

« Bon, je t'écoute. C'est quoi ton explication ? Fais vite, j'ai du travail. »

Moktar réfléchit quelques secondes ; il sait que Malik doit l'écouter, qu'il ne peut pas perdre la face et que comme employeur il a encore une marge d'autorité sur lui ; mais lui a Dieu de son côté.

« Je m'occupe d'une association qui prend en charge nos frères dans les pays hostiles, comme la France, hélas. Je fais des transports de personnes et de marchandises pour éviter que ces bons musulmans soient renvoyés dans leurs pays, où ils seront emprisonnés ou exécutés. Vos camionnettes sont mises à contribution pour la bonne cause. Vous allez gagner le paradis des bons musulmans. Je vais chercher des gens et je les emmène à Calais. Et puis je transporte des documents, des nourritures, des vêtements, des…

— Des armes ? Est-ce que tu transportes des armes ? »

Moktar fait une pause, cherche ses mots.

« Comment dire, non pas vraiment, mais j'aide des gens qui en transportent, eux, qui les achètent et qui les vendent. Donc, je me sers de la camionnette et je n'ai pas l'intention d'arrêter. Je suis serviteur de Dieu, j'ai une mission, je la remplirai avec ou sans votre accord. »

Malik regarde le chauffeur. Sa certitude calme est emprunte d'une menace à peine déguisée.

« Et si je ne suis pas d'accord ? Si je te licencie pour faute grave ? »

Moktar sourit à nouveau, avec une sorte de bienveillance paternelle, comme pour préparer une gentille réprimande.

« Ce serait une grave erreur. D'une part, vous vous mettriez tous les bons musulmans à dos et nous sommes nombreux, y compris dans votre entreprise. Et puis ensuite, vous n'avez pas envie que la police se mêle de cette histoire, n'est-ce pas ? Il suffirait d'un petit coup de téléphone pour expliquer ce que sont les activités déguisées de cette entreprise si honnête. Je sais tout sur vos trafics, avec les Russes, avec les clans du sud de l'Europe. Nous sommes très bien renseignés.

— Est-ce que tu réalises dans quel bourbier tu te mets ? Tu penses pouvoir jouer comme ça avec moi, avec mes associés ? Pour qui tu te prends ?

— Pour un serviteur de Dieu, modeste et obéissant, mais obéissant à Dieu, seulement à Dieu. Je ne me mets dans aucun bourbier. J'ai un bac scientifique, j'ai fait des études de droit, j'ai un master en affaires internationales. Je pourrais travailler ailleurs et avoir un bon emploi de bon Maghrébin bien intégré dans la société française. Mais la société française ne veut pas de nous. Nous dérangeons ces gens qui sont venus chez nous sans nous demander la permission. Alors maintenant c'est notre tour, nous sommes dans la place et nous allons nous imposer. C'est ici, dans cette entreprise, que je sers le mieux la cause des musulmans. Vous, vous êtes égaré, mais nous allons vous remettre sur le droit chemin, vous allez revenir vers Dieu avec nous. »

Malik se met en arrière sur son siège, ferme les yeux une seconde, décide de ne pas réagir trop vite.

« Donc, si je comprends bien, tu me menaces dans mon entreprise et tu comptes utiliser mon matériel et mes installations pour ta … croisade. As-tu idée du risque que tu prends ? Qu'est-ce qui te fait croire que je vais accepter ? »

Moktar soupire, avec la sorte de lassitude d'un tuteur qui s'évertue à faire venir à la raison un gamin indiscipliné.

« Les croisades étaient dirigées contre nous. Ne l'oubliez pas. Mais je vais vous dire pourquoi vous allez accepter. Je vais reprendre une phrase que votre père et vous utilisez parfois. Parce que je sais, non, nous savons, où vous habitez, où votre femme fait ses courses, où vos parents coulent une paisible retraite. Est-ce que je suis assez clair ? »

Malik sent qu'il devient pâle. Il doit absolument se maîtriser, garder le contrôle de la situation.

« Je pense que tu viens de commettre une erreur, une très grave erreur. Cet entretien est terminé. Tu seras informé de ma décision sous quarante-huit heures. Et pour le moment, tu es interdit de conduite. Tu vas faire le manutentionnaire au dépôt. Autre chose ? »

Moktar regarde ses chaussures, soupire à nouveau, lève les deux mains comme pour signifier son impuissance devant cet individu qui refuse d'entendre raison.

« Soit, quarante-huit heures. Mais après, il faudra trouver une solution convenable pour tous. À propos, il y a effectivement autre chose. Des hommes mettent des photos de femmes nues dans les vestiaires. Ceci est inacceptable, il faut les faire enlever, il faut revenir à la morale musulmane, ces images sont impies. Et puis nous voulons une salle de prière juste pour nous, avec un moyen pour faire nos ablutions. Je n'ai rien d'autre à ajouter. Réfléchissez bien et ne faites pas de bêtises. Vous serez bientôt de retour parmi nous. »

Il se lève et se dirige vers la sortie, se retourne juste avant de passer la porte.

« N'oubliez pas de faire enlever les photos. »

Malik reste assis plusieurs minutes, prostré, assommé par ce qu'il vient d'entendre, incapable de mettre de l'ordre dans ses idées. Ce petit branleur de chauffeur de merde vient de le menacer, lui, sa famille, son père. Et il veut imposer la charia dans cette entreprise. Il faut absolument le neutraliser avant qu'il ne parle trop, ou fasse quelque chose d'irréparable.

Il informe Samia qu'il va s'absenter pour le reste de la journée : qu'elle gère les affaires courantes. Il sera là demain.

Quelques minutes plus tard, il arrive devant la maison de ses parents, sonne au portillon du jardin, fait signe à sa mère à la fenêtre que c'est lui. Il entre dans la maison, embrasse sa mère et va dans le bureau où son père se repose. Le vieil homme est fatigué et malade, sous perfusion, mais son regard est toujours vif et son esprit toujours affuté.

Alors Malik lui raconte les soupçons sur certains chauffeurs, la décision de placer des mouchards sur les véhicules, les constatations, l'entrevue avec le chauffeur, l'aplomb de celui-ci et surtout ses menaces. Son père écoute, en silence, comme à son habitude. Puis il réfléchit, les yeux fermés, la tête en arrière, appuyée sur le haut du fauteuil. Malik voit à quel point il est usé.

« Va voir ta mère à la cuisine, elle va te faire un café avec des gâteaux. Reviens me voir dans quelques minutes. Il faut que je téléphone. »

Malik se lève, sort du bureau de son père. Sa mère l'attend à la cuisine. Elle le fait asseoir, lui sert un café, pousse vers lui une assiette de gâteaux orientaux. Brusquement, Malik se retrouve en paix, calmé, revenu vers une douceur familiale où tout semble simple et facile. Sa mère lui demande des nouvelles de sa femme, lui parle de sa sœur Nacéra, de son mari, gentil mais un peu sévère, lui demande s'il a revu Dimitri, ce voyou, mais gentil quand même, qui a toujours été amoureux de sa sœur, elle le sait, mais bon, ils étaient jeunes, c'est comme ça, on est un peu fou quand on est amoureux.

Après quelques minutes, Malik entend la voix de son père qui l'appelle. Il revient dans le bureau. Son père lui sourit, lui dit de s'asseoir, qu'il va lui expliquer ce qu'ils vont faire.

« Je savais depuis longtemps que ces gens allaient nous causer des problèmes. Je n'aime pas les religieux fanatiques, ils sont aveuglés par leur croyance qu'ils transforment en haine de la société dans laquelle ils sont incapables de s'insérer. J'avais prévu ce problème. Mais ceux-là, on ne pourra pas s'en débarrasser avec des putes blondes. Il va falloir agir autrement. Alors voici ce que tu vas faire. À Courbevoie, j'ai un entrepôt, très grand, que je gardais en réserve, en cas d'urgence. Il sert de parking pour des amis. Tu vas faire transférer tous les stocks de nos affaires par des chauffeurs du Russe dans la nuit, rapidement. Tu ne fais plus faire de livraisons parallèles par tes chauffeurs. Ta sœur va se charger de la supervision et des contacts avec le Russe. Toi, il ne faut plus que tu sois vu avec lui pendant quelque temps. Pour les fous de Dieu, tu vas faire le dos rond un moment et leur donner satisfaction sur des choses qui ne portent pas à conséquence. Fais enlever les photos de filles nues, donne-leur une salle, ce n'est pas grave, mais fais-y placer un micro et une mini-caméra. Comme ça, on saura qui est avec eux et ce qu'ils racontent. Quand nous saurons combien ils sont, nous pourrons agir. Donne-leur l'impression qu'ils ont gagné et que tu as peur d'eux ; ils commettront des imprudences car ce ne sont pas des calculateurs, ils se croient malins et puissants, c'est leur faiblesse. Remets cet imbécile au volant : autant savoir ce qu'il fait et où il va. Après nous frapperons, très fort, très dur, pour montrer qui est le patron. Mets Samia au courant de ce que tu vas faire et dis-lui de calmer et de rassurer les autres, elle sait très bien le faire. Va, mon fils, tout ira bien. Je savais que ces temps allaient venir. Mais j'ai tout préparé, nous n'avons rien à craindre. »

Malik se lève, embrasse son père, repose la tasse de café à la cuisine, prend sa mère dans ses bras et sort de la maison. Il traverse le jardinet si paisible, dans ce quartier calme. Il s'arrête quelques secondes, regarde le jardin, touchant dans sa simplicité. Une vie si tranquille est-elle accessible pour lui, ou les temps ont-ils tellement changé qu'il va devoir faire la guerre ?

De retour à son bureau, il convoque Samia, lui donne quelques indications. Elle écoute attentivement, ne prend aucune note, lui dit que tout ira bien, qu'il peut compter sur elle. Il téléphone ensuite à sa sœur. Leur père l'a déjà appelée, elle est en train de tout mettre en place. Elle lui dit de ne pas contacter le Russe, elle s'occupe de tout.

« Toi, tu fais tourner la maison comme d'habitude et tu assures la paix dans l'entreprise. Le reste, je m'en charge. Et ne cherche pas à discuter avec les dingues. Ignore-les pour le moment. »

Lorsque Malik est sorti du bureau, Samia décroche son téléphone. Elle doit informer son contact, il y a urgence.

27

Le garage va fermer, les voitures sont garées, les outils sont rangés, le sol a été balayé par les deux jeunes apprentis, les employés sont partis. Antoine Karzecks regarde son garage, sa vie, son œuvre, comme il dit à sa femme. Il vieillit et il se demande quand il va pouvoir prendre sa retraite. Il est fatigué, l'évolution de la mécanique ne lui plaît guère, avec l'électronique et tout le tintouin. Il se demande si, dans quelques années, les mécaniciens qui sortiront d'apprentissage sauront encore ce qu'il y a dans un moteur, ou s'ils se contenteront de brancher des petits ordinateurs portables qui établiront le diagnostic et leur diront quelle pièce changer. Quel monde, quelle époque ! Plus d'artisans, plus de mécanos capables de diagnostiquer un problème en écoutant un moteur, avec le capot ouvert, les mains posées sur l'aile et à même de dire, « ouais, c'est le delco ma pauv' dame, va falloir changer ça ! »

Il pense à son fils, son garçon qui n'a pas voulu reprendre le garage. Monsieur fait du négoce, du commerce de voitures anciennes, qu'il retape, qu'il fait briller. Il faut dire qu'il est doué et de partout on lui amène les véhicules « vintage », comme ils disent. Avec son talent, il devrait pouvoir faire des merveilles dans une écurie de course ou de rallye. Mais il n'a jamais voulu, juste sa petite affaire de réglage de moteur pour voitures de collection. Il gagne correctement sa vie et il se fait plaisir, alors que demander d'autre ? Bien sûr, il aurait bien aimé avoir la petite Nacéra, ce beau brin de fille, dont il a été amoureux jeune, mais bon. Et puis ça reste des Arabes, pas tout à fait comme les Polonais : ça aurait fait des problèmes. Surtout, y faut pas mélanger le lit et le travail, comme disait sa mère, un client ça reste un client, même quand il est devenu un ami ou presque. Chacun chez soi et les vaches seront bien gardées. Mais quand même…

Il se dirige vers son bureau pour se laver les mains, se changer, mettre le répondeur, vérifier que tout est en ordre et brancher les alarmes. Alors qu'il va prendre sa veste, on frappe à la porte. Il se demande quel crétin est encore en panne ou a crevé un pneu à un kilomètre du garage. Il se dirige vers la porte, ouvre et se trouve face à trois hommes, deux en costume, genre fonctionnaires de haut niveau, et un troisième vêtu d'un blouson de cuir, à l'apparence plus sportive.

« Messieurs ? Qu'est-ce que je peux faire pour vous ? Mes employés sont partis, le garage est fermé. C'est urgent ? »

L'un des trois hommes le regarde en souriant, ouvre un portefeuille et montre une carte.

« Monsieur Karzecks ? Bonsoir. Pierre Chamblain et voici Martin Dale, ainsi que notre assistant, le lieutenant Blote. Nous sommes officiers de la DGSI. Nous aimerions vous parler. Pouvons-nous aller dans votre bureau ? Effectivement, c'est urgent.

— La DG quoi ? Vous êtes quoi, des policiers ? Je ne comprends pas. Qu'est-ce qui se passe ? C'est quoi le problème ? »

Comme tous les gens qui, à un moment ou à un autre au cours de leur longue carrière, ont encaissé du liquide, vu passer des véhicules aux plaques douteuses ou aux numéros de carte grise aléatoire, Antoine Karzecks n'aime pas l'idée d'une visite surprise de gens en costume qui puent l'administration, n'importe quelle administration, à cent mètres à la ronde.

Chamblain, d'apparence aimable, très sûr de lui, se place devant lui, les mains derrière le dos.

« Nous allons vous expliquer, monsieur Karzecks, nous prendrons tout le temps nécessaire. Soyez assez aimable de nous montrer le chemin. »

Antoine Karzecks reprend ses esprits, se demande ce que son crétin de fils a fait, si quelqu'un l'a dénoncé pour quelque chose – parce que, lorsque l'on a un commerce, il y a toujours quelqu'un pour vous dénoncer –, si sa comptable a bien rempli tous les formulaires, fait toutes les déclarations. Il fait entrer les trois hommes, referme la porte du garage, leur fait signe de le suivre et les guide vers son bureau. Il prend deux chaises dans le bureau adjacent et les invite à s'asseoir.

« Je vous écoute, de quoi s'agit-il ? »

Il a du mal à cacher son inquiétude. Alors qu'il a le sentiment de n'avoir rien à se reprocher, pour autant qu'il sache, il ne peut s'empêcher d'être mal à l'aise. Les trois hommes n'ont pas des allures de plaisantin, surtout celui qui est en blouson, le lieutenant, à la carrure impressionnante. Il leur propose un café ou un verre d'eau, il n'a pas d'alcool dans le garage : vous savez ce que c'est, la législation du travail et tout ça, ils nous embêtent assez avec les histoires d'hygiène et de sécurité.

« Très aimable, monsieur Karzecks, mais nous ne sommes pas ici pour prendre un verre et nous sommes, par principe, très respectueux de la législation. Nous aimerions simplement discuter avec vous d'un projet de … disons, collaboration. »

Antoine Karzecks se demande si tout cela est réel. Il commence à avoir des doutes.

« Attendez, vous êtes qui exactement ? Et comment je sais que c'est vrai ? À la fin, vous arrivez chez moi, là, le soir après la fermeture. Qu'est-ce que j'en sais, moi ? »

Chamblain reprend sur un ton rassurant.

« Monsieur Karzecks, je vous assure que tout est en règle et que nous pouvons parfaitement prouver nos identités. Si vous souhaitez vérifier, je vous laisse téléphoner à la police ou à la gendarmerie. Auparavant, je vous donnerai un nom et une référence, que vous leur indiquerez. Ils vous diront alors que tout est bien en ordre et que vous n'avez rien à craindre. En revanche, si vous considérez cette modalité comme superfétatoire, ce qui serait sage et judicieux, nous pourrons tout de suite avancer. Que préférez-vous ? »

Antoine ne sait que dire. Ces trois hommes le déstabilisent, surtout celui qui parle comme Léon Zitrone et qui est vêtu comme une gravure de mode. Leur assurance a quelque chose d'inquiétant.

« Ouais, bon, on avance alors. C'est quoi que vous voulez comme collaboration ?

— À la bonne heure, avançons donc. Sauf erreur de notre part, vous avez un contrat d'entretien de véhicules avec la compagnie d'un grossiste distributeur local, monsieur Mahoudi, qui sert pratiquement tous les magasins, dépôts et restaurants maghrébins de la région parisienne. Est-ce exact ?

— Oui, on s'occupe de leurs véhicules, surtout des camionnettes, depuis des années. Ce sont des gens bien, ils payent rubis sur l'ongle et tout. Jamais d'histoire : si tous les clients étaient comme eux, je vous dis pas.

— C'est cela, ne nous dites pas. Nous savons également que le gérant de cette société, Malik Mahoudi, vous a demandé récemment d'équiper les camionnettes de GPS mouchards pour surveiller les agissements de ses chauffeurs. Toujours exact ? »

Antoine Karzecks comprend que le plus simple est d'acquiescer : ces hommes sont bien informés.

« C'est exact. Je sais que ce n'est pas vraiment légal si les chauffeurs ne sont pas informés, mais bon, ce sont des bons clients, et…

— Ne vous inquiétez pas, monsieur Karzecks, nous ne dirons rien à la CGT transport, d'ailleurs nous sommes en délicatesse avec cette organisation. En fait, nous allons collaborer, monsieur Karzecks, pour la bonne cause. »

Il fait signe au lieutenant Blote qui ouvre une mallette posée à ses pieds. Il sort plusieurs petites boîtes et les place sur le bureau.

« Voici des GPS mouchards, pratiquement le même modèle que ceux que vous avez installés. Identiques en apparence, mais ceux-ci vont transmettre les informations à votre client et à nos services également. Et bien entendu, votre ami Malik Mahoudi ne doit être informé de rien. »

Antoine se demande comment ces gens s'y prennent pour savoir tout ça.

« Je veux bien…

— Vous nous en voyez ravis.

— Oui, mais comment je vais faire, là ? Je n'ai pas toutes les camionnettes, elles roulent. Ils nous les amènent juste pour l'entretien ou lorsqu'il y a un pépin et comme on les entretient bien… »

Le second officier, d'aspect moins accommodant, prend alors la parole, sur un ton plus sec que celui de son collègue. Antoine, qui adore les séries sur les détectives à la télé, se demande si c'est lui le méchant des deux et si le troisième est le costaud qui frappe. Son interlocuteur le ramène à la réalité du moment.

« Monsieur Karzecks, la semaine prochaine, vous allez recevoir une note du fabricant des véhicules vous informant d'un rappel de ces modèles pour des problèmes de sécurité de freinage. La réparation se faisant aux frais du fabricant, bien entendu. Donc cela ne coûtera rien à votre client et vous serez dédommagé pour les heures de travail. Il faut que tout cela soit en place avant la fin du mois. Nous comptons sur vous.

— Mais vous vous rendez compte ? D'ici la fin du mois ? C'est un boulot dingue et je suis déjà chargé. »

Chamblain reprend la parole.

« Ces préoccupations vous honorent et apportent la preuve de votre professionnalisme. Nous sommes parfaitement conscients du problème de la charge de travail, des trente-cinq heures, des RTT et autres imbécilités mises en place par les gouvernements successifs. Donc…

— Ah ! je vous le fais pas dire, les trente-cinq heures et tout le bazar, je vous le fais pas dire.

— Parfait, donc je ne vous le dirai pas. Reprenons. Lundi matin, disais-je, un jeune homme va se présenter chez vous pour un emploi. Vous allez le prendre à l'essai, il fera l'affaire et vous allez le charger de ce travail. Ne vous inquiétez pas, vous n'aurez pas à vous occuper de son salaire. »

Antoine Karzecks réalise qu'il va devoir obéir, faire tout ce que ces hommes demandent. Par une de ces absurdes poussées de fierté mal placée qui surviennent parfois chez les gens qui se sentent bousculés dans leurs derniers retranchements, humiliés chez eux, importunés sur leur territoire, il ose une protestation, dont il sait par avance qu'elle sera vaine.

« Ben oui, mais tout ça, c'est compliqué, avec le personnel, la compta, je sais pas moi, pourquoi vous trouvez pas un autre moyen ? »

Chamblain le regarde avec amusement.

« Monsieur Karzecks, délivrez-moi d'un doute. Seriez-vous en train de vous rebeller ? Dois-je entendre dans votre commentaire sceptique une forme de résistance susceptible de déclencher chez moi un sentiment proche de la panne du sens de l'humour ? »

Avant qu'Antoine ait pu répondre, il poursuit :

« Comme vous êtes un homme sympathique et, j'en suis certain, un bon citoyen, voire un patriote, laissez-moi vous expliquer quelque chose. Il y a chez monsieur Mahoudi des chauffeurs dont les convictions religieuses sont en léger décalage avec le fonctionnement d'une démocratie occidentale laïque. Nous les soupçonnons de monter des réseaux, d'infiltrer d'autres militants plus ou moins fanatiques, de préparer des actes répréhensibles, voire criminels. Nous voulons juste savoir où ils vont, quand ils y vont, qui ils voient et de quoi ils parlent. Bien entendu, monsieur Karzecks, nous comptons sur votre plus totale discrétion. Tout manquement à cette règle serait de nature à modifier, pour le pire je le crains, cette future collaboration qui se présente sous de bons augures. Gâcher tout cela serait agaçant. »

Bien peu habitué à une telle prose, Antoine est quand même en mesure de détecter l'élément de menace.

Dale reprend la parole.

« Une dernière chose, monsieur Karzecks. Dites à votre fils de mettre la pédale douce avec ses amis de la région des Balkans. Pour le moment, il n'y a pas de gros problèmes, mais sait-on jamais, les choses pourraient évoluer. Nous pourrions commencer à fouiller dans ses affaires et lui demander ce qu'il fait parfois la nuit sur cette belle moto, entre Saint-Cloud et Le Bourget. Dites-lui de se limiter aux pouffiasses de l'Est de cette boîte de La Villette. Nous comptons sur vous, monsieur Karzecks. Ne nous décevez pas, ce serait regrettable. »

Les trois visiteurs se lèvent et, sans autre formalité, quittent le bureau et se dirigent vers la sortie. Une fois qu'ils sont partis, André Karzecks se dit qu'il est dans une belle merde et qu'il ne sait pas comment il va en sortir.

Chamblain, Dale et le lieutenant Blote décident que la journée a été bien remplie et qu'il est temps de rentrer. Les inspecteurs déposent le lieutenant Blote près d'une station de métro et décident d'aller prendre un verre avant de se séparer. Ils aiment bien procéder à ce qu'ils appellent pompeusement leurs mini-débriefings. Ils forment un tandem des plus improbables mis en place accidentellement par une hiérarchie inconsciente ou facétieuse.

Les deux hommes ont été chargés de mener à bien une enquête sur un réseau d'intégristes musulmans et, comme c'est souvent le cas, les informations obtenues les conduisent à pousser plus avant leurs recherches dans d'autres directions. Chamblain, dont l'instinct semble infaillible, a dans l'idée que cette affaire est sans doute plus compliquée qu'elle n'en a l'air.

Ils s'installent à une table d'une brasserie proche de la gare du Nord et sortent leurs carnets de notes respectifs. Après être allé au bar vérifier l'authenticité du whisky proposé, Chamblain décide de commencer.

« J'ai dans l'idée que cette affaire va nous mener très loin. Tu vois, un peu comme ces poupées russes, chacune renferme une autre et une autre encore. Mais il y a une chose qui m'intrigue. La hiérarchie nous a demandé de faire cette enquête : pourtant, selon mes informations, nous sommes supervisés par un autre service.

— Je veux en savoir plus sur ce motard, le fils du garagiste. Il y a vraiment quelque chose de pas clair. Les observateurs l'ont pisté à plusieurs reprises la nuit. Il suit toujours un trajet où il n'y a pas de caméras. Qu'est-ce qu'il peut transporter ainsi ? Il faut que l'on se renseigne également sur cette clinique.

— Une autre chose me turlupine, le fait que l'on nous ait demandé de ne pas aller directement chez cet Arabe. Nous pouvions très bien le faire, pour le même résultat. Pourquoi nous demander d'attendre ?

— Il faut en savoir plus sur son trafic d'armes : je pense que nous pourrions trouver des choses intéressantes de ce côté-là. Mais là encore, on nous demande de ne pas aller trop vite. Qui est derrière tout ça selon toi ?

— Je pense que nous n'allons pas tarder à le savoir.

— Tout ça, c'est bien joli, mais moi, j'aime bien savoir qui j'ai en face et surtout à qui j'obéis. »

Chamblain contemple la rue pendant quelques instants, tandis que Dale se demande si son épouse a mis à exécution sa menace de tripes à la basquaise pour le dîner, une idée qui le plonge dans un effroi gastrique hors du commun.

« Dis-moi, ta femme, elle fait bien la cuisine ? »

Chamblain se retourne, étonné.

« Mon épouse est une maîtresse de maison formée à la vieille école des bonnes de famille qui nourrissaient au moins trois générations par emploi. Elle connaît ma dilection pour les plats simples, cette gastronomie de maisons respectables, et mon goût pour les grands vins.

— Donc, c'est une bonne cuisinière ?

— On peut dire cela. Elle a le sens des mets, des saveurs, des associations et, *last but not least*, de la présentation.

— Donc ta femme, enfin, ton épouse, ne te fait pas des tripes le soir ?

— Jamais, malheureux! La tripe ne s'accommode pas du sommeil. La tripe est un plat pour le labeur à venir. Mon pauvre ami, je te conseille d'aller te promener après le repas. Tu vas en avoir besoin. »

Les deux hommes restent silencieux une minute ou deux. Puis Dale se lève.

« Bon, comme disait Francis Blanche, *"c'est pas qu'il se fait tard, mais qu'est-ce que j'm'emmerde !"* Je plaisante. Bonne nuit, camarade. Nous allons avoir du pain sur la planche.

— Bonne nuit, ami, prends un verre de calva après les tripes, cela dissout les graisses. »

28

La bière est plate, à peine froide, ce qui a le don d'agacer Alain. Ce n'est pas son jour de chance. Il aime la bière fraîche, avec un faux-col et de la buée sur le verre. Le serveur, qui fait son travail avec l'enthousiasme d'un condamné aux galères, lui adresse un regard accablé, fait un geste laborieux d'impuissance molle et marmonne un presque inaudible : « J'y peux rien, m'sieur, c'est la pompe à bière… » Alain fait signe que ça ira et reprend son observation de la rue très animée, près du RER de Bagnolet. L'hôtel où logent les Russes est dans son axe de vision. La veille, il a repéré les lieux, les sens de circulation, et l'un de ses collègues a planqué pendant la nuit. La matinée est bien entamée mais il n'a encore rien vu de particulier. Il sait que les Russes sont rentrés tard la nuit dernière, ce qui arrive régulièrement aux dires des observateurs qu'il a mis en place. Il suppose qu'ils vont bien finir par se montrer et venir manger un morceau ou boire un verre dans ce bar qui leur sert de cantine où il a pris position. Alors qu'il se demande s'il va ingurgiter sa bière sordide ou commander autre chose, Alain, sentant une présence juste à côté de sa table, se retourne.

« Mais je rêve ! Le grand, le bel Alain *himself*, en chair et en os, dans ce quartier mal famé ! Il doit donc vraiment se passer quelque chose dans ce lieu abandonné des dieux. Tu permets, je me pose. »

Alain reconnaît celui qui, sans autre formalité, prend place en face de lui. Max, le dandy homosexuel, ancien de la Mondaine, spécialiste de la prostitution et des réseaux de call-girls, l'homme capable d'identifier une prostituée ou un proxénète à un kilomètre de distance. Max, sorti de la police pour des raisons obscures.

Max, à l'éducation franco-britannique irréprochable, aux manières impeccables à la limite du maniéré, aux tenues vestimentaires sophistiquées, aux accessoires assortis à ses chaussettes. Qu'est-ce que ce brave Max qui ne fait plus, officiellement, partie de la police, peut bien faire ici ?

« Penses-tu que le whisky soit acceptable dans ce lieu de perdition ? À la tête du serveur, j'en doute et à l'allure de ta bière, j'en suis convaincu. Quelle misère ! À quoi sommes-nous condamnés de nos jours, nous ne pouvons même plus trouver un lieu respectable pour nous adonner à nos vices favoris. Bon, trêve de lamentations. Que fais-tu dans cet endroit du bout du monde ? Tu dois être sur un coup du feu de dieu, encore une fois. Super Alain *strikes again* ! Raconte, fais-moi rêver.

— J'allais te poser la même question. Qu'est-ce que tu fous ici ? Pour autant que je sache, tu n'es plus dans la police, tu as été mis en indisponibilité quasi permanente. Sois assez aimable pour m'éclairer sur les raisons qui t'ont amené ici. Oui, je pense que tu as raison, le whisky doit être parfaitement dégueulasse. »

Max soupire, fait signe au garçon qui s'approche avec une absence de dynamisme qui frise la marche à reculons.

« Dites-moi, jeune homme, dans votre cave à liqueurs, qu'avez-vous qui soit de nature à réjouir mes papilles, titiller mes narines et accessoirement régaler mon œsophage ? Genre, whisky, cognac, armagnac, éventuellement une vodka si elle n'est pas trop toxique ?

— Ben, j'sais pas moi. C'est quoi que vous aimez le mieux ? »

Max hausse les sourcils et rétorque avec une pointe d'agacement.

« Le plus, jeune homme, le plus. Personne n'aime un whisky le mieux. Mais ce n'est pas important. Servez-moi un cognac dans un verre ballon, sans glace. Ah, et si vous allez vite, ça ne fait rien. »

Alain ne peut s'empêcher de sourire. Max n'a pas changé, toujours aussi caustique, avec son humour décapant, ses manières insupportables, son snobisme déroutant. Mais pour quelle raison est-il ici, à Bagnolet, dans ce quartier où il ne risque pas de passer inaperçu ?

De son côté, Max se dit que la présence d'Alain pourrait avoir une relation avec la sienne. Mais qui va parler en premier ?

« Donc, mon cher Alain. Tu es posté dans un café miteux d'un quartier cosmopolite médiocre, devant une bière qui n'a de breuvage que le nom. Je sais que tu es toujours dans la police et que tu t'occupes de choses peu ragoûtantes, genre trafic d'êtres humains, ce qui finalement n'est pas très différent de ce que je faisais lorsque j'étais dans la Maison et que je m'occupais de la prostitution en tous genres. Serions-nous par hasard sur le même sentier de la guerre ? »

Même avec un ancien flic, la guéguerre entre services n'est pas éteinte. C'est à celui qui en dira le moins possible et qui arrachera des informations à l'autre. *Comment avancer dans de telles conditions*, se demande Alain ; *les réseaux mafieux et les bandes sont autrement mieux organisés et armés, c'est ça le pire*. Il va devoir entrer dans le jeu pour avoir les infos qu'il cherche.

« Max, tu es toujours habillé comme une poule de luxe, ou comme un gigolo bien entretenu. Je sais que ta sortie de la maison poulaga a été soigneusement maquillée en démission pour raisons de santé. J'espère que tu me raconteras, un de ces jours. Bon, vas-y, tu commences. »

Max contemple le verre ballon et les reflets du cognac.

« Officiellement, je ne suis plus dans la Maison, mais on fait appel à mes services pour des opérations ou des enquêtes qui nécessitent soit de la discrétion, soit des entrées un peu spéciales. Disons que je fais les travaux d'ébauche, puis les ex-collègues reprennent derrière moi. Et parfois, comme aujourd'hui, je travaille en free-lance, pour de la clientèle privée. Finalement, ça me convient, je me fais plaisir. Je travaille sur une disparition. »

Alain réfléchit, repousse son verre de bière.

« Je travaille sur des Roms. »

Max se gratte la pointe du nez.

« Je recherche un photographe. »

Alain se redresse, plus attentif. Quelques secondes d'attente.

« Je m'intéresse à des Russes. »

Max boit une gorgée de cognac, fait la grimace, demande un verre d'eau au serveur.

« Je suppute l'intervention plus ou moins volontaire d'une ou de plusieurs putes de l'Est. »

Alain se dit que les mots commencent à se rencontrer, quelque part dans la zone de danger.

« Je cherche à savoir la vérité sur la disparition d'enfants sur lesquels on prélève des organes. »

Max lève un sourcil.

« J'ai une clinique privée dans le collimateur. »

Alain se dit qu'ils sont sortis du champ des coïncidences. Même le hasard ne peut mettre en œuvre des éléments aussi improbables.

« Bon, visiblement nous sommes sur le même secteur de chasse et nous sommes sans doute à l'affût du même gibier. Qu'est-ce que tu cherches ? Pour qui ? »

Max comprend que le jeu des devinettes est terminé. Il n'est pas vraiment en position de force, n'étant plus officier de police. Lui et Alain ont des éléments communs et il va devoir ouvrir son jeu s'il veut obtenir des informations.

« Un photographe, jeune, juif, pas très bon d'après les dires, qui avait l'intention de faire un reportage sur les mafias russes autour de Paris. Disparu depuis une quinzaine de jours. L'agence qui l'emploie est sans nouvelles ; la patronne, une sorte d'amie à qui j'ai rendu de menus services à une époque, me demande de le retrouver. Elle ne veut pas passer par les voies officielles, pour des raisons que je ne connais pas encore. À toi.

— Des gamins roms sont enlevés, les corps retrouvés, parfois, avec des morceaux manquants à l'intérieur. Des Russes semblent sur le coup, mais je ne parviens pas à le prouver. On rajoute une histoire de dossiers médicaux et d'une prétendue étude clinique. Ton photographe, il ressemblait à quoi ? »

Max sort de sa veste une enveloppe, de laquelle il extrait une photo.

« Voila, la gueule de monsieur Tout le monde, peut passer inaperçu à peu près partout. La trentaine, au mieux. Vêtements style mauvais photographe déguisé en photo-reporter. Se promène, ou se promenait, à scooter: la monture a disparu également et le téléphone n'est plus traçable. »

Alain examine la photo, fait la moue.

« Vu, repéré, il y a plusieurs semaines, à la sortie d'une boîte de nuit près de La Villette. Identifié par des gamins roms qui le connaissaient. Ils disent qu'il est gentil mais un peu con. Effectivement, il avait un scooter, genre discret mais puissant. Il aura voulu faire le paparazzi et il aura mis les pieds là où il n'aurait pas dû. »

Max décide d'abandonner son cognac, redemande un verre d'eau.

« Dis-moi, mon cher Alain, tes Russes sont-ils mes Russes et vice versa ? Serions-nous à la recherche des mêmes personnes ? Je dois également rencontrer une certaine Katia, une artiste, sculpteuse ou danseuse, je n'ai pas très bien compris ce qu'elle fait exactement en plus d'être une poule de luxe, qui serait la dernière à avoir vu la personne que je cherche. De quelle boîte de nuit me parles-tu ?

— Près de La Villette il y a un dancing, genre grande boîte de nuit, où les gens de l'Est se donnent rendez-vous. J'y ai vu mes Russes un soir. Ton disparu aussi, qui d'ailleurs photographiait des Russes qui quittaient les lieux. Il est le lien avec mes Roms. Qui est cette Katia ?

— Une demi-mondaine, prétendument mannequin, qui proclame haut et fort des talents artistiques hors du commun. Apparemment, elle déteste les Russes. Elle dit qu'elle et le photographe avaient un projet. Ça peut être une bonne piste. Qu'en penses-tu ? On fait ça ensemble ? »

Alain réfléchit quelques instants. Max était un bon flic, mais il n'est plus flic et il est lui-même déjà à la limite de la légalité dans sa démarche.

« Écoute, cette histoire est un peu compliquée de mon côté. Officiellement, l'affaire n'existe pas car ça touche à des zones sensibles : des Roms, des Russes, des mafias probablement, possiblement une implication très merdique de services médicaux.

Ma hiérarchie me laisse un peu de marge pour le moment, au vu de mes états de service et sous réserve que je parvienne à résoudre le problème sans causer trop de vagues. Alors, comme je suis toujours dans la police, moi, je suis obligé d'avancer avec prudence. Donc, j'ai besoin de savoir pour qui tu travailles, là, maintenant et qui est au courant dans la Maison. »

Max place les deux mains sur la table, regarde Alain avec un petit sourire, fait signe au serveur de revenir les voir. Ce dernier s'approche avec son regard vide, au pas de charge d'une bernique ankylosée.

« Ouais, m'sieur, qu'est-ce que ça s'ra ? »

Max regarde Alain, soupire, se tourne vers le serveur.

« Jeune homme, avec toute cette énergie qui vous caractérise, pouvez-vous nous apporter deux verres de votre meilleur vin blanc ? Peu importe le prix. Et puis débitez quelques tranches, fines et pelées, de votre meilleur saucisson. Le tout présenté sur une assiette, de préférence propre. Pouvons-nous espérer avoir tout cela avant 14 heures ? Merci d'avance pour votre diligence. »

Le serveur fait demi-tour, l'air toujours épuisé, pour mener à bien une tâche qu'il doit considérer comme insurmontable. Alain réagit à cette saillie.

« À quoi est-ce que tu joues ? Tu veux nous faire virer ? Je ne suis pas certain qu'il ait tout compris. Bon, alors, dis-moi le reste.

— Le photographe, un certain Sammy, allait se faire licencier d'une agence photographique parce que ses photos étaient mauvaises… et c'est un doux euphémisme. Comme dernier recours, il a annoncé qu'il allait faire un travail sur les mafias russes. Il a donné peu d'infos, mais on sait qu'il avait repéré des mecs qui faisaient des allées et venues dans une clinique du côté de Saint-Cloud, en plus de diverses balades. Pour le reste, tu connais l'histoire.

— Bon, il y a des éléments communs à nos deux enquêtes, c'est évident. Mais à qui rapportes-tu dans la Maison ?

— Officiellement, personne, je suis sur une affaire privée. Il n'y a pas eu de plainte. Mais disons que des contacts haut placés, des gens que je connaissais lorsque j'étais à la Mondaine, s'intéressent à cette histoire, mais je ne sais pas exactement à quel niveau. Peut-être à cause de cette clinique. Ma cliente est la directrice de l'agence photo. Elle a parfois des commandes avec des parlementaires, un type haut placé au Sénat et ailleurs. Je ne sais pas grand-chose de plus pour le moment. Il va falloir que nous fassions le puzzle ensemble. Il y a une chose qui m'intrigue, c'est que la patronne de l'agence a dit à la famille du photographe qu'il était en mission confidentielle. Je me demande pourquoi. Elle veut trouver avant que l'on réalise qu'il s'est passé quelque chose de plus sordide ou dangereux qui pourrait lui causer des problèmes. »

Le serveur revient, pose deux verres sur la table avec une assiette chargée de charcuterie suintante, de tartines de pain attristées et d'un morceau de beurre affalé. Les deux hommes se regardent et décident d'en rire. Le serveur repart les bras ballants vers d'autres actions fascinantes.

Alain se demande s'il va accepter la proposition. L'affaire est suffisamment compliquée comme ça, sans rajouter un ancien flic qui traîne avec lui une réputation sulfureuse. Max est un personnage brillant, connu pour sa lutte acharnée contre les proxénètes. Mais il y a eu un dérapage. Alain n'en connaît pas tous les détails mais visiblement, l'affaire avait mis le bordel dans le Landerneau. En même temps, il a besoin d'aide et ce type est efficace.

« Voici ce que je te propose : tu vas voir la Katia en question. Tu en tires tout ce que tu peux, surtout à propos des Russes. De mon côté, je vais enquêter sur l'histoire des dossiers médicaux et sur la clinique, il se peut que la clef soit là. On se revoit dans une semaine. Si tu entends parler d'histoires avec des Roms, tu me tiens au courant. Même chose de mon côté, si j'en sais plus sur les Russes. Qu'est-ce que t'en dis ?

— Faisons cela, le deal me semble acceptable. Je suis curieux de voir cette Katia : ça doit être un sacré phénomène d'après ce que Charlotte m'a raconté.

— Charlotte ?

— Oups, manque de discrétion. La directrice de l'agence, celle qui s'inquiète pour le photographe.

— Le nom de l'agence ?

— Pas dans le deal, mon beau.

— Fais pas chier. On joue franc-jeu ou on arrête, tu te démerdes et je ne te faciliterai pas la tâche.

— Alain, tu es toujours aussi insupportable et intraitable. Agence PhotoPro. Si tu vas la voir, tu ne parles pas de moi. On refait un point dans une semaine, et on reste en contact si urgence. »

Max se lève, jette un billet de vingt euros sur la table, sourit à Alain.

« Ça m'a fait plaisir de te revoir, Alain. Tu as l'air en pleine forme. Amoureux ? Ne dis rien, ça se voit, il y a autre chose dans tes yeux. Mieux que lorsque tu es rentré de Marseille. Elle sait que tu es flic ? Des fois, ça passe mal, j'en sais quelque chose. Mais sais-tu, ce qui est étrange, en revanche, c'est le statut d'ancien flic : ça plaît beaucoup, tu ne peux pas imaginer. *Ciao bello, take care of yourself.* »

Alain ne répond pas, fait un salut de la main. La question l'a fait sourire. Amoureux, oui, c'est peut-être ça. Il aime bien Max, cet homme qui vient d'un autre monde, une bourgeoisie parisienne confortable à cent lieues du monde puant de la criminalité. Après de brillantes études de droit, il s'était jeté dans sa mission de policier avec une sorte de délectation, pour ensuite basculer dans une existence entre deux eaux. Alain reprend sa surveillance, en attendant la relève.

Max quitte le café, se dirige vers la station de taxis située à proximité de la gare RER. Il dénote dans la foule locale. Son dandysme assuré conduit les gens à s'écarter, même s'ils se retournent ensuite sur son passage et lui décochent des regards d'admiration ou de jalousie. Il s'approche du premier taxi, se penche pour donner une adresse au chauffeur et s'installe à l'arrière du véhicule. Alain et lui sont sur la même affaire, mais ils y arrivent par deux voies différentes. L'idée de travailler avec ce type lui convient assez. Ils sont de la même race. Celle des vrais flics, prêts à tout pour faire aboutir une enquête, quitte à secouer le cocotier et à faire des dégâts en route. Il sait qu'Alain opère souvent aux limites de la légalité, mais qu'il ne franchit jamais la ligne. Lui aussi fonctionnait de la même manière lorsqu'il était dans la Maison… sauf qu'un jour il a franchi la ligne. Il n'a aucun remords, que des regrets et, si c'était à refaire, il recommencerait. Il referait la même chose pour la même raison : par vengeance, la pire des motivations, la seule capable de pousser un homme à franchir les limites, toutes les limites. Il fallait venger Orlanda, la divine call-girl, belle à mourir, drôle et cultivée, androgyne au point de l'extirper de son homosexualité. Il l'avait rencontrée lors d'une enquête sur un chantage dont était victime un homme politique. Visiblement très prisée pour des soirées mondaines, elle était impliquée indirectement dans cette affaire. Elle avait été convoquée comme témoin, discrètement pour ne pas causer d'ennuis à certains de ses clients, parmi lesquels se trouvait la victime du chantage. La rencontre avec Max fut explosive. Dans la seconde qui suivit leur premier tête à tête dans un bureau, ils comprirent tous deux qu'ils étaient faits l'un pour l'autre, qu'il ne servirait à rien de résister, de nier l'évidence. Ils basculèrent immédiatement dans une passion dévorante, foudroyante. Lui, le dandy maniéré sans être efféminé, elle la prostituée de haut vol, à la touche suffisamment masculine pour générer un trouble déroutant chez tous les hommes et les femmes qu'elle croisait. Eux, la somme de deux intelligences supérieures qui, plutôt que d'entrer en compétition, décidèrent de s'unir. Mais cette relation ne fut pas du goût du protecteur d'Orlanda, Mario Bianchetti, proxénète bouffi de suffisance, au cigare arrogant, aux bijoux dégoulinants de vulgarité, à la Mercedes noire aux vitres fumées, qui n'hésitait pas à jeter avec mépris les restes de son havane dans la direction des voitures banalisées de la police qui le surveillaient. Il soupçonna Orlanda de donner des informations sur les affaires qu'il menait. Mario n'était pas du genre à laisser une de ses protégées prendre le large ou s'accorder des libertés, même avec un flic de la Mondaine. Il était partisan des choses claires, de l'ordre établi, de préférence le sien, et des règles non écrites mais universellement connues, comprises et respectées par tous ceux qui gravitaient dans son giron. Un soir, quelques semaines après sa rencontre avec Max, on avait retrouvé la jeune femme à demi morte dans les toilettes crasseuses d'une gare de banlieue, défigurée par les coups, tailladée au rasoir et brûlée en divers endroits sur tout le corps et le visage, les ongles écrasés. L'avertissement était clair pour toutes les autres. Orlanda fut transportée à l'hôpital, placée sous la protection de la police. Max venait la voir tous les jours. Un matin, elle réussit à se lever et, en dépit de toutes les précautions prises, utilisa une plaque de plastique pour se regarder. Une heure plus tard, Max recevait un appel l'informant qu'elle venait de se défenestrer. Il devint fou de douleur, dévoré par une haine indicible. La belle Orlanda à l'élégance sublime, la seule femme qui avait réussi à l'arracher aux hommes, elle dont l'intelligence le disputait à la sensualité, son seul amour dans un monde de médiocrité, était partie sans un adieu. La punition infligée par le mac avait porté d'abord sur sa beauté, comme un signal sans ambiguïté pour celles qui auraient pu avoir la même idée. Dès lors, Max avait réfléchi à sa vengeance, lentement, minutieusement. Il devait être inattaquable et totalement impitoyable. Grâce à ses activités, il disposait de beaucoup de contacts, dont des ennemis de Bianchetti qui n'attendaient qu'une occasion de lui faire payer ses méthodes, ses outrances, sa morgue.

Max regarde par la fenêtre du taxi le paysage urbain qui défile, déprimant au possible. Orlanda, ma belle Orlanda, m'as-tu appelé avant de mourir, as-tu crié mon nom, as-tu pleuré en pensant à moi ? Nous étions si bien ensemble, j'allais te sortir de ce monde, nous aurions été heureux. Te souviens-tu comme nous étions beaux ?

La machine s'était mise en marche. Ceux qui avaient des comptes à régler avec Bianchetti avaient été recrutés, le travail négocié, avec en contrepartie des protections et des informations. L'homme fut pisté, ses habitudes notées, ses activités observées. Un rendez-vous lui fut donné pour une partie de poker avec un pigeon à plumer, un jeune trader qui se faisait des émotions en côtoyant la pègre pour se faire mousser auprès de ses collègues. Il avait des copines et certainement une ou deux recrutables, de gré ou de force, dès lors que le jeune crétin aurait été plumé et mis en demeure de payer, sous quelque forme que ce soit. La partie devait se jouer dans une villa en dehors de Paris, toutes les garanties étaient fournies quant à la sécurité. Mario Bianchetti faisait partie de ces imbéciles que leur succès aveugle et qui ne sont plus en mesure de voir les risques, trop imbus d'eux-mêmes et dévorés par la rapacité et leur désir de pouvoir sur d'autres bandes. Il affirmait devenir le Napoléon des réseaux de filles de luxe et, comme tous les vaniteux, il était sensible à la flatterie. Le piège fonctionna. Il se présenta à la villa accompagné de deux gardes du corps. Ils entrèrent dans la maison où la mise en scène était parfaite, le jeune con trader, les filles mijaurées pulpeuses aux manières version *allô, quoi ?* Ils prirent un verre, s'installèrent pour la partie. Après quelques minutes, les deux sbires furent abattus dans le jardin avant même d'avoir été en mesure de réagir et le proxénète se retrouva à genoux sur la moquette, incapable de bouger, sous le coup d'une injection de drogue qui le paralysa. Conformément aux instructions de Max, Bianchetti fut informé de la raison de son enlèvement et du fait que, à la demande de l'ami d'Orlanda, sa mise à mort serait longue et douloureuse, très douloureuse. Il demanda grâce, jura être prêt à tout donner pour vivre. Mais ceux qui s'occupaient de lui n'avaient pas envie de discuter; ils avaient des instructions, ils prirent leur temps et comme ils étaient des experts, ils parvinrent à le garder en vie en dépit des sévices infligés. Après quatre jours de torture, il fut jeté encore vivant et émasculé à la tenaille dans une fosse à purin où il se noya. Le tout fut filmé et Max reçut un CD.

La voiture de Bianchetti fut vendue à un réseau polonais qui la conduisit en Europe de l'Est et le corps fut retrouvé quelques semaines plus tard. L'affaire fit grand bruit. Max fut immédiatement soupçonné. Il disposait d'un alibi inattaquable, confirmé par plusieurs personnes. Seulement Bianchetti avait parlé avant et ses propos faisaient mention de la relation entre Orlanda, la prostituée mondaine très demandée et Max, le flic homo dandy. Des personnes haut placées, pour d'évidentes raisons, ne souhaitèrent pas que l'on ébruite l'affaire. Max fut prié d'aller prendre un peu de repos, pendant une période indéterminée.

Depuis, il assurait des services à la demande, y compris pour ses anciens employeurs, dans la plus grande discrétion. Mais le soir, seul dans la chambre de son très bel appartement décoré avec un goût imparable, il lui arrivait de mettre un disque de Count Basie, de se servir un vieux whisky et de caresser une robe de nuit en soie de laquelle émanaient des effluves d'un parfum qu'il avait tant aimé.

La vie continue sans Orlanda et Max sait que le cauchemar n'est pas terminé. Il vit depuis une sorte de supplice de Mézence avec un fantôme, mais il va devoir attendre encore un peu de temps avant de la rejoindre en enfer.

29

Aïcha sort du salon de coiffure de l'avenue Alma-Marceau, fréquenté par tous les riches Arabes et Moyen-Orientaux de Paris. Elle monte dans le taxi commandé par la réceptionniste du salon et donne l'adresse de son hôtel. Encore une journée d'attente, à chercher une solution, à espérer pour sa sœur. La situation s'est encore aggravée. Il faut qu'Annaniev agisse vite. C'est peut-être une question de jours.

Elle lui a envoyé un message hier mais il n'a pas encore répondu. Elle décide d'aller directement à la clinique : au moins pourra-t-elle savoir où il se trouve. Elle donne de nouvelles instructions dans ce sens au chauffeur. Ce soir, elle a un dîner avec Isabelle, l'amoureuse désespérée. Cette situation devient embarrassante. Isabelle est follement éprise alors que Slimane trouvait cette aventure juste sympathique, plaisante et ne pensait pas se retrouver empêtré dans une telle histoire. Elle sait qu'Isabelle a inondé le jeune artiste de messages pendant ses voyages en Europe. Celui-ci en a fait part à Aïcha, qui n'en pouvait mais. Slimane joue un rôle d'ambassadeur pour la cause palestinienne et cette liaison qui vire à l'aigre n'arrange pas ses affaires. Il a besoin d'un mélange de célébrité artistique et de discrétion pour d'autres rencontres autrement plus délicates, et surtout confidentielles. Les choses pourraient mal tourner. Elle se sent un peu responsable mais après tout, il en est ainsi de l'amitié. Elle doit trouver une solution au problème qu'elle a elle-même créé en pensant bien faire.

Le taxi s'arrête devant la clinique et Aïcha lui demande d'attendre quelques minutes. Elle entre dans le bâtiment et l'une des réceptionnistes la reconnaît et l'accueille.

« Bonjour, madame, que puis-je faire pour vous ? Souhaitez-vous voir le docteur Bellefond ? Il est au bloc, mais je peux vous arranger un rendez-vous si vous le souhaitez.

— Merci, non, mademoiselle. Je souhaite voir monsieur Annaniev : savez-vous où il se trouve ? »

Aïcha réalise qu'elle est nerveuse, presque agitée, trop de choses en même temps. Elle doit se calmer. Elle se reprend.

« Merci pour votre proposition. Il y a un sujet que je souhaite discuter avec monsieur Annaniev, rien à voir avec la clinique. Nous avons un projet ailleurs. Une idée où je pourrais le trouver ? »

La réceptionniste a l'habitude des clientes irascibles, ces bonnes femmes pleines aux as qui n'ont rien d'autre à faire que de se préoccuper de leurs rides et de leur cellulite. Et elle sait parfaitement comment les gérer, ces bimbos friquées qui ne ressemblent plus à rien, avec leur tronche en porcelaine, leurs seins en plastique et même… mais bon, ce sont des clientes.

« Je vais immédiatement me renseigner. Pourquoi n'allez-vous pas au salon ? Je vais vous faire servir un thé ou une boisson fraîche et je m'enquière de monsieur Annaniev. Donnez-moi quelques minutes. »

Aïcha se dirige vers le salon et, quelques instants plus tard, une employée aux manières impeccables lui apporte un thé accompagné de mignardises et d'un verre d'eau fraîche. Aïcha ne peut qu'apprécier la qualité du service.

La réceptionniste vient vers elle après une ou deux minutes.

« Madame, je viens de parler au téléphone avec monsieur Annaniev. Il est présentement en réunion, mais il m'a chargée de vous dire qu'il vous appellera ce soir à 20 heures précises. Il vous prie de l'excuser. »

Aïcha se sent rassurée. Les choses vont se mettre en place, tout ira bien, elle va sauver sa sœur. Elle s'aperçoit que son cœur bat un peu fort, qu'elle transpire et que ses mains tremblent. Elle doit sauver sa sœur, cette jeune femme de bientôt 20 ans qui a besoin d'une greffe de rein en urgence. Elle, Aïcha, sait que sa propre vie sera bientôt terminée, pour d'autres raisons. Quelques minutes plus tard, calmée et restaurée, elle quitte la clinique et rentre à son hôtel. Elle doit maintenant s'occuper d'Isabelle et de ses problèmes de cœur. Elle doit tout faire pour éviter que la situation ne se dégrade un peu plus. Slimane doit se tirer de cette histoire rapidement. Aïcha soupire, se dit que personne ne s'occupe d'elle – juste son futur mari, déjà jaloux, qui lui demande tous les jours ce qu'elle fait.

En fin d'après-midi, le docteur Bellefond vient à la réception pour récupérer des documents et demande aux trois réceptionnistes si tout va bien. Françoise, la plus jeune, lui répond.

« Rien de spécial, tout est conforme au programme. »

Le docteur Bellefond réfléchit quelques secondes, examine quelques documents, fait un compliment aimable à une patiente qui passe à proximité.

« Bien, tant mieux, j'aime que les choses soient en ordre. Je vais prendre la liste des rendez-vous pour demain. Merci, Françoise. »

Il se rend dans son bureau, se change tout en réfléchissant. Quelque chose le tracasse depuis quelques semaines, un doute, rien de sérieux, mais dont il ne parvient pas à se débarrasser. Un coup à la porte et Françoise se présente.

« Excusez-moi, docteur, je souhaite vous parler. Si vous avez une minute. »

Le docteur acquiesce, lui fait signe d'entrer, de s'asseoir.

« Je vous écoute, Françoise, qu'y a-t-il ?

— Voilà. Mademoiselle Al Makloum est venue ce matin, vous savez, la femme très riche, arabe, à qui vous avez refait une… enfin vous voyez. Elle voulait parler à monsieur Annaniev. Elle avait l'air un peu… pressée ou stressée. Je lui ai fait servir un thé, ensuite elle est repartie mais semblait toujours soucieuse. Ce devait être urgent car elle semblait agitée et elle avait demandé au taxi de l'attendre. Ce n'est pas la première fois qu'ils discutent ensemble et je crois savoir qu'ils se voient en dehors de la clinique pour affaires.

— Pourquoi me dites-vous cela, Françoise ? Qu'y a-t-il de bizarre ?

— Je ne sais pas, docteur, mais si vous permettez, monsieur Annaniev ne m'inspire pas confiance.

— Vous parlez de mon principal associé, Françoise ! Qu'est-ce qui vous permet de dire ça ?

— Je ne sais pas, docteur, excusez-moi, mais il me semble... louche, pas clair. Et puis, les équipes de Russes qui viennent la nuit, c'est pareil. Ils sont discrets, polis, tout ce que vous voulez, mais je ne sais pas, une intuition. Je suis désolée.

— Ne vous inquiétez pas. Tout va bien. Monsieur Annaniev est un homme d'affaires très occupé. Quant aux équipes médicales russes, elles font un excellent travail et les patients traités sont ravis. En plus, nous optimisons notre investissement en installations et équipements. Mais j'apprécie votre attention, et n'hésitez pas à me faire part de commentaires si vous voyez quelque chose qui vous semble inhabituel ou anormal. »

Françoise se lève, sourit et quitte le bureau. Elle se sent soulagée, un peu coupable, mais finalement contente de ce qu'elle vient de faire.

Le docteur Bellefond se laisse aller au fond de son fauteuil. Il réfléchit, les yeux dans le vide, les mains sur les cuisses. Le doute est revenu, pernicieux, insidieux, qui ne le lâche plus. Il décide de descendre au PC sécurité. Il va jeter un œil aux enregistrements des caméras de sécurité et consulter le cahier des entrées-sorties. Juste un doute.

30

Didier gare sa voiture dans une ruelle à proximité du RER de Garges-Sarcelles, hésite à mettre de l'argent dans le parcmètre, puis finalement opte pour l'option gratuite, genre « pas vu, pas pris ». Avec un peu de chance, les pervenches auront un autre secteur à traiter et de toute manière, Alain et lui ne devraient pas en avoir pour longtemps. Alain est descendu de la voiture et l'observe dans ses hésitations.

« Laisse tomber. Si tu as un PV, je t'arrangerai ça. Allez, on y va, je n'ai pas que ça à faire. C'est loin ?

— Non, on y sera dans moins de dix minutes. La marche va me faire du bien. J'ai besoin d'air, je suis toujours dans mes dispensaires, il faut que je respire. »

Alain se dit que la marche dans une banlieue à haute teneur en oxyde de carbone dans l'atmosphère ne suffira pas pour remettre Didier en bon état. Il lui faudrait des vacances, du vrai repos, loin de toutes ces merdes. Il devrait se tirer quelques semaines au soleil à ne rien faire, juste manger, boire et dormir. Mais il y a chez ce pauvre garçon quelque chose qui procède d'une forme de suicide par assistance sociale, un nouveau concept.

Ils marchent quelques minutes sans parler dans un de ces quartiers périphériques de Paris, qui furent des lieux populaires avant de devenir des no man's lands périurbains sans âme et sans attrait. La population est mélangée, colorée, bruyante, sans agressivité. Ils passent relativement inaperçus – deux hommes qui n'ont rien d'exceptionnel, qui se fondent dans le paysage, que leurs vêtements ne différencient pas vraiment, un flic en mission semi-officielle habillé en cadre moyen et un médecin humanitaire déboussolé habillé en chômeur abonné à Pôle Emploi.

Didier a du mal à encaisser l'histoire des dossiers. Il se sent responsable, voudrait réparer ce désastre, même s'il sait que, quoi qu'il fasse, cela ne fera pas revenir les enfants. Il a été grugé, manipulé, par un médecin qui plus est. Il se demande à qui on peut encore faire confiance dans ce monde.

Ils arrivent devant le dispensaire local, bâtiment médiocre à la peinture galeuse, qui draine de sa zone de chalandise l'inévitable population nécessiteuse en attente de soins gratuits. Ils se présentent à la réception et, quelques instants plus tard, une femme en blouse blanche d'une quarantaine d'années vient les accueillir. Ils la suivent dans un couloir et quittent la grande salle d'attente sous les nombreux regards réprobateurs de patients qui ont le sentiment de s'être fait voler deux places dans la file.

Ils entrent dans un bureau tout droit sorti d'un film des années cinquante sur la médecine populaire. Tout en ce lieu inspire l'urgence de remplacement, de modernisation, de nettoyage, de mise au rebut. La peinture blanc cassé, des posters vantant des médicaments, représentant le corps humain sous diverses coutures, des meubles en métal gris remplis de dossiers et une armoire vitrée avec des accessoires médicaux et des boîtes de médicaments.

« Docteur Quémard, Jeanne Quémard. Asseyez-vous, je vous en prie. Didier, prends le fauteuil près de la porte, vas-y. Voulez-vous un café ? »

Les deux hommes répondent par l'affirmative. La médecin passe son buste dans le couloir et lance :

« Corinne, deux cafés, non, trois cafés s'il te plaît, et de l'eau. Merci. »

Elle revient dans la pièce, prend place et se tourne vers Alain.

« Bon, ne tournons pas autour du pot: j'ai du travail et je suis certaine que vous aussi. Didier m'a expliqué cette histoire... trouble, c'est le moins que l'on puisse dire. Alors, je vais vous expliquer ce que nous, nous avons fait et ce qui s'est passé après. Ça vous va ? »

Alain regarde cette femme énergique qui, visiblement, n'a pas l'habitude de se laisser faire. Une alliance, une montre d'homme, des vêtements asexués, peu de maquillage, des cheveux gris assumés dans une coiffure maîtrisée. Tout en elle révèle la force et la conviction d'une tâche à accomplir.

« Parfait, dit-il, c'est comme ça que je voyais l'entretien. Essayons de gagner du temps. Donc, au départ, ces examens médicaux dans les camps de Roms et de Gitans, comment est-ce que ça fonctionnait ? »

Elle lui adresse un sourire franc, secondé par un regard qui ne laisse aucun doute quant à sa volonté.

« Nous avons un accord avec les services de santé départementaux. Vous avez sans doute entendu parler de la CMU, la Couverture médicale universelle. Tout le monde y a droit. Donc, nous recevons beaucoup de gens des camps. Leurs conditions de vie sont déplorables, je crois que vous l'avez vu de vos propres yeux. Nous nous préoccupons surtout des enfants. Régulièrement, nous faisons des campagnes de surveillance médicale, prises de sang, etc. pour vérifier qu'il n'y a pas trop de carences, de problèmes dormants et éventuellement de séquelles de violences physiques, dans tous les sens du terme, si vous voyez ce que je veux dire. »

Alain fait signe que oui de la tête ; pas besoin d'une longue explication : dans le registre, il a pratiquement tout vu.

« Donc, il y a deux ans, nous avons lancé une campagne classique, examens, dépistage, etc. Nous avons reçu, comme toujours, l'aide d'un médecin envoyé par la sécu, enfin, par le Département. Le docteur Pierre Meyral, un type compétent mais un peu bizarre, tendu, pas facile d'accès, mais très efficace. Quelques jours après le début de la campagne, il nous a informés qu'un laboratoire scientifique voulait travailler avec nous dans le cadre d'une étude clinique sur les populations migrantes, type gens du voyage, etc. Sur le principe, nous n'avions pas d'objection : il fallait simplement l'accord du Département et la validation du protocole par les autorités compétentes. Il nous a dit qu'il s'occuperait de tout et qu'il avait été choisi comme superviseur. »

Alain regarde Didier qui écoute, les yeux fixés sur ses chaussures qui ne détonnent pas avec le décor de la pièce. À ce moment-là, la porte s'ouvre et une jeune femme, la trentaine mal tenue, entre avec un plateau, des cafés, de l'eau en bouteille et des biscuits en déroute.

« Je vous présente Corinne : elle a travaillé avec nous sur ce dossier. Tu peux rester, s'il te plaît ? Je suis sûre que monsieur aura des questions pour toi aussi. »

La jeune femme pose le plateau sur le bureau, se redresse, mal à l'aise, réticente.

« J'ai des trucs à faire, tu sais, le bilan du mois et tout ça. C'est important ? Mais si tu veux, je reste.

— Oui, reste avec nous quelques minutes. Je pense que tu pourras nous aider. »

Corinne s'assied sur un tabouret puis se relève et va prendre une chaise dans son bureau. Elle revient et s'installe dans un coin de la pièce, toujours aussi gênée.

Alain sourit, remercie pour le café. Il prend la tasse, trempe les lèvres, se retient de grimacer au goût brutal d'un breuvage qui vient de passer plusieurs heures dans la cafetière électrique.

« Comment avez-vous procédé pour obtenir les documents sur cette étude ? Qui les a fournis ? Et qui a donné l'accord pour les familles ? »

Didier se redresse, regarde le docteur Quémard, toussote, se gratte la tête. Alain a envie de lui dire de se décider à parler.

« Heu, voilà, en fait, ce toubib nous a dit que le labo allait financer l'ensemble des analyses, des examens, tout quoi. Et qu'en retour, il demandait simplement à disposer des copies des dossiers. Tu sais bien qu'on est toujours à court d'argent, alors ça nous a paru un bon plan. Il est arrivé avec des documents bien établis par un labo franco-russe, en insistant sur le côté confidentiel. Il a fait valoir le coût d'une étude clinique, espionnage industriel et tout ça. Alors, comme le dispensaire était un peu réticent au niveau des papiers, moi, j'ai dit que je pouvais le prendre en charge dans le cadre de mon ONG. Pour les autorisations avec les familles, on est passés, non, il est passé par les chefs de camps et de clans. Je suis certain qu'il y a eu des paiements ; nous, on a fermé les yeux. Ça nous aidait drôlement. Cette étude nous permettait de détecter les gamins qui avaient des problèmes. On lui a fait confiance, il semblait sûr de lui, les documents qu'il présentait étaient tous bien établis. Et visiblement il disposait de fonds substantiels. »

Alain intervient, entre autres pour se dégager du café. Il se tourne vers Corinne.

« Dans quelle mesure êtes-vous intervenue ? Quel était votre rôle ? »

Corinne regarde le médecin qui lui indique, d'un léger mouvement de la tête, qu'il n'y a pas de problème. Alain l'observe : jeune trentaine, ni laide ni jolie, plutôt bien faite, des vêtements sans attrait, les mains non manucurées, doigts de fumeuse, coiffure en mal de salon, chaussures fatiguées.

« Le docteur Meyral m'a proposé d'être son assistante dans la collecte des données, pour la constitution des dossiers. Avec l'accord de Jeanne, bien entendu. J'ai une formation d'assistante médicale et d'infirmière. Je sais tenir des dossiers. Je travaille ici pour mettre un peu d'argent de côté et reprendre des études. Je veux devenir infirmière de bloc, et…

— Excusez-moi, pouvez-vous en venir à l'histoire de ce médecin et des dossiers ? Merci. »

Corinne rougit, bredouille une excuse.

« Donc, il m'a demandé de l'assister. Nous avons collecté les données pendant plusieurs mois, en provenance de plusieurs sites. Tout a été mis sur ordinateur bien entendu.

— Pardonnez-moi, mais qui a signé les documents d'approbation ? »

Jeanne et Corinne se tournent vers Didier qui replonge dans l'exploration de ses bouts de souliers, puis se décide à parler.

« En fait, aucun document n'a été signé. Tout était stocké ici en attente du protocole final. Nous avions convenu de lancer l'opération avant d'avoir les signatures, sans divulguer les infos au labo, pour avancer avec le projet d'étude, pour toucher les fonds le plus rapidement possible. Meyral me rassurait, me disait que tout allait bien, que la procédure était longue et qu'il valait mieux avancer en attendant. Et puis, il avait de l'argent, ça ne coûtait rien au dispensaire, il dédommageait les salaires, il payait les frais. »

Jeanne intervient pour sortir Didier de son embarras.

« J'ai une grande part de responsabilité. Nous subissons une énorme pression financière : vous avez vu les populations que nous traitons, pas exactement Neuilly, ni l'avenue Kléber. Cette manne financière était idéale et je me suis laissé prendre au discours de Meyral, très adroit. »

Alain réfléchit, fait un signe négatif, peut-être juste un peu trop énergique, pour refuser un second café, boit un peu d'eau pour rincer ce qu'il a déjà avalé.

« Bon : visiblement, un coup bien monté. Laissez-moi deviner : au bout de quelques mois, alors que la campagne est presque terminée, il disparaît avec les dossiers, vous vous apercevez que l'étude clinique n'existe pas, d'un seul coup les sous n'entrent plus, aucune trace du docteur, du laboratoire franco-russe. Et quelque mois plus tard, des enfants, examinés dans le cadre de la prétendue étude, commencent à disparaître. J'ai bon, là ? »

Didier acquiesce, Jeanne et Corinne soupirent, accablées.

« Ouais, t'as bon. C'est exactement ça. Aucune trace de personne. Le docteur Meyral est probablement parti avec les dossiers qu'il a vendus à son commanditaire. Et celui-ci s'en sert pour identifier des gosses qui sont enlevés pour qu'on leur prélève des organes. Putain, c'est dégueulasse. »

Les deux femmes sont silencieuses ; Corinne regarde dehors et Alain devine une forme de colère dans son regard. Jeanne hésite, puis décide de parler.

« Il a certainement pris une copie des dossiers, mais nous en avons une ici. Donc, nous pouvons retracer les cas.

— Corinne – vous permettez que je vous appelle Corinne ? Dites-moi. Vous êtes celle qui a été la plus proche de lui. Rien, pas une info à me donner ? Pendant tout ce temps, vous n'avez rien remarqué de spécial, rien entendu ? »

Corinne regarde Alain puis Jeanne, baisse la tête, fait signe que non. Le docteur Quémard intervient.

« Corinne, écoute, personne n'est intact dans cette histoire, nous avons tous une part de responsabilité, surtout moi. Alors, je t'en supplie, si tu sais quelque chose, dis-le maintenant.

— Corinne, je suis flic, mais tout ce qui se dit ici est strictement confidentiel. Personne ne sera incriminé ou inculpé. Cette histoire est, disons, spéciale, donc il ne peut rien vous arriver : je vous en donne ma parole, et elle est fiable. »

Didier se tourne également vers la jeune femme qui semble perdue.

« Vous pouvez le croire, c'est un type bien. Je me porte garant.

— Comme l'autre ! Lui aussi vous vous en étiez porté garant. Vous avez vu le résultat ? J'ai pas envie d'aller en taule. »

Alain reprend.

« Personne ici n'ira en taule. Mais si je chope le docteur machin et ses acolytes, là il y aura du grabuge ; mais vous, vous serez tous blanchis. Vous avez été victimes d'une énorme manipulation. »

Corinne se redresse, les deux mains jointes entre ses jambes tendues. Elle est au bord des larmes.

« Non, rien de plus à vous dire. Nous avons été abusés par ce type. Mais si vous voulez voir les dossiers, j'ai tout dans mon ordinateur, je peux vous faire une copie. »

Alain remarque qu'elle évite tous les regards pendant qu'elle parle. Sa voix est mal assurée, ses mains sont bloquées entre ses jambes, comme pour éviter qu'elles ne la trahissent. Il réalise qu'elle ne dira rien ici, devant les autres.

« D'accord, je vous crois sur parole. Je veux bien une copie. Merci de votre aide. Bon, Didier, il faut que je te parle. Vous permettez, nous avons besoin de discuter deux minutes. »

Le docteur Quémard sourit.

« Prenez votre temps. J'ai pas mal de choses à faire. Si vous voulez, on se revoit pour le déjeuner : il y a un petit bistrot à côté, ce n'est pas la Tour d'Argent, mais bon. »

Les deux hommes sortent du bureau, traversent à nouveau la salle d'attente peuplée d'une humanité résignée et se retrouvent dans la rue. Alain se plante devant Didier.

« Tu vas trouver un moyen d'occuper la toubib. La petite Corinne en sait plus qu'elle ne le dit. Il faut que je lui parle en tête en tête : je vais trouver la faille. »

Ils retournent dans le dispensaire. Didier demande à Jeanne de lui accorder quelques minutes pour des conseils sur la gestion de ses dispensaires dans les camps et un éventuel programme de visites. Alain se rend au bureau de Corinne. Il frappe à la porte, attend qu'elle lui dise d'entrer, lui adresse son plus amical sourire.

« Merci d'avance pour votre aide, Corinne. Bon, comment allons-nous procéder ?

— Je peux vous faire un CD avec tous les fichiers et les adresses dont je dispose. Est-ce que vous voulez également les dossiers de la Santé publique et du protocole, enfin, le pseudo-protocole d'étude ?

— Oui, pourquoi pas, si vous pensez que cela peut m'être utile. C'est vous l'experte. Je suis certain que vous devez pouvoir m'apprendre beaucoup de choses. »

Corinne le regarde, surprise, ne sachant que répondre. L'amabilité d'Alain l'étonne. En bonne gauchiste, elle attendait un flic agressif, fidèle aux clichés.

« Il me faut quelques minutes, vous voulez attendre ici ?

— Si ça ne vous gêne pas, je veux bien. »

Corinne lui dit qu'il n'y a pas de problème, s'installe à son bureau, commence ses manipulations.

Alain examine le bureau au décor fade et sans imagination, reflet de la jeune femme. Une plante verte en péril, quelques photos de paysages exotiques, un calendrier méchamment géométrique avec des gribouillis au Stabylo, une armoire métallique blanche remplie de dossiers et de boîtes, le cadre parfait d'une vie professionnelle médiocre.

« Comment était-il ? »

Corinne s'interrompt, rougit.

« Qui ? Comment était-il quoi ?

— L'autre médecin. Vous avez passé du temps avec lui, n'est-ce pas, comment était-il ? Sympa, distant, est-ce qu'il avait l'air de savoir ce qu'il faisait ? Vous n'avez rien observé d'anormal ? »

Corinne se reprend, parle à nouveau sans regarder Alain.

« Je n'ai rien remarqué d'anormal. Il faisait son travail. Il revenait des camps avec des informations que je rentrais le lendemain dans les dossiers d'étude. C'était long et fastidieux.

— Vous n'étiez pas ensemble pour ces travaux ? Il ne vous consultait pas ? Ça devait être une grosse charge de travail pour vous ? »

La jeune femme passe une main dans ses cheveux. *Elle pourrait être charmante*, se dit Alain, *avec un petit effort.*

— Si, des fois il restait le soir, quand j'étais débordée. Et puis certains jours, il venait vérifier les informations.

— Vous aviez des discussions autres que le travail ?

— Non, enfin, oui, une fois ou deux. Mais, vous savez, juste pour des sujets sans intérêt. Il m'a invitée à manger une fois, un soir. »

Alain sent que la rupture est proche. Les mains de Corinne tremblent, elle donne l'impression d'être triste, inquiète.

« Corinne, j'insiste sur un point, vous ne risquez rien, absolument rien. Je vous donne ma parole d'honneur. Mais j'ai besoin de savoir tout ce qui est possible de savoir. La vie d'enfants est en jeu. »

Corinne regarde le clavier de son ordinateur, joue avec la souris : son visage exprime de la tristesse et de la colère. Elle refuse toujours de regarder Alain.

« Il m'avait dit que nous pourrions faire des choses ensemble. Que je pouvais l'aider à refaire sa vie. Qu'il avait besoin de moi. Lui, un docteur, il avait besoin de moi ! Il me demandait de l'aide. Au début, j'ai eu du mal à y croire ; en général, c'est plutôt l'inverse. Mais lui, il n'essayait pas d'abuser de la situation comme d'autres qui pensent que toutes les assistantes médicales vont se jeter dans leur lit dès qu'ils les invitent à dîner. Alors j'ai craqué, peut-être par pitié.

— C'est-à-dire ? Que s'est-il passé ?

— Il avait des dettes, des dettes de jeu. Un soir, quelques jours avant sa disparition, j'étais restée tard et il était dans une pièce à côté. Il a reçu un coup de téléphone. Ça avait l'air chaud, j'ai juste entendu un nom, russe, quelque chose *niev* ou *dief*, *anna* truc *nief*, *dief*, je ne sais pas. L'autre avait l'air de lui mettre une sacrée pression. À la fin de la conversation, il est sorti dans le couloir et a réalisé que j'étais encore là. Il avait l'air catastrophé. Il s'est mis à pleurer. Je ne savais plus quoi faire. Il est entré dans mon bureau. Il a tout lâché, d'un coup, tout est sorti comme ça. Il avait des dettes de jeu et un Russe allait l'aider à rembourser. Mais il fallait copier les informations. Il pouvait le tuer, mais il allait trouver une solution. Je ne savais pas quoi faire, quoi dire. Je lui ai conseillé d'en parler à la police. Il a rigolé. Et c'est là qu'il m'a avoué qu'il mettait de côté de l'argent qui était destiné aux familles, qu'il s'en foutait. Si le Russe se doutait de quelque chose, il risquait de lui faire la peau. »

Alain la regarde, lui fait un signe de la main pour l'interrompre.

« Mais vous n'avez rien dit à Jeanne ? Ni à Didier, à propos de l'argent ? »

Corinne inspire profondément, baisse la tête et reprend son récit.

« Non, cet argent n'était pas destiné au dispensaire, donc nous n'étions pas lésés. Et les familles de Roms et de Gitans, ils peuvent crever. Ils viennent ici, ils emmerdent tout le monde, ils piquent tout ce qu'ils peuvent, ils pleurent pour qu'on les ausculte, qu'on les soigne, et après ils nous insultent. »

Alain la regarde, lui fait signe de continuer.

« Vous savez, tout le monde n'est pas Didier. Lui, c'est un saint, je me demande ce qui le motive. Nous, ces gens-là, nous les subissons tous les jours, quand ce n'est pas eux ce sont les Gitans, puis les musulmans ultra qui ne veulent pas qu'un médecin homme touche leur femme ou leur fille, puis les Africaines qui nous apportent des gamines mutilées. Alors, on fatigue. On ne va pas voter Front national mais, bon, des fois, on y pense. Donc je m'en moquais, moi, de ce qu'il faisait avec l'argent pour ces familles.

— Et vous lui avez donné des copies des fichiers, c'est ça ? Et lui, que vous a-t-il promis ? »

Corinne redresse la tête ; son visage est pâle, tiré, son regard embué.

« Après sa crise, il semblait soulagé. Il est devenu presque gai. Nous avons eu une petite aventure un soir, quelques jours plus tard. Après, il m'a dit qu'il allait s'enfuir avec moi dès qu'il aurait assez d'argent, qu'il n'avait plus de dettes de jeu, qu'il allait arrêter, qu'il emmerdait le Russe.

— Et que s'est-il passé ? »

Corinne pleure, doucement, le regard fixe, vers la fenêtre aux vitres blanchies de son bureau sans joie.

« Il est effectivement parti mais la veille, un jour avant la date prévue avec moi. Et j'ai appris qu'il avait promis à une Rom de l'emmener, de lui offrir une autre vie. C'était une jeune femme. Je m'en souviens, car un jour j'avais rentré des infos sur elle et il m'a dit de les sortir, qu'elle n'entrait pas dans les critères. Mais j'étais bizarrement jalouse. C'était idiot, bien que maintenant, avec le recul, j'ai eu du nez. Et puis, j'avais les photos, je voyais bien qu'elle était belle et qu'il se passait quelque chose. Il avait changé, il était plus distant, plus évasif sur notre départ. Alors je l'ai laissée dans les dossiers, mais sans lui dire. Le soir, il a fait une copie qu'il a donnée au type russe, je suppose. Après, quand j'ai su, enfin, quand j'ai réalisé qu'il était parti, j'étais certaine que c'était avec elle, un instinct. Ces Roms, ce sont de belles garces.

— Que s'est-il passé après son départ ?

— Au début, il m'avait proposé de l'argent pour que je me taise. Mais je n'ai pas voulu même si j'étais écœurée, découragée ; je me disais que peut-être, c'était lui qui avait raison. Il allait bien profiter, pendant que nous on resterait ici à se faire chier pour des gens qui n'ont aucune gratitude. C'est pour ça que j'étais prête à partir avec lui, à tout laisser tomber, ce dispensaire pourri, ces quartiers à la dérive. Mais il est parti avec cette pute rom. »

Alain est nerveux d'un coup, mal à l'aise.

« Cette jeune femme, savez-vous de quel camp elle venait ? »

Corinne réfléchit, se tourne vers Alain.

« Je crois que c'est le camp d'Aulnay-sous-Bois, celui où les premiers enfants ont été enlevés.

— Vous avez une photo, ou son nom ?

— Oh oui. Je ne l'ai pas oubliée, celle-là. Attendez une minute. »

Alain a du mal à avaler, il a soif. Il se lève.

« Je vais aux toilettes, je reviens. »

Il va aux toilettes du personnel, se mouille le visage, boit un peu d'eau, retourne dans le bureau de Corinne.

Il s'arrête sur le pas de la porte et fixe l'écran de l'ordinateur qui affiche une page et une photo.

« Voilà, je l'ai trouvée. Elle s'appelle Bromiscu, Marjiana Bromiscu. Cette salope. »

31

Malik gare sa voiture sur le parking du garage de Karzecks, prend sa mallette avec son micro-ordinateur portable, place son téléphone dans la poche de sa veste, sort du véhicule et se dirige vers la porte du bureau. Deux jours auparavant, Antoine Karzecks lui a téléphoné pour lui demander de venir ce soir afin de discuter de choses très sérieuses. Compte tenu de la situation actuelle avec ses chauffeurs islamistes et des histoires de GPS, il s'est dit que cela devait être important. Il en a parlé à son père et à sa sœur, qui lui ont conseillé d'aller au rendez-vous ; après tout, la coopération avec Karzecks n'est pas nouvelle, on peut lui faire confiance.

Il frappe à la porte du bureau et entre avant même d'y avoir été invité, vieille habitude de client ancien. Antoine Karzecks s'avance vers lui, lui tend la main, lui adresse un bref salut et lui demande de le suivre dans une pièce annexe du garage. Malik ne peut s'empêcher de noter le sourire crispé et la démarche qui reflète une certaine tension. Ils entrent dans une pièce située à côté du bureau d'Antoine. Au milieu de la pièce se trouve une grande table ; de l'autre côté de celle-ci, trois hommes sont assis. Sur la table sont posés divers dossiers, une bouteille d'eau avec des gobelets en plastique, des tasses de café, ainsi qu'une mallette avec un ordinateur ouvert à l'intérieur. Malik se tourne vers Antoine pour demander des explications, mais avant que celui-ci ait pu dire un mot, il lui indique une chaise préparée à son intention.

« Assieds-toi, Malik. Je t'ai demandé de venir parce que ces messieurs souhaitent te parler, mais ils ne voulaient pas aller chez toi, pour ne pas faire des problèmes. S'il te plaît, prends un café ou une boisson. Moi, je vais vous laisser. »

L'un des trois hommes lève la main et fait signe à Antoine de prendre un siège. Il est assis entre les deux autres et donne l'impression d'être le chef.

« Pas du tout, restez, monsieur Karzecks : vous êtes concerné et nous avons des choses à vous dire également. Bonsoir, monsieur Mahoudi ; merci d'avoir répondu à notre invitation, vous nous obligez. Je suis le commandant Chamblain et voici le commandant Dale : nous sommes de la DGSI ; et enfin le lieutenant Belot, des RG. »

Déconcerté, Malik regarde ces trois personnes sans vraiment comprendre ce qui se passe. Une multitude de questions lui traversent l'esprit mais, étrangement, il ne se sent pas menacé, du moins pas physiquement, ou pas encore.

« Bonsoir messieurs. Je suis venu parce qu'Antoine me l'a demandé, mais il ne m'a pas dit que vous seriez là. Qu'est-ce qu'il se passe ?

— Bien entendu, désolé pour ce petit … traquenard, mais il était indispensable de vous rencontrer, disons, en terrain neutre. Donc, si vous le permettez, nous allons vous poser quelques questions et nous vous ferons une proposition qui, j'en suis certain, recevra votre assentiment.

— Ben oui, si vous voulez, je vous écoute. Moi, c'est Malik Mahoudi, j'ai repris l'entreprise de mon père… »

Chamblain, qui semble mener la discussion, l'interrompt immédiatement, avec l'autorité d'un instituteur qui contrôle sa classe d'élèves turbulents. Pour des raisons qu'il n'arrive pas à déterminer, Malik réalise que cet homme est en position de force et qu'il entend bien le rester.

« Nous savons tout cela, monsieur Mahoudi, épargnons-nous les présentations inutiles. Nous savons tout ce que nous avons besoin de savoir sur vous, votre père, votre sœur et votre entreprise, sous toutes ses formes, toutes. Venons-en aux faits. Comme je vous l'ai dit, mes collègues et moi-même faisons partie de la DGSI, la Direction générale de la sécurité intérieure. Parmi nos missions, et il y en a beaucoup, nous sommes chargés de la surveillance d'individus que nous soupçonnons de vouloir porter atteinte à la sécurité et à la tranquillité de nos concitoyens. Est-ce que vous me suivez ? »

Malik est soudain tétanisé sur sa chaise. Des barbouzes, comme dit son père, des espions qui surveillent tout, partout, sont maintenant en train de le questionner. Il a brusquement très soif, il se sent très mal à l'aise. L'homme qui s'adresse à lui, avec des manières de langage qui parfois lui échappent, a l'air courtois et poli, alors que les deux autres sont plus froids, plus distants, surtout celui avec un blouson. Il réalise qu'il n'a pas d'autre choix que d'écouter ce qu'ils ont à lui dire.

« Oui, oui, bien sûr, c'est clair. Qu'est-ce que vous voulez ?

— Je vais y venir, un peu de patience. Tout d'abord, je souhaite faire un point avec vous sur la situation de certains de vos employés.

— Ils sont tous en règle, vous savez, jamais nous n'avons employé quelqu'un au noir et …

— Vraiment ? C'est amusant ! Nous si – souvent d'ailleurs – mais peu importe, ce n'est pas le sujet. Nous nous intéressons à vos employés dont le militantisme religieux est devenu un peu excessif, ce qui les conduit à adopter des comportements que nous désapprouvons vivement. En fait, pour résumer, nous avons de fortes raisons de penser qu'ils font partie de réseaux islamistes dangereux. »

Malik est de plus en plus mal à l'aise. Antoine Karzecks ne dit rien, occupé à contempler le mur ou les objets sur la table. Il n'a pas regardé Malik une seule fois depuis le début de l'entretien.

Le deuxième barbouze prend la parole à son tour, sur un ton moins conciliant.

« Monsieur Mahoudi, nous savons que vous avez des problèmes avec certains chauffeurs, dont un dénommé Moktar Boussefik, qui semble être leur chef. Nous savons également que vous avez demandé à monsieur Karzecks d'installer des GPS sur les véhicules de livraison, afin de vérifier les trajets de vos chauffeurs.

— C'était pour les surveiller; j'avais eu des informations sur des choses pas claires : alors moi, je ne pouvais pas les laisser faire comme ça.

— Nous comprenons parfaitement, reprend son interlocuteur, et ce n'est pas un problème. En fait, pour tout vous dire, nous avons demandé à votre ami Karzecks, ici présent, de remplacer les GPS que vous aviez demandés par d'autres dispositifs qui nous ont permis de suivre également vos chauffeurs avec un peu plus de précision et d'enregistrer les appels téléphoniques passés par vos chauffeurs au volant de vos véhicules. »

Le premier inspecteur reprend la parole.

« Monsieur Mahoudi, deux ou trois de vos employés font partie de réseaux internationaux de fondamentalistes et, comme vous le savez, il y a danger. Ce n'est pas une question de "si", mais de "quand" et surtout de "où". Nous avons besoin de savoir, et rapidement.

— Je suis prêt à vous aider, vous pensez bien ! Nous, ces gens-là, ils nous em… , enfin, ils nous posent des problèmes, quoi.

— À nous aussi et ils nous emmerdent aussi, juste pour votre information. Donc, voici ce que nous allons faire ensemble.

— Vous pouvez venir les arrêter, moi ça m'arrange; alors là, quand vous voulez. »

L'inspecteur lève la main pour lui signifier de se calmer.

« Mais non, mais non, ces gens nous sont très utiles en l'état, surtout chez vous, où ils sont bien installés. Et nous allons les utiliser. Voyez-vous, nous allons vous demander de conserver ces employés, de ne pas leur causer de difficultés, de les laisser installer leurs réseaux. Soyez ferme sur un ou deux points, pour montrer aux autres employés que vous êtes encore le chef, ensuite nous vous dirons ce que vous devrez faire.

— Mais ça va me poser des problèmes avec les autres chauffeurs : ils vont me mettre le ouaille, le souk, vous ne les connaissez pas !

— Oh si, très bien même, et nous savons comment ils fonctionnent. Ils n'ont pas intérêt à causer trop de désordre et ils le savent. Donc, vous ne devriez avoir aucun problème pour mettre notre organisation en place. Vous pouvez prendre des notes si vous le souhaitez, je risque d'être un peu long. »

Malik réalise qu'il a commencé à transpirer, qu'il a très soif, qu'il se sent mal, qu'il est en terrain dangereux, que la situation lui échappe. Il prend un verre d'eau et le vide d'une traite. Si seulement il pouvait appeler son père. Son principal interlocuteur l'interroge du regard pour lui demander s'il peut reprendre. Malik fait signe que oui, tout en se servant un autre verre d'eau.

« Monsieur Mahoudi, la semaine prochaine vous allez embaucher deux nouveaux employés, un chauffeur et un manutentionnaire. Vous expliquerez que vous allez augmenter vos activités et qu'il vous faut plus de personnel. Voici leurs dossiers : des gens très bien, je vous les recommande. »

Il pousse vers Malik une chemise dans laquelle se trouvent deux dossiers.

« Bien entendu, vous serez dédommagé pour les salaires. À propos, monsieur Karzecks, vous allez conserver encore quelque temps le nouvel employé qui est en stage chez vous. Je ne doute pas un instant que vous lui trouverez quelque chose à faire, n'est-ce pas ? »

Antoine fait signe que oui de la tête, comme si finalement toute cette histoire ne le concernait pas.

« De plus, monsieur Mahoudi, vous allez répondre à un appel d'offre pour le transport de la viande hallal et la gestion d'un abattoir au nord de Paris. Toutes les pièces sont dans ce dossier. Nous nous intéressons aux imams, à leurs successeurs, à leurs adversaires, aux jeunes binationaux qui viennent pour prendre le contrôle de certaines mosquées autour de Paris. Les luttes de pouvoir pour les mosquées battent leur plein, à Paris, à Marseille, partout. Avec cette activité d'abattoir, vous serez en excellente position pour nous fournir les informations sur les mouvements. Avez-vous des questions à ce stade ? »

Malik regarde les trois hommes et se sent totalement démuni. Que peut-il faire ou dire ? Tout a été préparé, visiblement avec beaucoup de précision. Il se sent trahi par Antoine, mais se dit que lui aussi a sans doute été pris au piège. Il se hasarde quand même à émettre un commentaire.

« Ça va faire beaucoup de travail en plus. Et puis, si ce sont des vrais islamistes de réseaux, ça peut être dangereux. J'ai des employés qui n'y sont pour rien, je dois assurer leur sécurité. »

Le silence qui suit est suffisamment explicite pour que Malik comprenne qu'il vient de commettre une erreur. Les trois hommes se consultent du regard. Le deuxième inspecteur se penche vers lui.

« Très dangereux, en effet, excessivement dangereux, pour vous, vos employés, votre sœur : à propos, comment va sa grossesse ? Et votre père aussi, est-il toujours souffrant ? »

Malik sent qu'il transpire à grosses gouttes, ses mains sont moites, il a envie de vomir.

« Oui, je sais que vous savez tout sur ma famille, mais enfin, il s'agit de mes employés. »

Le premier inspecteur reprend la main.

« Monsieur Mahoudi, votre inquiétude vous honore, cela montre que vous êtes un bon employeur. Ah, si nous en avions plus, des comme vous ! De vrais patrons honnêtes qui se soucient du bien-être de leur personnel. Mais bon, il faut faire avec ce que l'on a. Donc, nous allons mettre en place ce système de surveillance et nous attendons de vous une collaboration totale et scrupuleuse, est-ce clair ? »

Malik est incapable de parler : il fait signe que oui de la tête.

« Voyez-vous, mon cher Mahoudi, ou permettez que je vous appelle Malik ? Donc, mon cher Malik, nous comptons sur votre entière collaboration et sur la plus totale confidentialité. À défaut de quoi, nous pourrions nous intéresser de plus près aux autres activités moins, disons, "officielles" de votre entreprise. »

Malik tente une futile défense, un inutile démenti.

« Je ne comprends pas : notre entreprise a toujours tout déclaré, nous sommes reconnus dans toute la région parisienne. »

L'homme en blouson lui adresse un grand sourire, le deuxième officier le regarde sans la moindre sympathie, finalement Chamblain reprend.

« Mais bien entendu que vous êtes une entreprise respectable, personne n'a dit le contraire ici. Qui a parlé de trafic de médicaments frauduleux avec les pays de l'Est, ou de commerce de produits divers non déclarés en douane avec les pays du Maghreb et du Mashreck, ou de transports illicites de produits volés et recélés pour le compte de gangs des pays de l'Est et du nord de l'Europe qui viennent cambrioler les résidences chic autour de Paris ? Et personne n'a rien dit sur une étrange collaboration avec un certain monsieur Kyril Annaniev, homme intègre s'il en est, bien connu des milieux russes dans la région, et ailleurs, et personne n'a parlé du stockage près du Bourget de produits de luxe ou d'antiquités rares en partance pour l'Asie, le Golfe persique ou la Russie. N'est-ce pas, monsieur Mahoudi, Malik Mahoudi ? Qui a parlé de tout cela ? Ici, maintenant ? Personne et, bien entendu, qui a envie d'aller tirer votre vieux père de sa paisible, mais ô combien maladive, retraite, pour lui demander des comptes sur les méthodes de prêt qu'il consentait aux braves commerçants algériens qui venaient s'installer dans notre beau pays et qui souhaitaient travailler dans sa zone d'influence ? Et serait-il judicieux d'aller demander à votre sœur, en pleine grossesse, des renseignements sur la nature de tous les contrats qu'elle a rédigés depuis tant d'années, pour différentes affaires ? Personne ne demande cela et personne ne fera une chose pareille, monsieur Mahoudi. Savez-vous pourquoi ? Tout simplement parce ce que nous sommes entre gens raisonnables et, pas plus que monsieur Karzecks ici présent ne souhaite que nous allions fouiller dans les activités de son fils, n'avez-vous envie que nous allions fouiller dans vos activités, n'est-ce pas ? »

Malik est au bord de l'évanouissement. Il reprend un verre d'eau. Antoine le regarde avec un air de pitié, tente un maigre sourire. Chamblain revient à la charge.

« Malik, tout va bien se passer, je vous le garantis, il n'y a aucun risque. À propos de ce monsieur Annaniev, nous allons avoir besoin de savoir quand il prévoit certaines de ses "livraisons" de nuit avec l'aide de votre fils, monsieur Karzecks. Je n'ai pas de conseils à vous donner, monsieur Mahoudi, mais je pense judicieux de vous inviter à respecter nos instructions à la lettre, faute de quoi la situation de votre famille, toute votre famille, de votre entreprise et du reste, pourrait être fortement endommagée – et c'est un doux euphémisme. Suis-je clair ? »

Malik fait oui de la tête, de même qu'Antoine Karzecks qui, étrangement, a l'air de plus en plus détaché.

« Bien entendu, pas un mot à qui que ce soit, ni à votre père, ni à votre sœur, ni à vos employés et encore moins au Russe. Nous le saurons, monsieur Mahoudi, et alors, badaboum, le désastre et fini le pavillon de banlieue avec les repas du dimanche et le bon couscous de maman, encore que, personnellement, je préfère un bon gigot d'agneau, mais soit. Avez-vous des questions, Malik, ou est-ce que tout est clair ? »

Malik fait un effort qui lui semble surhumain pour parler. Il se sent totalement anéanti.

« Non, je n'ai pas de questions ; tout est clair. Je ferai ce que vous demandez. Mais comment est-ce que je prendrai contact avec vous ? »

Le lieutenant au blouson s'approche de la table, sort l'ordinateur ouvert de la mallette et le tend à Malik.

« Vous allez prendre cet ordinateur : c'est le même que le vôtre, nous avons déjà copié votre disque dur et vos sauvegardes. Dedans, il y a un programme facile à utiliser, avec lequel vous pourrez nous faire passer des messages et par le biais duquel nous vous contacterons discrètement.

— Comment ça, vous avez copié mon disque dur et mes sauvegardes ? Vous êtes entrés chez moi ? »

L'homme sourit, hausse les épaules.

« Ce n'était pas nécessaire. »

Il se tourne vers Chamblain, l'interroge du regard et poursuit après accord.

« Autant que vous le sachiez, monsieur Mahoudi, nous avons quelqu'un chez vous depuis plusieurs années. Un très bon agent, très efficace, qui nous tient informés de vos diverses activités.

Cette personne s'est chargée d'effectuer toutes les copies nécessaires. Là, nous ne faisons que passer au stade supérieur. Bref, en cas de grande urgence, il vous suffira de le lui signaler.

— Mais, c'est qui ? Comment je vais savoir ?

— Vous la voyez tous les jours, Malik, il s'agit de votre assistante, Samia. »

32

Isabelle chausse ses lunettes noires, enfonce le visage dans son écharpe et descend du taxi qui vient de la déposer devant l'appartement de Slimane. Elle sait qu'il est chez lui, qu'il se prépare à partir pour une autre exposition à Londres. Elle veut absolument le voir avant son départ. Elle ne peut supporter l'idée qu'il ne l'aime plus, qu'il ne veuille plus d'elle, qu'il se retrouve dans les bras d'une autre. Cette idée lui est insupportable. Elle s'en est confiée à Aïcha. Mais celle-ci est restée évasive, visiblement préoccupée par autre chose.

Elle sonne à la porte, attend quelques secondes, sonne à nouveau. L'interphone d'un autre âge grésille et la voix déformée de Slimane lui parvient, difficilement audible dans le brouhaha de la rue. Elle s'annonce. Court silence qui fait tomber des tonnes de tristesse sur ses épaules. Finalement la porte s'ouvre et elle s'engouffre plus qu'elle n'entre dans l'entrée étroite, encombrée d'objets divers, d'un vélo sur lequel elle manque de trébucher et d'une rangée de boîtes aux lettres dont la majorité est béante. Pendant un très court instant, elle est tentée de regarder s'il y a du courrier pour Slimane et de le lui prendre, pour voir, pour savoir. Elle se ravise, baisse la tête et s'engage dans la cage d'escalier.

La porte de l'appartement est entrouverte. De la musique arabe moderne s'évade de la pièce principale, une odeur de thé et de cuisine épicée flotte dans l'entrée, en provenance de la cuisine. Elle frappe légèrement à la porte et s'avance. Slimane est devant la fenêtre, en contre-jour. Il porte une paire de jeans et un polo noir à manches longues. Isabelle est encore une fois saisie par sa beauté, sa grâce, sa sensualité, la charge érotique qui émane de lui. Comment d'autres femmes pourraient-elles lui résister ? Il regarde dans la rue, une main à hauteur du visage écartant le rideau.

« Ils me surveillent, toute la journée et toute la nuit. Je ne sais pas si ce sont les Français, les Israéliens ou le Fatah, ou qui d'autre encore. J'ai juste envie d'être tranquille et de pouvoir travailler. Après Londres, je retournerai en Palestine. Au moins chez moi, je sais à qui j'ai affaire. »

Isabelle ne bouge pas. Elle entend sa voix, elle entend les mots, mais elle est incapable de réagir. L'idée que cet homme, dont elle est éperdument éprise, puisse quitter Paris, la France, et repartir dans un pays inaccessible lui est insupportable. Il doit y avoir une autre solution.

« Je suis certaine de pouvoir t'aider. Dis-moi de quoi tu as besoin. Je peux t'obtenir des papiers, des aides, un nouveau passeport. Il faut juste que je sache ce que tu veux. »

Slimane s'est éloigné de la fenêtre et s'approche de la table sur laquelle se trouvent une théière, des tasses et du sucre. Il commence à remplir deux tasses, lui demande si elle veut du sucre. Elle n'a toujours pas bougé, figée dans une douloureuse attente d'un mot qui s'adresserait à elle et non pas à un interlocuteur invisible.

« Tu sais bien que je ne prends pas de sucre. Quand dois-tu partir à Londres ? »

Slimane s'assied, soupire, la regarde avec une sorte de curiosité, comme intrigué de voir cette femme chez lui, qui vient lui proposer de l'aide. Mais de l'aide pour quoi faire ? Que sait-elle de lui et de ses activités en dehors des calligraphies qu'il produit ? L'amour rend aveugle, fausse le jugement, brouille la perception des choses, empêche de voir ou d'entendre ce que le cœur se refuse à admettre, même et peut-être surtout lorsque la réalité la plus évidente et la plus cruelle se campe avec arrogance devant l'être qui souffre.

Isabelle s'approche, ôte son manteau, son écharpe et vient s'asseoir à côté de lui. Elle porte une robe bleue, simple et élégante, qui met en valeur ses formes. Elle pose une main sur la cuisse de Slimane et se penche pour l'embrasser. Il marque un moment d'hésitation confirmé par un infime mouvement de recul. Isabelle se fige, humiliée, traversée par une douleur tranchante. Une gifle n'eût pas été plus douloureuse, ni plus insultante. Elle retire sa main, se tourne vers lui.

« Es-tu à ce point préoccupé que je ne puisse même pas t'embrasser ? Qu'est-ce que je dois faire ? Dis-moi, je t'en prie, dis-moi. »

Slimane baisse la tête puis la regarde sans affection, sans plaisir.

« Il n'y a rien à faire. Ma vie est compliquée. Ce n'est pas contre toi. Simplement, nos routes se sont croisées, et maintenant elles vont bifurquer. Nos vies doivent se séparer. C'est ainsi, c'est le destin. Je suis désolé. Je ne voulais pas te faire de mal. »

Isabelle s'entend dire les mots vides qui n'ont jamais fait changer d'avis celui qui a rompu les amarres.

« Mais je t'aime, je t'aime et tu le sais. Je ne veux pas te perdre. »

La vacuité même des mots qu'elle prononce lui est insupportable. Elle s'en veut de ne pas trouver quelque chose de plus beau, de plus fort, de plus tranchant, de plus blessant à lui dire. Elle s'en veut de ne pas avoir la force de se lever, de prendre son manteau, son écharpe et de partir dans la dignité. Au lieu de cela elle reste là, pitoyable et ridicule, dans l'attente d'un inconcevable revirement de situation. Elle se maudit d'aimer cet homme et d'en perdre tous ses moyens. Slimane lui prend les mains, la regarde enfin avec gentillesse. Elle veut espérer, elle veut croire qu'il prend conscience de l'amour qu'elle a pour lui et qu'il a failli perdre.

« Isabelle, je dois sortir de ta vie pour de multiples raisons, que je ne peux pas toutes expliquer aujourd'hui. Notre rencontre a été une belle histoire, mais tu dois comprendre qu'aller plus loin n'est pas possible. Tout nous sépare, ton mariage, ta vie, la mienne, la position de ton mari, tout ; tu as une fille qui a presque mon… »

Il s'arrête, réalisant ce qu'il vient de dire. Isabelle ne bouge plus, glacée par ce rappel. C'est donc cela. Lui, l'artiste encore jeune, et elle la femme mûre, déjà trop vieille pour lui. L'âge s'est interposé dans leur histoire. Le temps vient de lui infliger une cuisante défaite et rien ni personne ne peut y remédier. Elle commence à pleurer silencieusement, et elle sait que les larmes ne feront qu'aggraver la sanction des années.

Slimane ne peut supporter cet effondrement qui le laisse désemparé.

« Je suis vraiment navré. Ce n'est pas ça que je voulais dire. Tu es très belle, vraiment. Ce n'est pas ça. »

Il sait que maintenant chaque mot devient une embûche, un piège, un nouveau coup porté à l'amour-propre de cette femme obsédée par le vieillissement. Il pose une main sur son visage pour essuyer une larme, effacer les traces de l'insulte. Elle ne dit rien, le regarde avec une tristesse dont il perçoit la profondeur. Il n'aime pas faire mal. Il vient de faire souffrir et il s'en veut.

« Pardonne-moi. Je ne voulais pas te blesser. Je t'en prie, dis-moi que tu ne m'en veux pas. »

Maintenant, c'est lui qui quémande un pardon, par une absurde inversion des rôles, par des paroles banales qui ne peuvent rien changer.

Isabelle se lève et se prépare à quitter l'appartement de son amant. Elle doit mettre un terme à cette humiliation.

« Je pourrais te tuer, là, maintenant, tellement je souffre. Mais ça ne servirait à rien. Tu ne mérites même pas cela. Je suis certaine que tu vas avoir beaucoup de succès, à Londres et ailleurs, avec des jeunes femmes. Quant à tes autres activités, je m'en moque. Et ne compte pas sur moi si un jour tu as le moindre problème en France, je te laisserai dans ton bourbier. Et si des ennemis de ton peuple veulent te supprimer, grand bien leur fasse. Ce n'est pas moi qui les en empêcherai. »

Elle se retourne, saisit son écharpe et sort de l'appartement sans un mot de plus.

Slimane reste debout au milieu de la pièce, perdu dans un chaos de pensées contradictoires.

33

Max est arrivé le premier au rendez-vous fixé. Il est convaincu qu'Alain est ponctuel, comme tous les hommes qui passent leur temps dans des situations de danger et pour qui le moindre retard peut être mortel. Il a observé les entrées et sorties depuis un arrêt de bus et sait qui est dans le café depuis plus de dix minutes. Il entre et s'installe de biais par rapport à la fenêtre du restaurant, avec vue sur le trottoir par la fenêtre et sur la salle grâce au grand miroir sur le mur du fond. Il commande un verre de vin blanc à une serveuse au visage dont la géométrie abrupte des traits qui accrochent la lumière est augmentée par les cheveux tirés en arrière avec autorité. Il observe qu'elle n'est pas laide, plutôt jolie même, à sa manière. Si ce n'était pour ses inévitables tatouages imbéciles et deux ou trois piercings malencontreux, elle pourrait être parfaitement séduisante. Elle est mince, les hanches et les jambes dansantes, le buste tenu dans une chemise blanche affirmant une poitrine que l'on devine insolente. Il se demande toujours pourquoi certaines personnes trouvent utile de se saccager le visage pour exister.

Alain arrive après quelques minutes, balaie du regard la salle, fait un signe de reconnaissance à la serveuse puis vient s'asseoir en face de Max.

« Tu connais cette belle et étrange personne ? »

Sans attendre la réponse d'Alain, il enchaîne.

« Je suppose que, toi aussi, tu surveilles le bar depuis un moment ; la preuve, tu n'as pas cherché à savoir où j'étais assis, tu es venu directement. Bon, nous pouvons donc en conclure que nous sommes en zone de sécurité. Quelles nouvelles, mon cher ? »

Alain attend que la serveuse ait déposé une bière devant lui. Elle lui adresse un sourire de connivence puis s'éloigne. Max se fend d'un commentaire élogieux.

« Cette femme est d'une beauté déroutante, qui doit paralyser les hommes – enfin, certains –, je suppose. N'est-ce pas ?

— Oui, je sais, répond Alain ; on l'appelle Charly et nous sommes amis, à défaut d'avoir été plus intimes. Elle me trouve à son goût mais ne peut concevoir une relation avec un flic, en raison de ses convictions. C'est dingue, non ?

— Non, ça ne m'étonne pas outre mesure. Tu sais, j'ai accepté de me damner pour une call-girl qui est partie chauffer ma place en enfer, encore que je ne sois pas certain que cela soit nécessaire. J'ai l'impression que les flics, actuels ou anciens, sont condamnés à des relations pourries. Nos vies, ce que nous sommes, ce que nous faisons, ce que nous voyons, nous empêchent d'être ou de demeurer des individus normaux. Tu ne peux pas te frotter à la fange de l'humanité en permanence sans que cela laisse des traces. »

Alain regarde la serveuse debout derrière le bar, en train d'essuyer des verres. Elle saisit son regard, l'accroche, lui décoche un sourire interrogateur appuyé d'un mouvement des sourcils, comme pour lui dire : « Que me veux-tu, le flic ? Tu sais que tu me plais, mais que ce n'est pas possible. »

Alain lui sourit en retour, puis reprend sa conversation avec Max.

« Parfois, j'envie ceux qui parviennent au confort d'une vie normale, qui arrivent à laisser la merde au vestiaire, avec leur tenue ou leur arme. Ils rentrent chez eux le soir et racontent de jolies histoires à leurs enfants après avoir arrêté un pédophile ou un braqueur de grands-mères. Ou ceux qui ont le refuge de la religion. C'est pratique, finalement, ça résout tout, ça te permet de disposer d'explications faciles sur la nature humaine. Et puis il y a les autres, comme nous, les naufragés de l'existence, nous savons que la prochaine île est très lointaine et qu'elle ne sera pas nécessairement hospitalière. »

Max et lui restent pensifs quelques instants, contemplent leurs boissons respectives, dans l'espoir futile d'y trouver la réponse aux tourments de leurs existences. Charly s'approche de leur table, y dépose une assiette avec quelques amuse-gueule.

« Tenez, les beaux gosses, l'alcool tout seul, ce n'est pas bon. Et ça vous fera passer le temps. »

Alain la remercie. Elle le fixe juste une seconde de trop, hésitant entre deux univers, l'un fait d'une distance et de tranquillité, l'autre d'une rencontre et de tempêtes.

« Avec plaisir, à défaut… » répond-elle, son regard toujours dans le sien, ignorant Max qui semble s'amuser de ce jeu.

Elle s'éloigne, d'une démarche destinée à plonger Alain dans un profond regret.

« Bon, Alain, où en sommes-nous ? On fait le point ? »

Alain se reprend, regarde Max et se décide à revenir à la réalité.

« De mon côté, j'ai la confirmation qu'un toubib a vendu des dossiers médicaux concernant des Roms, des gamins et des moins jeunes, pour le compte d'un Russe. Il est désormais clair qu'il s'agit d'un trafic d'organes, mais je ne sais pas encore quel est le niveau d'implication des chefs de camps et de clans. Des sommes d'argent considérables ont circulé. Le docteur en question a disparu, il avait des dettes de jeu. Il devait partir avec une jeune Rom, mais elle est toujours là. Il n'a pas planté qu'elle. Il y avait une employée d'un dispensaire local, qu'il a menée en bateau également. Les types qui s'emparent des gosses sont des super pros, des anciens du KGB ou du goulag, ce qui revient au même, à savoir des tueurs professionnels qui n'ont peur de rien. Ce que je pense, c'est qu'ils doivent avoir des informations pour savoir quel gosse sera à quel endroit et à quel moment. Pour ce qui est du lien avec ton photographe disparu, il doit sans doute exister, mais de quel côté ? »

Max a pris des notes calmement, méticuleusement, sans interrompre Alain. Il les relit comme pour vérifier la qualité de la prose, pose son stylo-plume, prend la parole à son tour.

« La clinique appartient à un médecin français bien sous tous rapports, mais associé étroitement avec le même Russe qui dirige les gangs de kidnappeurs. Le photographe a disparu peu de temps après avoir annoncé son intention de faire un reportage sur les mafias de l'Est. Katia, la sculpteuse, une foldingue de première, mais une remarquable source d'informations, m'a rencardé sur plusieurs personnes. Il y a un Russe du groupe qui est follement amoureux d'une serveuse polonaise de la boîte de nuit où tous ces mecs se retrouvent. Mais la personne en question, elle, est éprise d'un mec qui travaille pour son propre compte, petits trafics divers et, de temps en temps, des livraisons vers Le Bourget à partir de la fameuse clinique de Saint-Cloud. Et qui retrouve-t-on dans cette clinique ? Le Russe et ses copains, qui font également d'étranges livraisons certaines nuits. Il y a un autre Russe du groupe qui lui fait une cour pressante. Ça peut être utile car je l'ai convaincue qu'elle allait faire partie d'un groupe d'espions et elle est à fond pour collaborer; il faut juste la contrôler, elle est barje, elle se prend maintenant pour une James Bond Girl. Mais il y a autre chose qui me turlupine. La directrice de l'agence photographique n'est pas très nette. Il y a une histoire de photos compromettantes et elle a des obligés qui lui donnent accès à tous les travaux photographiques pour le Sénat et des groupes liés au monde politique. Elle doit en tenir quelques-uns par la barbichette, ou sans doute plus bas si tu veux mon avis. Question : qui dirige les opérations ? »

Alain réfléchit, le regard fixé sur la table, les verres vides, l'assiette bien entamée. Quel est le rôle de Marjiana dans tout cela ? Comment trouver la clef ?

« On a besoin d'un flag, dit-il. Il faut qu'on les chope en pleine action, toute la bande. Il faut savoir d'où émane la demande et trouver la chaîne qui se met en place à chaque fois. Ces gens-là sont malins. Tous les maillons sont séparés, individuels, ils ne se connaissent pas, ne se voient pas. On ne peut pas se contenter d'en arrêter un seul, car il ne sait pas ce qui est en amont et en aval. Le système est bien ficelé. »

De son côté, Max sent que tout n'a pas été dit par Alain. Il veut en savoir plus, fouiller, trouver le point douloureux, le petit sésame.

« Que sais-tu de cette Rom qui devait partir avec le toubib et l'autre personne, l'employée du dispensaire, éventuellement ? Elles doivent bien avoir des informations, quelque chose, une adresse, un endroit qu'il aurait mentionné. »

Alain répond à côté de la question.

« Nous avons fait des recherches sur ce type. Son portable est devenu muet le soir même où il devait emmener cette fille. Sa carte de crédit n'a jamais plus été utilisée. Il n'a franchi aucun poste frontière aéroportuaire en Europe. Il s'est littéralement volatilisé. »

Max fait signe à la serveuse de les resservir et poursuit.

« Il y a peut-être une autre hypothèse. On l'a volatilisé. Il a été supprimé parce qu'il en savait trop et que des gens comme notre ami russe n'avaient aucun intérêt à le voir se promener dans la nature. Un type qui a été payé veut toujours plus d'argent à un moment ou à un autre. Il succombe irrémédiablement à la tentation du chantage. Des gens comme ça deviennent rarement épicier ou quincailler dans une sous-préfecture de la Creuse. Ils flambent, ils craquent tout ce qu'ils ont avec des putes, au jeu, dans des bagnoles, sur la côte ou ailleurs. Et neuf fois sur dix, ils reviennent vers le premier pourvoyeur pour tenter de soutirer des fonds supplémentaires et neuf fois sur dix, ils finissent six pieds sous terre, au fond de l'eau les pieds dans le ciment, ou coupés en morceaux dans une mangeoire à cochons : c'est efficace pour ne pas laisser de traces. Peut-être son corps est-il plus près d'ici que nous ne l'imaginons. »

Charly s'approche avec de nouvelles boissons et des snacks. Elle se place à côté d'Alain, fait glisser l'assiette sur la table, pose les verres, met une main sur son épaule.

« Ça doit avoir faim, des grands garçons comme vous. Il faut bien vous restaurer avant d'aller faire les cow-boys dans les rues sombres. »

Elle s'adresse à eux d'un ton provocant et moqueur. Max est de plus en plus fasciné par cette femme et par le fait qu'Alain donne l'impression d'être totalement hermétique à ses avances. Elle et lui doivent entretenir une étrange relation. Il décide de relever la boutade.

« Exactement, Charly : c'est bien cela ? On prend nos gros revolvers, on va tuer tous les méchants, on brûle leurs repaires, on s'empare de leur argent, on revend leurs voitures, on viole leurs compagnes, on égorge leurs enfants et on efface toutes les traces. Ensuite, on revient auréolés de gloire et on espère bien trouver le repos du guerrier. »

Elle regarde Max, un sourire complice sur les lèvres. Alain ne répond pas, comme sourd à cette conversation. Charly reprend.

« Le repos du guerrier ? Rien de moins. Mazette, de vrais durs à cuire, comme dans les films noirs. Et qui assure ce repos ? Qui essuie les taches de sang sur vos jolis vêtements de justiciers ? Dans votre cas, monsieur, je doute que ce soit une "elle", n'est-ce pas ? Pour Alain, c'est sans doute le cas. Mais encore faut-il pouvoir frapper à la bonne porte, au bon moment. Mais sait-on jamais.

Elle s'éloigne à nouveau, irritante de sensualité presque perverse.

Max regarde Alain qui se sert une tartine de pâté de campagne. Cet homme est difficile à cerner, quasi impénétrable, mais il doit exister une porte d'entrée, il en est certain. Peut-être se trouve-t-elle dans un camp de Roms.

« Dis-moi, peut-on tirer des infos de cette Rom ? Est-ce que tu la connais bien ? Peut-on la faire parler ? Je suis certain qu'il doit y avoir quelque chose de ce côté-là. »

Alain paraît déstabilisé pendant une ou deux secondes, suffisamment pour que Max s'en aperçoive. Max décide de s'engouffrer dans la brèche.

« Alain, veux-tu que je m'en charge ? Ou préfères-tu que nous le fassions ensemble ? »

Alain ne répond pas tout de suite, mal à l'aise. Brusquement, avec une douloureuse fulgurance venue du fond de sa mémoire, Max réalise ce qui se passe et n'a plus aucun doute sur les raisons des hésitations d'Alain. Bienvenue dans l'enfer des flics sentimentaux, mon garçon, j'ai déjà emprunté ce chemin et je sais où il mène.

« Ne me dis rien. J'ai compris. Tu es tombé dans le même piège que moi, n'est-ce pas ? La Rom t'a embarqué, elle t'a mis le grappin dessus et tu es coincé. Jusqu'où est-elle impliquée ? »

Alain ne répond pas, soudain pris dans une tourmente qu'il a voulu éviter. Il est probable que Marjiana en sait plus qu'elle ne le prétend. Il faut qu'elle parle.

« Je vais m'en occuper. Rien de grave. Je vais la convoquer demain.

— Alain, ne me raconte pas d'histoires, pas à moi. Je connais cette dérive : j'ai donné, beaucoup. Tu n'en sortiras pas intact. Le peu de raison qui te reste, tu vas le perdre sur ce chemin. Aucun flic n'est prêt pour ça, crois-moi. C'est un cul-de-sac, et tu ne pourras pas faire demi-tour. Chaque moment passé avec elle en dehors de tes fonctions va se retourner contre toi. Et ne pense pas une seconde que les Roms t'accueilleront à bras ouverts parce que tu t'es laissé prendre au piège. Laisse-moi faire. Je sais comment mener ce genre d'entretien. De plus, je ne suis plus un flic, d'une certaine manière : il y a moins de risques.

— Je vais m'en occuper demain. Laisse. »

Max sait qu'insister ne servirait à rien. Il a déjà vécu cette situation, et ceux qui avaient voulu l'aider avaient reçu la même réponse. À chacun sa croix… et advienne que pourra.

34

Boris vérifie que tout est en place dans le fourgon transformé en fausse ambulance. La trousse pour les injections, la couverture, le masque à oxygène avec les bouteilles, les gilets avec les croix rouges, tout ce qui va être nécessaire pour la prochaine commande. Ils ont reçu les instructions deux semaines auparavant. Une jeune Rom, du camp d'Aulnay-sous-Bois, d'une vingtaine d'années, qui travaille trois jours par semaine au centre hospitalier de Villepinte. Il a repéré les lieux, il a fait le chemin à plusieurs reprises, vérifié l'absence de caméra, la position des postes de police les plus proches. Il y en a un à moins de deux kilomètres de l'endroit où il compte agir. Il va falloir que Youri, Pavel et l'autre crétin d'Anatoli surveillent l'accès à la gare RER de Villepinte dans les deux directions. La jeune femme prend un bus à l'hôpital, qui la dépose juste avant l'avenue de Sausset. Là, elle doit parcourir un peu moins de deux kilomètres à pied. Ils auront moins de vingt minutes pour agir. Il a fait le test, en marchant à peu de chose près au même pas que la fille. L'idée est de la suivre en voiture puis de faire venir la fausse ambulance pour lui proposer de la déposer au RER. L'opération ne devrait pas poser de problème : la fille monte dans le fourgon ambulance, de gré ou de force, elle reçoit une injection et s'endort. Transfert à la clinique et le reste comme d'habitude, le corps déposé dans un camp désaffecté et ensuite brûlé avec des détritus et des gravas. Une sorte de routine morbide qui ne devrait pas présenter de difficultés.

C'est après que les choses pourraient se compliquer. Il a été convenu avec Kyril que Boris se débarrasserait de Youri et de Pavel une fois la livraison assurée. Youri est toujours obnubilé par cette serveuse polonaise et Pavel va finir par se faire prendre à traîner dans les bars fréquentés par des adolescents. Ce serait la pire des catastrophes.

Il se demande ce qu'il fera ensuite, lui, l'ancien flic de la police de Moscou, spécialiste des gangs. Il n'est pas certain de vouloir rester à Paris, ni en France. Mais d'abord, il doit assurer la dernière commande et se débarrasser des deux abrutis. L'accord passé avec Kyril est clair et doit être respecté. Boris et son équipe sont à Paris depuis quelques années et en dépit des activités légales qu'ils assurent comme façade, il est probable que la police s'intéresse à eux pour d'autres raisons. L'affaire du photographe va finir par revenir à la surface. Il le sent : flic un jour, flic toujours. Il sait comment fonctionnent les policiers. Ils prennent le temps, ils cherchent, ils fouillent, ils posent des questions. Il en a vu dans le petit restaurant où il va parfois déjeuner avec Nikita et d'autres. Le serveur les a rancardés. Il est utile, ce jeune, avec sa tronche de débile et ses gestes lents. Tous les clients le prennent pour un crétin mais il observe, écoute, regarde et renseigne, pour peu qu'on lui donne parfois du fric et que de temps en temps on l'autorise à aller voir une fille gratuitement, dans une des maisons tenues par le groupe. Donc, grâce au serveur à l'allure de tortue retardée, Boris sait que des flics s'intéressent à eux et que les débordements imprévisibles de Youri deviennent vraiment dangereux. Kyril en a convenu et une fois le nettoyage terminé, il remplacera tout le monde avec des nouveaux employés, comme il les appelle.

Boris regarde à nouveau les photos de la jeune femme qu'ils doivent attraper. Une Rom, une de plus, de cette race maudite dans toute l'Europe. Il ne sait pas pourquoi. Après tout, ces gens ne lui ont rien fait. Il ne se pose pas la question de savoir pourquoi le fait de kidnapper des Roms et de participer à leur mort certaine ne lui cause aucun problème. Il agit en dehors de toute conviction. Il fait du business, il reçoit des commandes ; il les honore. De toute manière, ces Roms, personne ne les aime. Comme dit Nikita, il faut bien admettre qu'en général ils ne font pas grand-chose, non plus, pour qu'on les aime. Ces gens-là vivent entassés dans des caravanes comme des animaux, ils ne savent même pas qui sont leurs parents et ils passent leur temps à voler ou à mendier avec des gamins crasseux. Pourquoi aurait-il des scrupules, maintenant ? Et puis, il doit bien l'admettre, il est trop tard pour penser à tout cela. Il a franchi le gué, il est de l'autre côté du fleuve.

Donc cette belle Rom va disparaître comme les autres. Elle n'en a plus pour longtemps, une semaine ou deux au plus, d'après ce que lui a dit Kyril. Youri et Pavel disparaîtront aussi et lui, Boris, sera plutôt content d'effectuer ce nettoyage. Étrangement, il a le sentiment d'appartenir à une autre catégorie, il se sent supérieur à eux. Il ne se considère pas comme un voyou. Il a juste dérivé de la police vers une équipe mafieuse par cynisme, par écœurement. Il a simplement changé de catégorie professionnelle. Il ne tue ni par plaisir ni par méchanceté. Il tue parce que cela fait partie de son travail. Il ne s'en vante pas, contrairement à Youri et à d'autres. Il n'est qu'un professionnel obéissant et, demain, si les circonstances l'y conduisent, il tuera son employeur actuel avec le même détachement. Il se comportait ainsi dans la police, il se comporte ainsi aujourd'hui et il se comportera ainsi avec son prochain donneur d'ordre, quel qu'il soit.

Il range la photo de la Rom dans son blouson, vérifie que tout est bien en place, ferme le véhicule qui ne devra plus rouler jusqu'au jour de l'enlèvement. Il va aller déjeuner avec Nikita. Comme d'habitude, ils discuteront football, hockey sur glace, et Nikita lui parlera encore de la jeune Tchèque, une espèce d'artiste un peu disjonctée qui le mène par le bout du nez. Elle travaille dans la fameuse boîte de nuit où se trouve la Polonaise de Youri. Ces filles ne sont bonnes qu'à mettre le bordel.

35

Dans la salle de sécurité, le docteur Bellefond visionne quelques passages des fichiers enregistrés par les caméras de surveillance et ne constate rien d'anormal, y compris pendant les séquences enregistrées la nuit. Alors qu'il retourne à son bureau, Françoise, la jeune réceptionniste, s'approche et demande à lui parler en tête à tête. Quelques minutes plus tard, ils se retrouvent dans son bureau devant un café et un thé. La jeune femme paraît troublée, éprouvant des difficultés pour s'exprimer. Finalement, après quelques instants, le docteur Bellefond décide d'entamer la conversation.

« Bien, Françoise, je vous écoute. Avez-vous encore des informations à propos de notre amie du Moyen-Orient ? De quoi s'agit-il ? Vous semblez perturbée. »

Françoise a posé sa tasse de thé sur la petite tablette à côté de son fauteuil. Elle prend une grande respiration et, les mains jointes sur ses cuisses, elle se lance.

« Docteur, il se passe des choses très anormales dans la clinique. Pour tout vous dire, je suis au courant de plusieurs faits bizarres depuis le tout début, il y a quatre ou cinq ans. Il s'avère que mon ami travaille ici également, au service de sécurité, et qu'il fait parfois les nuits. Il y a quelque temps, il a détecté des mouvements nocturnes de véhicules. Alors… je sais que c'est illégal, mais il a conservé des fichiers des caméras numériques. Il souhaite vous les montrer. C'est important, je crois. »

Elle s'arrête, à bout de souffle. Elle s'est exprimée pratiquement sans regarder le médecin, le visage animé, mais le corps tendu. Elle est pâle et sur le point d'éclater en sanglots.

« Je suis prêt à visionner ces bandes, mais dites-moi pourquoi avoir attendu si longtemps pour m'en faire part. »

Françoise hésite, à nouveau incapable de regarder le médecin en face.

« Parce que… parce que c'est tellement étrange qu'au début, lorsque Maxime, c'est mon ami, Maxime, de la sécurité, lorsqu'il m'a raconté ce qu'il voyait et ce qu'il enregistrait, j'ai eu du mal à y croire. Pour vous dire toute la vérité, il a installé une autre caméra dans un lieu de la clinique qui n'était pas surveillé. Et ce qu'il a enregistré est terrible. Seulement voilà, nous pensions, enfin, nous ne savions pas, mais, comment vous dire ? Nous pensions que peut-être vous étiez au courant, pour ces choses-là. Alors, comme nous n'étions pas certains, nous nous sommes tus. Nous ne voulions pas perdre nos emplois et puis Maxime fait des petits boulots à côté, tout ça, enfin, c'était compliqué. »

Le docteur Bellefond est envahi par un sentiment d'inquiétude. Il faut absolument qu'il visionne ces enregistrements, le plus rapidement possible.

« Quand puis-je voir ces bandes ? Le plus vite sera le mieux.

— Je lui ai demandé de les apporter, lorsqu'il viendra prendre son poste tout à l'heure. Et puis, nous avions peur des Russes, aussi, surtout de ceux qui viennent la nuit. Mais quand j'ai su que vous demandiez à voir les dossiers des caméras, j'ai dit à Maxime que le moment était venu de vous en parler. »

En fin d'après-midi, Maxime et le docteur Bellefond se retrouvent dans la salle des écrans. Maxime a installé un ordinateur portable, raccordé à un disque dur annexe. Le docteur Bellefond est terriblement inquiet. Le jeune homme est silencieux. Il prépare l'installation avec calme et précision, chaque geste donnant l'impression d'avoir été mûrement réfléchi, ce qui changeait de l'aspect habituel des gens de l'informatique, qui donnent toujours l'impression de fonctionner dans une sorte d'improvisation et de désordre permanent.

« Bien. Docteur, je vais commencer avec le premier enregistrement qui a attiré mon attention. Vous pouvez voir la date et l'heure. Je vous laisse regarder. »

Sur l'écran apparaît alors une image noire et blanc à la définition moyenne, mais qui permet de distinguer les éléments présentés. Le premier plan présente la rue qui permet d'accéder à la clinique par l'arrière. Un fourgon s'approche, suivi d'un autre véhicule, une Mercedes noire. Puis les véhicules sont repris par une deuxième caméra qui filme l'allée d'entrée. Le portail s'ouvre et les deux véhicules entrent et passent sous la caméra. Ils sont alors repris par une caméra placée dans le parc, qui filme les accès à la clinique. On voit le fourgon garé de côté. Deux hommes en sortent, vêtus d'une sorte de combinaison sombre, très probablement noire. Trois hommes sortent de l'autre véhicule et s'approchent du fourgon. À ce moment-là, dans le champ de la caméra, apparaissent deux infirmiers, visiblement un homme et une femme, qui poussent un lit roulant. Deux des hommes en noir extraient du fourgon un corps, dont la taille indique sans doute un adolescent, et le posent sur le brancard. Les infirmiers disparaissent dans le sas d'entrée avec le lit roulant et les hommes en noir se séparent. Trois remontent dans la voiture et sortent de la clinique, comme le montrent les images des différentes caméras. Deux restent à côté du fourgon, fument, discutent, boivent à des bouteilles qu'ils prennent dans le fourgon.

À ce stade, Maxime décide de faire une avance rapide. Les indications montrent qu'une heure et demie est passée depuis les dernières images. On voit alors les deux hommes en noir s'approcher du sas duquel sortent à nouveau les deux infirmiers et le lit roulant. Il y a un corps sur le lit, sans doute celui qui a été amené plus tôt. Les deux hommes le chargent sans ménagement dans le coffre du fourgon, alors qu'à l'arrivée ils l'avaient pris sur la banquette arrière. Le fourgon démarre et les caméras le montrent repartant dans l'allée derrière la clinique. Maxime fait une nouvelle avance rapide. L'horloge montre une avancée de vingt minutes. On voit le portail s'ouvrir à nouveau et une moto, noire et de toute évidence puissante, s'approche lentement du sas d'entrée dans la clinique. Le pilote descend de sa machine et un infirmier apparaît alors, portant une large boîte que lui et le pilote fixent à l'arrière de la moto. Celle-ci repart quelques secondes plus tard, comme le montrent encore une fois les caméras.

Maxime arrête le déroulement des images et se tourne vers le docteur Bellefond. Celui-ci, blême, fixe l'écran de l'ordinateur d'un regard atterré.

« Mais qu'est-ce que c'est que ce bordel ? Qu'est-ce que c'est que ça ? »

Maxime décide de poursuivre la démonstration.

« Docteur, j'en ai d'autres et à chaque fois le principe est le même. Le fourgon et la voiture, les infirmiers, le fourgon qui repart après la voiture et le motard qui vient prendre la boîte pour la livraison. »

Le docteur Bellefond ne sait plus que penser. Un sentiment d'horreur le traverse.

« À qui avez-vous montré ces bandes ?

— Personne, docteur, sauf à vous et à Françoise. En fait, j'ai fait changer la puissance et la définition des caméras après les deux premiers… incidents. J'ai d'autres images sur lesquelles on peut identifier ces hommes. Mais je n'ai rien fait de plus.

— Pour le moment, ne dites rien à personne : je vais prendre des dispositions. Avez-vous des copies de ces dossiers ?

— Non, tous les originaux sont là. Je vous les laisse.

— Qu'y a-t-il sur les autres caméras que vous avez installées ? »

Maxime manipule l'ordinateur et un autre écran apparaît. On se trouve à l'intérieur du sas d'entrée arrière de la clinique. On voit les deux infirmiers qui poussent le lit roulant, s'approchent d'un groupe en blouses de bloc opératoire. Il reconnaît le chirurgien qui travaille avec Kyril. Celui-ci examine le corps, sort d'un dossier une photo qu'il utilise visiblement pour vérifier l'identité, puis fait un signe. Le groupe s'éloigne alors vers l'intérieur.

« Combien avez-vous de dossiers comme ça ?

— Une dizaine environ. Je vous les ai tous apportés.

— Merci. Surtout, je vous demande la plus grande discrétion. Je crains que nous ne soyons devant une situation dramatique, sans doute même criminelle. Mais je veux prendre toutes les précautions. Attendez mes instructions et ne dites rien de plus à Françoise. Moins elle en saura, mieux ça vaudra pour elle et pour vous, pour tout le monde. »

Il est remonté dans son bureau, s'est assis et a tenté de mettre de l'ordre dans son esprit Il est assommé, groggy, incapable de penser correctement. Le Russe a organisé un trafic dans sa clinique et, visiblement, il s'agit d'un trafic d'organes. Un trafic d'organes dans sa clinique à lui qui déteste tout ce qui, de près ou de loin, procède du mercantilisme médical. Il touche le fond de l'horreur. Son esprit est un chaos cauchemardesque. Son monde s'écroule et une multitude de pensées arrivent en désordre : le scandale que cela va déclencher, la tempête médiatique, la couverture des journaux people avec lesquels il a toujours refusé de collaborer. Ils vont le déchiqueter, organiser la curée: tous y participeront, y compris quelques-uns de ses confrères qui ont quelques comptes à régler avec lui. Il ne pourra jamais s'en relever. Et comment prouver son innocence ? Il aura beau affirmer qu'il ne savait pas, tout dans sa relation avec Kyril Annaniev montre une connivence totale. Sa clientèle va disparaître immédiatement, se volatiliser, sans parler des procès qui vont lui tomber dessus. Il doit trouver une solution, vite. Faire intervenir la police, mais avec discrétion ? Impossible, et il sait qu'il ne pourra pas éviter le scandale. Il ne trouve pas de solution, il tourne et retourne dans sa tête tous les scénarios possibles. Mettre des enquêteurs privés sur cette affaire ? Trop risqué compte tenu des enjeux, et surtout quoi faire ensuite face à ces assassins capables de tout? Sans compter que les détectives privés travaillent avec la presse à scandale: il n'aurait aucune chance.

Il est dans une impasse, face à un mur infranchissable: aucune voie de sortie possible. Il envisage la catastrophe la plus totale, la plus sordide, la plus humiliante. C'est alors qu'une idée germe dans son esprit. Isabelle Callerai, actionnaire de la clinique, pourrait être la solution. Elle est mariée à un homme politique puissant, de haut niveau, elle doit pouvoir l'aider. Elle n'aura aucun intérêt à ce qu'un scandale éclate. Mais comment lui expliquer la situation ? Comment lui faire comprendre l'absolu besoin de discrétion ? Elle est son seul recours. Il n'a pas le choix. Mais que faire avec Annaniev ? Si ce dernier venait à apprendre, d'une manière ou d'une autre, qu'il a des soupçons, il pourrait devenir dangereux.

Le docteur Bellefond réalise qu'il est coincé entre le scandale et le crime, entre la ruine et la prison, et que son seul salut pourrait venir d'une femme obsédée par l'âge. Il contemple le gouffre et aucune autre solution ne lui vient à l'esprit.

36

Comme tous les arrêts de bus situés à proximité d'un hôpital, celui du centre hospitalier Sainte-Marie, de Villepinte, abrite une population passante de malades, de visiteurs, de membres du personnel de l'établissement, dont les tenues, les attitudes, les sacs et autres bagages témoignent des incertitudes et des injustices de l'existence. Marjiana s'est approchée pour vérifier l'heure de passage du bus. La plupart des gens l'ignorent ; certains la regardent puis détournent la tête, d'autres lui lancent des regards visiblement hostiles. Même habillée en Française, comme elle dit, elle reste une Rom, et elle le sait. Après avoir consulté le petit écran numérique qui indique une attente de dix minutes, elle s'éloigne de l'abri pour être plus à l'aise. En ce début de soirée de juin, il fait bon et la lumière dure longtemps. Alors qu'elle se prépare à sortir une cigarette, elle aperçoit une voiture qu'elle pense connaître, garée de l'autre côté de la rue. Elle regarde plus attentivement pour vérifier qu'elle ne se trompe pas et à ce moment-là, la portière côté chauffeur s'ouvre. Alain descend du véhicule et traverse la route. Il s'approche d'elle et lui demande de venir avec lui. Les gens groupés à l'arrêt de bus observent cette scène avec un mélange de curiosité, d'animosité et d'indifférence. Qu'est-ce qu'un homme aussi bien tenu peut avoir à faire avec une Rom, même attifée de vêtements normaux ?

Marjiana ne comprend pas pourquoi Alain est venu la chercher ici, devant tout le monde. Elle se souvient lui avoir dit qu'elle travaillait dans cet hôpital, mais comment a-t-il fait pour connaître ses horaires ? Ils traversent la rue, suivis du regard par quelques-uns des autres employés. Elle s'installe à côté d'Alain dont le visage est fermé, grave, dur. Elle n'ose pas parler. Elle sait que sa présence n'est pas une bonne nouvelle. Alain lui demande si elle va bien, si elle n'est pas trop fatiguée. Elle répond vaguement, avec des « oui » sans conviction, lourds de lassitude. Ils roulent pendant quelques minutes puis Alain gare la voiture devant un café près de l'autoroute A104. Ils descendent, entrent et s'installent au fond de la pièce, dans un coin discret. Le serveur s'approche, prend leurs commandes, revient quelques instants plus tard, encaisse et s'éloigne. Marjiana regarde Alain, curieuse, mais assez prudente pour ne pas prendre la parole. Alain boit un peu de bière et se décide enfin à parler.

« Écoute, je suis venu ici pour te parler de quelque chose d'important. Mais je veux que tu comprennes la situation. Là, maintenant, je suis flic et tu vas parler à un flic, pas à un… » Il hésite.

« Un amoureux ? C'est ça tu veux dire ? Alors monsieur le flic, c'est quoi que tu veux me parler, ou tu veux que je dis ? »

Alain la regarde, gêné, encore une fois pris de court par sa beauté, sa grâce, la force de son regard.

« Je suis policier et je t'interroge comme témoin. Il faut que tu me dises tout. Je veux tout entendre, tout savoir. Il faut que tu répondes à toutes mes questions. »

Marjiana lève son regard vers lui à nouveau. Elle aime cet homme, un flic, ce qui est inconcevable pour une Rom comme elle. Mais elle n'y peut rien. Lui est différent. Alors, parce que son destin est ainsi et que les femmes roms obéissent aux hommes qu'elles aiment, elle va faire ce qu'il lui demande.

« Vas-y, demande-moi tes questions. Je te jure de répondre.

— Quelles étaient tes relations avec le docteur Meyral ? Comment se fait-il que tu n'aies pas été prise dans les dossiers médicaux du camp ? »

Marjiana regarde la table. Soudain, elle a froid, elle est seule, elle a envie de pleurer. Elle aime un homme qui va peut-être détruire sa vie parce qu'il est flic et qu'elle est rom. Alors qu'elle voudrait juste une autre existence, normale, comme les autres.

« Il est venu faire les analyses, les examens, il faisait tous les camps. Moi j'étais là aussi, alors j'ai fait les examens aussi. Parce que Ivo, il a dit tous les enfants et les jeunes ils font les examens. C'est le chef du camp. On obéit.

— Ce médecin a disparu. Sais-tu ce qui est arrivé ? »

Marjiana voudrait partir en courant, ne pas avoir à raconter à quelqu'un, même à cet homme qu'elle aime, tout ce qui s'est passé. Elle ne veut pas redescendre dans le marécage de ses souvenirs.

« S'il te plaît, réponds-moi, je dois savoir ce qui est arrivé. »

Ne pas pleurer, ne pas laisser la douleur reprendre le dessus, ne pas laisser la honte emporter tout ce qu'elle essaie de construire pour sortir du camp. Elle doit parler, elle le sait, pour le garder, lui, et pour qu'il la garde.

« Je suis au camp parce que j'ai été vendue, avec ma mère, pour une dette de jeu, par mon oncle et mon père. Mais moi, je veux sortir avant qu'Ivo me vende à quelqu'un ou me prenne pour me violer quand il est bourré et après me louer aux autres si mon père peut pas payer la dette. Alors, quand le médecin Meyral est venu, j'ai eu une idée pour partir du camp avec lui. Je lui ai fait du charme, pour m'en aller du camp. C'était facile, il a tombé tout de suite. Pendant qu'on préparait pour que je parte avec lui, il m'a raconté ce qu'il faisait, pour un laboratoire russe. Et il m'a dit qu'il allait m'enlever des dossiers, comme ça personne m'emmerderait. Il m'a dit que Ivo, il recevait de l'argent du Russe, les autres chefs aussi. Mais Ivo faisait attention. Et puis, je savais pas que ce con de docteur, il jouait aux cartes. »

Alain lève la main, lui demande de s'arrêter.

« Est-ce qu'il t'a dit où vous deviez aller ? Un endroit, un pays ? On le recherche. »

Marjiana fait non de la tête, lève son visage vers Alain. Il faut tout lui dire, car c'est sans doute la seule solution pour le garder.

« Il est pas parti, il est jamais parti.

— Comment le sais-tu ?

— Il est mort. »

Elle baisse la tête, reprenant des forces pour raconter cette nuit qui devait être celle de sa délivrance mais qui s'était transformée en un long cauchemar qui dure encore.

« Le soir qu'on partait, je devais l'attendre dehors du camp. J'avais rien pris, pas d'affaires, rien, pour pas que les autres y sachent. J'ai dit à ma mère que je reviendrais la chercher. Elle a dit oui, elle a prié pour moi en pleurant et puis elle m'a dit de ne pas revenir, parce que Ivo allait la tuer et moi aussi après. Le docteur disait qu'il aurait la voiture et tout. Mais il avait joué aux cartes avec des hommes du camp et il avait triché. Il devait de l'argent. Et Ivo a parlé à ma mère avant, il l'a frappée, elle a eu peur, alors elle lui a dit que j'allais partir avec le docteur. Alors le soir, les hommes m'ont suivie. Quand je suis arrivée à la voiture, ils sont sortis de partout, de la nuit, comme ça. Ils l'ont tiré de la voiture, ils l'ont frappé, avec des couteaux, des barres de fer. Ils me tenaient et Ivo m'a dit de regarder. Après ils l'ont emmené et ils ont emmené la voiture aussi. Ivo est venu vers moi. Il m'a frappée au visage, à coups de poing et des coups de pied aussi, dans le ventre. Il a sorti un couteau et il a dit la prochaine fois, je te refais en monstre et après je tue ta mère à coups de poing. Tu restes au camp. Si tu pars, je tue ta mère. »

Alain pose sa main sur la sienne pour l'aider et lui dire qu'il n'est pas juste un flic. Elle le regarde, ses yeux sublimes sans larmes, d'une tristesse infinie.

« Faut pas comme ça si t'es flic. Je te réponds parce que tu demandes.

— Pourquoi n'as-tu rien dit, avant, quand nous étions ensemble ?

— Parce que toi, c'est pas comme les autres. Et je veux pas qu'Ivo, il tue ma mère. Mais moi, je veux sortir de la vie des camps. Je veux être normale. Je veux qu'on m'aide. Tu peux pas comprendre.

— Qu'est-ce que je ne peux pas comprendre ? »

Marjiana le regarde à nouveau droit dans les yeux. Alain a juste envie de la prendre dans ses bras et de la protéger.

« Tu sais pas comment c'est quand tu veux être comme les autres mais les autres ils veulent pas de toi. Et que ceux d'où tu veux t'en aller, ils veulent pas que tu pars. Personne ne veut comme toi, personne. Tu vois, je travaille ici à l'hôpital parce que y a une dame de l'Assistance sociale qui a aidé pour que j'aie le travail. Mais même là, dans le travail, les autres ils me regardent toujours comme une Rom. Si quelque chose disparaît, c'est d'abord mon placard qu'on fouille, pas celui des Arabes ou des Blacks. Ils comprennent pas pourquoi je porte des jupes longues des fois. C'est moi, de ma culture. Alors, quand je mets la blouse à l'hôpital, ils se moquent avec ma jupe dessous. Quand il y a des problèmes avec les Gitans, on vient me chercher, moi. Mais je connais pas les Gitans, je les aime pas eux, ils sont méchants avec nous et alors ils m'insultent devant les docteurs français, ils me traitent de pute. Et les Français ils rigolent, ils disent ils sont tous cons ces Roms et ces Gitans. Et puis, les mecs, ils draguent toutes les femmes, les Beurs, les Blacks, les Françaises, mais pas moi. On drague pas une Rom, comme si je suis pas propre, comme si je suis comme avec la peste. Je voudrais faire les études et tout ça. Mais à chaque fois je demande pour la formation, ils me disent t'as pas l'adresse et les papiers et rien. Alors tu passes la serpillère et tu fais pas chier. Et toi, t'es arrivé et j'ai voulu que c'est toi qui m'emmènes. Parce que toi, tu es pas comme les autres. »

Alain laisse sa main sur celle de Marjiana. Il veut l'aider mais elle doit parler d'abord, il faut qu'il sache.

« Que s'est-il passé après la mort du docteur Meyral ?

— Je suis restée au camp, j'avais peur. Et puis, j'ai trouvé ce travail avec l'assistante sociale, mais Ivo me surveille, il sait tout. Parce que c'est lui.

— C'est lui quoi ?

— C'est lui qui envoie les enfants. Je sais parce que Meyral me l'avait dit. Le Russe, il a payé pour que les chefs de camp lui disent quand les enfants iront dehors. Les enfants disparaissaient et les chefs pensaient que simplement, ils avaient été envoyés dans un autre pays. C'est quand on a retrouvé le corps de Livia que tout a commencé le bordel. Les chefs de camp ont décidé d'arrêter, mais pas Ivo, il a besoin d'argent, beaucoup, pour là-bas, en Roumanie.

C'est pour ça qu'il était pas content quand tu es venu avec Didier le con, mais les hommes du camp étaient en colère, alors il avait pas le choix.

— Tu me dis que c'est Ivo qui envoie les enfants faire des trucs et qui donne l'information au Russe ?

— Oui, et il sait que je sais. C'est pour ça qu'il a peur de moi un peu. Il ne m'a pas encore touchée, moi, parce qu'il veut me vendre cher. Surtout si mon père et mon oncle ils peuvent pas payer la dette. Mais je crois qu'il va me tuer, la vieille sorcière me l'a dit.

— Qu'est-ce que tu racontes ? Pourquoi voudrait-il te tuer ?

— Parce qu'il sait que je connais trop sur lui. Il va faire croire qu'il m'a vendue. Et après, il va tuer ma mère. La sorcière me l'a dit, pour payer les fautes de mon père. Elle m'a dit que Ivo, il veut me faire mourir. C'est pour ça que je veux que tu restes, pas seulement parce que tu es un homme que j'aime, c'est la première fois. Mais parce que je sais que je suis la prochaine. »

37

Le garçon d'étage vient de débarrasser la table de la suite qu'Aïcha occupe dans l'hôtel où elle réside lorsqu'elle est à Paris. Elle est assise face à la fenêtre, avec vue sur la place Vendôme. Elle a retrouvé son téléphone portable qu'elle pensait avoir égaré.

Isabelle est venue, accablée et misérable, et Aïcha a eu du mal à lui accorder toute son attention. Elle est fatiguée de ces femmes occidentales qui ne sont préoccupées que par leur apparence et leurs histoires de cœur, ou d'autre chose. Isabelle veut reprendre contact avec Slimane, au moins pour lui demander de l'excuser, lui dire qu'elle ne lui en veut pas, qu'elle le comprend. Aïcha lui a promis de faire son possible dès qu'il sera rentré de Londres, dans une semaine. Elle a regardé avec attention cette Française qui a tout pour être heureuse, qui ne manque de rien, qui n'a aucun souci de santé et qui mène sa vie comme bon lui semble. Que lui faut-il de plus ? L'amour d'un homme de vingt ans son cadet, qui est sollicité par de jolies jeunes femmes partout où il passe ? Et son mari, qu'en fait-elle ? Est-il laid, odieux, violent ? Même pas, juste très occupé par sa carrière et donc ignorant des états d'âme de son épouse. Ces Occidentaux sont vraiment des gens curieux. Alors qu'ils ont tout, ils veulent plus encore.

Elle va finaliser les derniers détails avec Annaniev et elle le laissera organiser le reste. Il touchera un dixième de la somme pour les frais, le reste à livraison, selon les instructions qu'il fournira pour le compte en banque, ainsi qu'une somme notable en liquide également. Elle va sauver sa sœur, elle va permettre à une famille pauvre de gagner de l'argent. Ensuite, elle pourra faire fructifier les affaires de son père en acceptant de se marier avec ce Saoudien dont la famille dirige une immense entreprise de travaux publics. Que deviendra sa vie ensuite ? Elle l'ignore, bien qu'ayant une petite idée quand même. Plus de voyages à volonté, plus de soirées débridées, plus d'amants de passage qui la comblaient physiquement à défaut de la rendre heureuse dans son cœur. Elle fera des enfants, obéira à sa belle-famille, portera le voile et ne pourra sortir qu'accompagnée, n'ayant même plus le droit de conduire une voiture. Elle se demande si elle ne va pas se lancer en politique, défendre la cause des femmes dans cette partie du monde : mais à quel prix ?

Pour le moment, elle doit prendre rendez-vous avec Annaniev, rassurer sa sœur. Chaque chose en son temps.

Elle a une invitation pour ce soir dans une maison en dehors de Paris, avec des amis, proches, très proches. Elle sourit, elle a encore quelques mois de liberté devant elle. Il faut bien fêter cela, après tout.

38

Les trois hommes sont assis autour de la table près de la bibliothèque dans le bureau de Louis Bordenave, le conseiller politique du parti de Callerai. Ils sont pratiquement à la fin de leur réunion mensuelle. Ils ont traité les grands sujets, étudié deux ou trois dossiers délicats. Sartini, l'éminence grise, a tout noté comme à son habitude, avec diligence et précision, et il transmettra ses notes aux deux autres protagonistes par la poste, pour des raisons de sécurité. Callerai a pris des notes, fait quelques commentaires et surtout écouté, comme chaque fois. Louis Bordenave ferme son dossier, pose ses deux mains sur la table.

« On dit que les peuples ont les idoles et les dirigeants qu'ils méritent. Nous allons faire en sorte d'expliquer au peuple français qu'il peut avoir des dirigeants d'un autre niveau que celui des incompétents récidivistes qui se bousculent au portillon. Nous avons du travail. »

Les trois hommes se lèvent, récupèrent leurs documents et prennent congé. Devant la porte de l'immeuble, Sartini accompagne Jacques Callerai à sa voiture, qui attend avec son chauffeur au volant. Les deux hommes échangent encore quelques mots puis Jacques Callerai monte dans le véhicule qui démarre, laissant Sartini sur le trottoir. Celui-ci observe la voiture qui s'éloigne, regarde le sol pendant quelques secondes, plongé dans une profonde réflexion, lève son regard vers les nuages qui se sont égarés dans le ciel de Paris, fait demi-tour et entre à nouveau dans le bâtiment. Il sonne à la porte de Louis Bordenave. L'assistante vient lui ouvrir, pas autrement étonnée de le revoir si rapidement, et l'informe que Louis Bordenave l'attend mais qu'il est occupé pendant encore quelques minutes. Sartini prend un siège dans le bureau de l'assistante et attend la permission d'entrer et de se présenter à nouveau devant l'occupant des lieux.

Louis Bordenave range des dossiers dans son coffre, en sort un autre qu'il ouvre et place sur le bureau. Il sait que maintenant les choses vont se décanter et que Sartini va enfin lui servir. Cet homme est utile, et son intérêt réside moins dans ce qu'il sait que dans le fait de savoir, surtout dans la mesure où les autres en ont conscience. Ses réseaux sont efficaces, mais ceux de Louis Bordenave ne le sont pas moins. Aucune guerre, aucun combat ne se gagne sans une bonne connaissance préalable des adversaires, de leurs forces, de leurs faiblesses, surtout en politique. Il active une sonnerie et quelques instants plus tard, la porte s'ouvre.

« Je vous attendais, Sartini. J'ai bien vu que vous aviez quelque chose à me dire. Vos silences sont d'une rare éloquence. Je vous écoute. »

Sartini sourit, encore une fois impressionné par l'instinct et le sens politique de son interlocuteur. Cet homme est redoutable, machiavélique, difficile à cerner mais d'une étonnante efficacité. Il se demande ce qu'il sait exactement sur lui : il faudra vérifier.

« Comme vous le savez, monsieur, je dispose de nombreux réseaux, j'ai des entrées dans à peu près tous les services de renseignement, en France et à l'étranger. J'ai occupé un poste discret au Quai d'Orsay, ensuite à la DGSE, et je garde de nombreuses oreilles dans les couloirs et corridors de la République. Finalement, c'est le gros avantage des réseaux corses.

— Je sais tout cela, Sartini, c'est bien pour cette raison que j'ai accepté que Jacques vous choisisse comme chef de cabinet. Mais j'ai bien pris soin de lui faire croire que je ne vous aimais pas. Je suis au courant de vos réseaux et je sais que vous êtes très bien informé. Qu'avez-vous à me dire ? »

Sartini toussote, reprend.

« Si j'en crois l'ensemble des informations que me fournissent mes sources qui, comme vous le savez, sont fiables, tout me conduit à penser que nous sommes devant une situation pouvant conduire à l'anéantissement de vos années d'efforts pour mettre en place ce parti et conduire Callerai au sommet.

— Poursuivez, Sartini, allez jusqu'au bout, je vous écoute.

— Ce que je vais vous dire va sans aucun doute vous paraître plus qu'improbable, monsieur, mais je vous donne ma parole qu'il s'agit de la vérité. Il m'a fallu du temps pour mettre toutes les pièces dans l'ordre.

— Ensuite ? »

Sartini se lance dans une description minutieuse de toutes les ramifications et liens qui s'entremêlent dans cette affaire. Il n'épargne aucun détail, aucun protagoniste.

« Voilà, monsieur, j'ai en terminé, vous avez tous les éléments. Pour résumer, nous avons Callerai et son épouse, tous les deux en indélicatesse conjugale, indirectement en lien avec un réseau de trafic d'organes et des réseaux islamistes. Je passe sur des call-girls d'une boîte de nuit de la région parisienne, sur une directrice d'agence photographique véreuse et, cerise sur le gâteau, une princesse arabe richissime que l'on soupçonne d'avoir passé commande d'un rein pour sa jeune sœur très malade au Moyen-Orient, des flics plus ou moins officiels et des officiers du renseignement.

— Donc, vous êtes en train de me dire que tout est en place pour le chaos ?

— En quelque sorte, oui.

— Qui sont vos principaux informateurs ? »

Sartini réfléchit. Est-ce bien prudent de livrer ses sources, même à quelqu'un d'aussi puissant que Louis Bordenave, cet homme qui a traversé et survécu à toutes les tempêtes politiques depuis plus de quarante ans, ce qui en dit long sur sa résilience et sa force ?

« Deux officiers de la DGSI, plus quelques autres aux RG et à la DGSE. Ils sont fiables et discrets.

— Bien, mon cher Sartini, nous allons devoir agir. Si j'en crois vos propos, nous sommes au bord du chaos, n'est-ce pas ?

— Oui, je le crains : tout est en place pour une belle catastrophe dans votre édifice – le chaos, comme vous dites. »

Bordenave regarde devant lui, un léger sourire sur les lèvres.

« Ah oui, le chaos. Quelle puissance dans cette image. Mais, à propos, savez-vous quel est le seul moyen de maîtriser le chaos ? »

Circonspect, Sartini se tourne vers Louis Bordenave.

« Pas vraiment, et je dois avouer que je suis inquiet. Mais vous, monsieur, vous ne semblez pas autrement perturbé.

— Il n'existe qu'une seule méthode. Il faut déclencher le chaos soi-même. Il faut choisir son propre chaos. C'est ce que nous allons faire, Sartini. Vous allez devoir me démontrer que vos réseaux sont aussi efficaces qu'on le prétend. Nous avons peu de temps devant nous. Donc, nous allons déclencher un désordre contrôlé pour mettre en place l'ordre dont nous avons besoin.

— Mais il en va de tout un édifice que vous avez élaboré.

— Je vais certainement vous étonner, Sartini. Au départ, pour moi, la politique était une sorte de jeu. Je voulais voir jusqu'où, dans un système qui ne relève plus de la méritocratie, il était possible de fabriquer un personnage politique. Devant la médiocrité grandissante de notre monde politique, et vous conviendrez que dans ce registre nous sommes servis, j'ai eu l'idée de mener Callerai jusqu'au sommet pour en faire une sorte de personnage sacrificiel, vous savez, un peu comme les Romains qui désignaient un dictateur pour remettre de l'ordre, pour mieux le supprimer ensuite.

— Je vous accorde que la médiocrité actuelle laisse pantois. Mais l'idée d'une sorte de jeu, de manipulation, sur toute une vie, pratiquement ! C'est difficile à admettre. Dans ce cas, quels étaient vos intérêts ? Vous étiez un élu local, de quoi d'autre aviez-vous besoin ?

— Le plaisir de la comédie du pouvoir, Sartini, la grande comédie du pouvoir, sous toutes ses formes. Aucun mensonge n'est assez énorme, aucune compromission assez médiocre, aucune traîtrise assez vile pour tous ces acteurs. Je voulais être spectateur et acteur en même temps. J'ai donc décidé que j'aurais le pouvoir, le vrai, le seul. Pas celui du premier rang, pas celui du personnage politique figure de proue dont tous attendent ou souhaitent le naufrage. Il était beaucoup plus passionnant d'être le conseiller, discret et efficace, l'éminence aux multiples nuances de gris. J'ai décidé d'être l'homme des réseaux et des contacts. Je me suis amusé à identifier les ambitions et les faiblesses des arrivistes sans finesse, dont je flattais l'ego tout en accumulant les preuves de leurs inévitables petitesses, pour mieux les manipuler et les consommer comme médiocre chair à canon politique. Il me fallait juste trouver le personnage politique à l'ambition raisonnable et contrôlable, prêt à m'écouter et à comprendre la véritable force d'une démarche à long terme, mais surtout et avant tout, capable de mériter mon estime. J'allais tout simplement fabriquer un dirigeant politique pour mener à bien ma vision d'un homme d'État sur cette grande scène de l'absurde.

— Donc depuis le début vous manipulez Callerai – et pas que lui, je suppose ?

— Tout est manipulation, Sartini, tout. Vous êtes bien placé pour le savoir. Vous ne faites rien d'autre avec vos réseaux, vos contacts, vos informateurs. Il s'agit d'un grand jeu, d'un grand échiquier, avec des ambitieux qui pensent être maîtres de leur destin et qui ne sont que des pions déplacés au gré des intérêts du moment. Les vrais gens de pouvoir ne sont pas sur l'avant-scène politique, Sartini : nous le savons bien, vous et moi. Ce n'est qu'un jeu, Sartini, un jeu. Et je me suis beaucoup amusé. Mais voilà, Callerai n'a plus de valeur. Lui et son épouse sont compromis, pollués. Ils sont devenus des scories du système. Jacques n'aura même pas le loisir de goûter aux délices du pouvoir. Il faut que je me débarrasse d'eux. »

Sartini regarde Louis Bordenave qui lui donne l'impression de parler de la mise en place d'une solution pour une simple histoire de famille.

« Qu'entendez-vous par un chaos contrôlé ? Il y aura des dégâts, c'est inévitable.

— Mais bien entendu qu'il y aura des dégâts, beaucoup. Nous allons devoir prendre des mesures draconiennes, mais tout doit être fait de manière à ce que les enchaînements semblent liés par des coïncidences. Il va falloir coordonner des actions, comme une minuterie de bombe. Nous allons déclencher une chaîne de réactions, en apparence indépendantes les unes des autres, et nous allons devoir contrôler tous les éléments de ladite chaîne.

— Il va falloir beaucoup de monde : ça va être difficile de conserver le secret.

— Mais non, nous allons utiliser les acteurs qui vont travailler à leur propre chute. Vous savez, dans une réaction de cette nature, il faut simplement trouver le catalyseur ; ensuite les éléments de la chaîne assurent eux-mêmes leur destruction. Pouvons-nous compter sur vos deux enquêteurs ?

— D'après ce que je sais, l'ancien de la Mondaine est flexible et nous devrions pouvoir l'utiliser. Il a besoin de travail, il a beaucoup de contacts dans de nombreux réseaux. Nous pouvons compter sur lui.

— Et l'autre ?

— Plus difficile : un vrai flic, dur, qui ne lâche jamais le morceau, qui n'a peur de rien. Il est allé au bout de l'enfer en pénétrant des réseaux dans le Sud. On peut compter sur son efficacité, mais il sera difficile à manipuler.

— Il doit bien avoir un point faible : tout le monde a un point sensible. Une histoire de fesses, de cœur, d'argent, il doit bien exister quelque chose, ce n'est pas James Bond quand même ! Il faut trouver, Sartini, faites jouer vos informateurs.

— Peut-être, j'ai appris par Max que…

— Max ?

— L'ancien flic de la Mondaine. Donc, le dur serait tombé amoureux d'une Rom. On peut jouer là-dessus, à voir.

— Bon. Les autres, le chauffeur de Callerai, que sait-on sur lui ?

— Il fait des livraisons en tous genres, si vous voyez ce que je veux dire, du trafic d'armes avec les Balkans, et il est en relation avec ce gros négociant arabe qui est déjà contrôlé par la DGSI pour des histoires d'islamistes.

— Nous allons donc nous servir de ces gens-là, des islamistes, un trafiquant d'armes, un Palestinien qui inquiète le Mossad : un vrai roman d'espionnage. Ça va être un jeu d'enfants. Pour les Russes, qu'est-ce que nous avons ?

— Le Russe qui dirige le réseau a quelques contacts dans le monde de la finance grise et avec des réseaux d'Europe de l'Est. Il est associé à un médecin très connu qui craint le scandale, et n'oubliez pas qu'Isabelle est actionnaire, et accessoirement cliente, de sa clinique. Il travaille également avec des réseaux du Maghreb et du Moyen-Orient par l'intermédiaire des transitaires arabes dont je vous ai parlé. Rien qui ne soit insurmontable. Le superflic est sur l'affaire et il ne les lâchera pas.

— Nous allons nous servir du flic pour monter un piège aux Russes. Il faut du nettoyage, du radical. Il faut que ce flic coopère avec vos services. Faites comme vous l'entendez, déclenchez sa colère : les actions doivent venir de lui et éventuellement de ces Romanichels. Bon, côté agence photographique, qu'est-ce que ça dit ? »

Sartini repense aux informations qu'il a reçues.

« L'ancien flic de la Mondaine est sur cette affaire. On peut lui faire mettre de la pression, récupérer les photos, faire taire la directrice : il y a plusieurs moyens. Mais il faut que l'on sache ce qu'elle possède. Ensuite, nous pourrons la compromettre par une histoire de prostitution ou autre, c'est assez facile à mettre en place, surtout qu'elle a reçu des visites de filles de l'Est pour des projets de photos dites artistiques. Elle sera neutralisée sans problème ; elle pourra même nous servir par la suite.

— Même chose pour le type de la clinique. Mettez-lui le nez dans son caca, faites-lui miroiter une belle catastrophe médiatique, judiciaire, financière. Ces gens-là ne sont jamais bien clairs. Faites-en un obligé, il nous servira. Il nous reste Jacques et Isabelle. Là, nous devons avancer avec prudence. Isabelle est cramée et, par contrecoup, Jacques, qui de plus est compromis avec une diplomate américaine. Il faut un nettoyage rapide et discret, dans les deux cas, pour qu'ils décident d'eux-mêmes d'accepter de sortir de la partie. Trouvez-moi aussi ce qui se trame avec l'amie arabe d'Isabelle : il ne faudrait pas que l'on se retrouve avec les émirs sur le dos. »

Sartini réfléchit quelques instants.

« Si vous me permettez l'expression, ça va être chaud. Il va falloir sacrifier du monde. »

Louis Bordenave acquiesce, d'un air fataliste.

« Exactement : être prêt à sacrifier car le pouvoir l'exige. Les vrais hommes de pouvoir se révèlent devant l'épreuve absolue. Accepter de détruire un peu pour sauvegarder ou reconstruire beaucoup. Là est le vrai pouvoir. Savoir doser la mesure et la démesure, les deux étant utiles à l'évolution de la société. Trouver l'équilibre judicieux entre le pessimisme de la raison et l'optimisme de l'action. Alors, êtes-vous prêt, Sartini ? Nous ne pouvons plus faire marche arrière et il va y avoir du grabuge. »

Sartini répond sans hésiter.

« Par quoi ou par qui commençons-nous ? »

39

Françoise ne sait trop que penser des deux hommes assis dans la salle de réception qui attendent le docteur Bellefond, avec une sorte de détachement amusé. Ils se sont présentés comme des agents du fisc, cartes à l'appui. Ils ont précisé à Françoise que leur visite, bien que très importante, serait brève, et ont insisté pour rencontrer le docteur en personne, pas son directeur financier et certainement pas son associé. Il émane d'eux une assurance à la limite de l'arrogance, qui la met mal à l'aise. Elle se dit que les gens du fisc ou des impôts ont tous les droits, en usent et en abusent, savent qu'ils sont détestés et, plutôt que d'essayer d'être sympathiques, préfèrent cultiver le genre « nous sommes ici pour vous pourrir la vie et nous savons comment faire ». Sa collègue lui a fait remarquer qu'ils sont désaccordés sur le plan vestimentaire, l'un apprêté comme un mannequin, l'autre comme un comptable qui se fournit chez Kiabi. Elle a appelé la secrétaire du docteur, qui l'a informée que celui-ci était au bloc et en avait encore pour une bonne heure. Cette information n'a pas semblé gêner les deux inspecteurs du fisc qui se sont installés confortablement, ont accepté une boisson chaude – café et verre d'eau pour l'un, thé vert (sans menthe surtout) pour l'autre – et se sont jetés avec délectation sur les revues et magazines qui constituent l'indispensable arsenal intellectuel de ce type de lieu.

Une heure et demie plus tard, le docteur Bellefond fait son apparition dans le hall d'entrée. Il fait signe à Françoise que tout va bien, tire les deux visiteurs de leur patiente et studieuse attente et les invite à le suivre dans son bureau. Le docteur s'installe derrière sa table de travail après avoir indiqué deux fauteuils design aux deux hommes, puis il demande la raison de leur visite.

« Messieurs, mon assistante m'a dit que vous… travaillez pour le fisc. Puis-je connaître les raisons de votre présence ? De plus, vous avez demandé à me voir en personne, alors que mon comptable et mon directeur financier sont tout à fait en mesure de répondre à vos questions, et sans doute mieux que moi. Je trouve cette procédure inhabituelle car, en principe, on est averti d'une telle visite. Je connais mes droits de contribuable, sachez-le. Donc, je vous écoute. »

Les deux hommes se regardent, toujours souriants et l'air aimable, visiblement amusés par cette entrée en matière. Le plus âgé des deux et certainement le mieux habillé, prend la parole.

« Docteur, merci de nous recevoir si rapidement et surtout, acceptez nos excuses pour ce dérangement impromptu. En fait, nous ne sommes pas du fisc et nous entendons, dans ce registre, faire en sorte que vos droits soient respectés. Toutefois, nous sommes des inspecteurs en quelque sorte, des vrais, je vous le garantis. Nous travaillons, on peut utiliser ce terme, pour la DGSI. Je suis le commandant Chamblain et voici mon collègue, le commandant Dale. Nous avons eu recours à ce subterfuge pour ne pas alarmer inutilement vos employés. Être contrôlé par le fisc est presque une lettre de noblesse pour tout bon entrepreneur, n'est-ce pas ? Mais laissons nos amis des impôts de côté. Nous avons quelques questions à vous poser et des points à clarifier avec vous. »

Le docteur Bellefond se sent brusquement très mal. Il réalise que les événements pourraient se précipiter, et probablement pas à son avantage. Il décide de jouer le naïf en attendant d'en savoir plus.

« La DGSI ? Je ne comprends pas. Que me voulez-vous ? Il n'y a pas d'espions chez moi. Qu'est-ce que c'est que cette histoire ?

— La DGSI ne s'occupe pas que des espions, et d'ailleurs nous les connaissons tous : c'est un petit monde, vous savez. Non, nous sommes ici pour une autre affaire dans laquelle vous êtes impliqué sans le savoir, ce qui est de très loin la meilleure solution pour vous. Avant toute chose, souhaitez-vous voir nos cartes, les vraies, ou prendre contact avec notre hiérarchie ?

— Non, je vous crois sur parole. De quoi s'agit-il ?

— Voilà. Je vais m'efforcer d'être clair et concis pour le bien de tous et pour gagner du temps, car dans cette sombre histoire nous commençons à en manquer. Vous avez un associé, un certain Kyril Annaniev, n'est-ce pas, qui a investi des sommes, disons, significatives, dans votre établissement et qui vous permet de bénéficier d'une clientèle des pays de l'Est pour le moins opulente et lucrative. Jusque-là, suis-je dans le vrai ?

— Tout à fait, mais nos affaires sont tout ce qu'il y a de plus légales, je peux vous le prouver. »

Le second officier prend alors la parole. Le ton est plus incisif.

« Nous avons de bonnes raisons de penser que votre associé mène des activités moins officielles que celles dont nous discutons et que pour cela, il se sert de votre clinique avec l'aide d'une équipe de médecins et infirmiers russes qu'il a recrutés. Êtes-vous informé de cela ?

— Je suis au courant pour l'équipe russe, qui est là pour la clientèle russe – des gens très riches qui souhaitent de la discrétion et que ce personnel médical peut traiter sans être ennuyé par les autorités fiscales russes. Là encore, tout est légal, et… »

Chamblain l'interrompt.

« En êtes-vous si certain, docteur Bellefond ? Voyez-vous, nous pensons, nous avons de bonnes raisons, non, excusez-moi, je reprends. »

Il hésite quelques secondes, comme s'il cherchait sa phrase sur scène, confronté à un trou de mémoire. Il réfléchit, se tourne vers son collègue qui soulève un sourcil interrogateur, habitué de ce type d'hésitation, se demandant quel numéro d'acteur son cabotin de collègue va effectuer. Enfin, Chamblain se lance avec une sorte de sourire avenant, heureux d'avoir trouvé la bonne répartie.

« Pour faire court, parce que vous êtes un homme très occupé, j'irai droit aux faits. Ces braves gens, vos gentils Russes, se servent de votre clinique pour faire du trafic d'organes. Ils kidnappent, ou font kidnapper, des enfants, principalement des gamins roms des alentours de Paris, prélèvent sur eux les organes dont ils ont besoin, et qu'ils envoient là où ils sont demandés par une clientèle fortunée. Ensuite, ils se débarrassent des corps des victimes par diverses méthodes, toutes plus répugnantes les unes que les autres. Dégoûtant, vous en conviendrez ? Vous n'êtes pas au courant, bien entendu ? »

Le ton sarcastique du propos, la touche ironique et provocatrice de la dernière phrase plongent le docteur Bellefond dans un état de panique. Ces hommes savent ce qui se passe dans sa clinique. Sa seule chance reste qu'ils ne savent peut-être pas qu'il était informé. Il faut jouer la surprise, la stupéfaction, le silence abasourdi. Il s'efforce d'avoir l'air complètement assommé. Il reste la bouche ouverte, les deux mains posées sur le bureau, son regard allant de l'un à l'autre des deux hommes. Ceux-ci l'observent, attendant une réaction de sa part. Finalement, il se décide à parler.

« C'est impossible, impossible. Je ne peux imaginer une telle chose. Comment savez-vous tout cela ? Je n'arrive pas à y croire. »

Le premier officier, visiblement soulagé de la fin de la séance d'asepsie verbale, reprend le fil de la discussion.

« Je comprends, c'est un choc, je veux bien en convenir. Ça fait désordre et puis l'idée de ces cadavres que l'on jette ici et là, aux alentours de Paris, quelle horreur. Seulement voilà, nous avons des preuves, formelles, irréfutables. Et tout se passe dans votre clinique. Je vous laisse imaginer le scandale si cela venait à s'ébruiter, par exemple dans une certaine presse à scandale : quelle ignominie ! Et vos… clientes, pouvez-vous un instant imaginer leur surprise ? Avec quelle rapidité vos affaires seraient réduites à néant, quelle triste fin et je ne parle pas des procès pour complicité, recel de cadavres, trafic d'êtres humains, pour un homme de votre réputation. On n'ose envisager les conséquences.

— Mais je n'étais au courant de rien, rien. C'est une abomination, une machinerie, c'est innommable. Je suis innocent. »

Dale prend le relais.

« Avons-nous dit le contraire, docteur ? Mais ce n'est pas nous qu'il faudra convaincre. Ce seront les officiers de police, peut-être les gendarmes en fonction des endroits où l'on retrouvera des morceaux et puis les juges d'instruction, vous savez, tous ces gens pas très bien payés, qui n'ont pas les moyens d'offrir vos services à leurs épouses, ces fonctionnaires souvent méprisés par une certaine catégorie sociale aisée. Ce sont eux qui mèneront l'enquête et qui, j'en suis certain, seront disposés à entendre vos arguments, que je suppose tous recevables. »

Le docteur Bellefond comprend qu'il est piégé, que ces deux hommes veulent autre chose que de le faire tomber.

« Écoutez, je vous jure que je ne savais rien et que…

— Vous ne saviez rien jusque quand, docteur ? »

Il s'arrête, incertain, se sachant au bord de la dégringolade.

« Mais là, maintenant : vous venez de me l'apprendre. »

Le premier officier reprend.

« Bien entendu, suis-je idiot. Nous venons de vous l'apprendre, comment auriez-vous pu savoir ? C'est une évidence. »

Bellefond ne sait que penser de sa remarque. Chamblain poursuit.

« Docteur, nous sommes ici pour vous aider. Cela peut vous paraître étrange, mais c'est la vérité. Vous êtes face à un choix, il est simple. Soit vous collaborez avec nous et nous ferons en sorte que vous sortiez intact de cette histoire, soit vous décidez de ne pas suivre les instructions que nous allons vous donner et vous irez tout droit aux assises. Que choisissez-vous ?

— Bien entendu, je veux collaborer avec vous, cela va sans dire. Je veux la vérité et mettre fin à ces crimes. Et je vous donne ma parole que je n'étais au courant de rien. Que dois-je faire ? Je veux éviter le scandale : cette clinique est toute ma vie. »

Les deux hommes se regardent, et le second inspecteur prend la parole.

« Nous allons sans doute en avoir pour un moment. Pourrions nous avoir un verre d'eau, un rafraîchissement, quelque chose ?

— Certainement, je m'en occupe immédiatement. »

Il décroche son téléphone, donne des instructions puis se prépare à la suite de la discussion.

Les deux hommes, qui se sont levés, se concertent dans un coin, à voix basse. Ils reviennent à leur place au moment où Françoise entre avec un petit chariot de rafraîchissements et de snacks.

« Mazette, quel service ! Votre clinique mérite sa réputation, docteur. Ah, mademoiselle, vous êtes bien Françoise, n'est-ce pas ? »

Françoise, qui se préparait à sortir, se retourne, regarde le docteur Bellefond pour demander de l'aide ou une instruction. Celui-ci lui indique du regard qu'elle doit répondre.

« Oui, je suis Françoise, je travaille à la clinique depuis plusieurs années. Que puis-je pour vous, messieurs ? »

Chamblain reprend.

« Vous, personnellement, rien, non, vraiment. En revanche, sans doute pourriez-vous conseiller à votre ami, vous savez, le monsieur de la sécurité, c'est bien votre ami n'est-ce pas – Françoise acquiesce – de cesser d'essayer de vendre certains enregistrements de caméras de sécurité qui pourraient être compromettants pour celles et ceux qui y apparaissent. Au mieux, il risque vingt ans de prison, au pire, une balle dans la tête. Bonne journée à vous, mademoiselle. »

Françoise, en état de choc, quitte la pièce, laissant pour le coup le docteur Bellefond véritablement abasourdi. Ces hommes savent qu'il savait, il en est convaincu maintenant. Il est coincé, totalement à leur merci.

« Donc, docteur Bellefond, voici ce que nous allons faire. Pour le moment, vous ne bougez pas : aucun mot à votre associé, bien entendu, ni à aucune autre personne dans la maison. Le 25 juin prochain, l'équipe chirurgicale du docteur Baryshnov interviendra de nuit, comme elle a l'habitude de le faire depuis… quelque temps. Vous serez en voyage dans un pays lointain, préférablement exotique, c'est plus agréable, où vous serez invité à faire une brillante démonstration de vos talents. Nous aurons des agents ici, sur place, dans la clinique et ses alentours. Nous interviendrons, nous ferons un petit, disons, nettoyage, et les choses reprendront leur cours, pour le bonheur de tout le monde. Sommes-nous d'accord ? »

Le docteur Bellefond sait qu'il n'a aucun choix, que son destin est entre leurs mains.

« Oui, bien entendu. Je vous suis.

— À la bonne heure, enfin une bonne nouvelle dans ce monde de brutes. Donc, nous allons nettoyer le système – du récurage, le grand ménage de printemps à fond, aération totale, sus aux acariens et autres ex-Soviétiques, suis-je clair ? »

Bellefond fait signe que oui de la tête. Chamblain poursuit.

« Et donc, dans la foulée, si tout se déroule dans la plus totale discrétion et avec un maximum d'efficacité, comme nous l'espérons et vous aussi, croyez-moi, nous ferons en sorte que vous ne soyez pas inquiété. En revanche, s'il devait y avoir la moindre anicroche, le moindre petit hic, cela signifierait la fin de vos activités et là, faites-moi confiance, nous serions sauvages… et je pèse mes mots.

— Je vais faire en sorte que tout aille pour le mieux, vous pouvez me croire. Et ensuite ?

— Ah ! Mais bien entendu, nous allons vous faire confiance. Docteur, nous faisons tout notre possible pour croire que vous ne saviez pas, jusqu'à une date relativement récente. Nous vous laissons le bénéfice du doute, toutefois n'en abusez pas. Après la grande laverie, vous reprendrez vos fructueuses activités.

— Mais qu'attendrez-vous de moi après ces événements ?

— Docteur, vos talents sont mondialement connus. Vous pouvez réparer tous les visages, voire les modifier au point de les rendre méconnaissables. Donc, de temps à autre, nous vous demanderons une petite contribution en nature, genre prestation de sauvetage pour VIP amoché, célébrité en mal de discrétion, personnalité en délicatesse avec certaines entités, en quête d'une nouvelle apparence, en France ou à l'étranger. Votre réputation vous précède, docteur Bellefond, et nous serons heureux de compter parmi les bénéficiaires de vos généreux talents. Des questions ? »

Le docteur Bellefond se dit que si tel est le prix à payer pour avoir la paix et poursuivre ses activités sans ennuis, qu'il en soit ainsi. De toute manière, il n'a pas d'autre alternative.

« Je ne peux qu'accepter votre proposition. Je ferai tout ce qui est en mon pouvoir pour vous aider. »

Les deux hommes se regardent à nouveau, semblant chercher autre chose à dire. Finalement, Dale reprend la parole.

« Un ou deux détails avant de terminer. Le soir de l'intervention, il se peut que les choses soient un peu mouvementées. Il faudra donc faire en sorte que votre personnel soit d'une discrétion totale. Je vous suggère, pour cette nuit-là, de faire appel à une équipe que nous allons mettre à votre disposition. Elle supervisera la clinique pendant l'opération de nettoyage. Des pros, soyez sans crainte, ils laisseront tout propre. Et puis ce jeune homme de la sécurité, l'ami de Françoise, débarrassez-vous de lui rapidement : il met sur internet des vidéos de vos clientes dans des postures, disons, délicates et parfois indécentes. Il se passe vraiment de drôles de choses dans votre établissement, docteur. Vous devriez mieux surveiller votre personnel. »

Chamblain décide de clore l'entretien.

« Docteur Bellefond, vous allez devoir faire très attention pendant quelques jours, car les choses pourraient s'emballer. Je vous conseille de ralentir un tout petit peu vos activités si vous le pouvez. Dites que vous êtes souffrant, que les déplacements vous fatiguent. Il faut que les Russes aient le sentiment de pouvoir disposer du lieu comme ils l'entendent. Ensuite, les choses rentreront dans l'ordre, si j'ose dire. Nous ne nous reverrons sans doute jamais, docteur Bellefond, mais nous vous suivrons de près, sachez-le bien. Vous recevrez des instructions dans les prochains jours. Nous comptons sur votre totale collaboration. Au fait, lorsque nous serons sortis, ayez l'air soucieux et maugréez quelques paroles déplaisantes sur ces cons des impôts : tout le monde sympathisera avec vous, personne n'aime le fisc, pauvres gens. »

Les deux hommes se lèvent, prennent congé sans poignée de mains. Ils quittent la clinique sur un bref salut de la tête aux deux femmes de la réception, dont Françoise qui ose à peine les regarder. Aucun doute, le docteur fera ce qu'il faut : il a trop à perdre.

40

Max et Alain sont assis dans un bureau de la DGSI, au troisième étage du bâtiment sans attrait qui abrite les services de cette organisation à Levallois-Perret. Ils se préparent à rencontrer deux inspecteurs avec lesquels ils vont collaborer pour la suite des opérations, sur instruction de la hiérarchie d'Alain et des contacts discrets de Max. Ils savent que les événements vont s'accélérer, qu'il va falloir agir vite et qu'il est nécessaire de mettre les choses au point pour éviter les maladresses et les accidents. Alain est calme, il sait qu'il n'a pas le choix, il veut obtenir toutes les garanties concernant Marjiana. De plus, il a l'habitude d'obéir et il se concentre sur la mise en place de ses équipes. Max est plus nerveux, se sachant en phase de rattrapage, jouant peut-être son retour dans la police.

La porte s'ouvre et deux hommes entrent, suivis d'une jeune femme à l'allure sévère, avec une touche masculine que Max ne peut s'empêcher de remarquer. L'un des deux hommes est vêtu avec beaucoup d'élégance. Il se déplace avec des manières révélant une excellente éducation. L'autre donne l'impression d'être plus simple dans ses attitudes, mais Alain détecte immédiatement l'opérationnel auquel on ne raconte pas d'histoire et qui ne doit pas craindre le face à face.

« Bonjour, messieurs. Chamblain, mon collègue, Dale et le lieutenant Suzanne Delucq, qui supervise les mises en place des équipes de surveillance. Elle va vous expliquer dans quelques minutes. Avez-vous ce qu'il vous faut ? »

Alain consulte Max du regard, qui fait une moue d'approbation.

« Parfaitement. Nous sommes à votre disposition pour la mise en place. Je suppose que les présentations sont inutiles de notre côté ?

— Peut-être pas, reprend Chamblain ; le lieutenant Delucq ne vous connaît pas vraiment. Souhaitez-vous que je me charge de cette modalité pour vous éviter de mettre à mal votre modestie ? »

Alain hoche de la tête et Max écarte les mains pour valider.

« Lieutenant Delucq, laissez-moi vous présenter deux éminents représentants de la police nationale. Le commandant Alain Dormeuil et l'ancien inspecteur Max Laroche. Le premier est une légende vivante dans la police, mais si, ne protestez pas. Ses exploits passés l'autorisent aujourd'hui à fonctionner avec une certaine marge d'autonomie, ce qui, entre autres, explique sa présence ici. Le second, mais pas le moindre, est un héros également, mais d'un autre genre : nous sommes plus dans le romantisme destructeur, n'est-ce pas ? »

Max et Alain décident d'un commun accord muet de ne pas répondre pour le moment : ce petit jeu ne les intéresse pas.

L'inspecteur Delucq observe les deux hommes avec un léger sourire de sympathie qui semble dire : rien de personnel, il est comme ça avec tout le monde. Dale décide d'intervenir.

« Bon, on n'a pas beaucoup de temps, on va avancer. Voici la situation : les Russes ont prévu de kidnapper une jeune Rom dans quatre jours. Elle travaille dans un hôpital, au nord de Paris ; ils vont la cueillir entre son travail et la station de RER. Ensuite, elle doit être emmenée dans une clinique, de nuit, pour un prélèvement d'organe, un rein, à destination du Moyen-Orient. Le transfert entre la clinique et l'aéroport doit être assuré par un type qui est un as de la moto. À ce stade, avez-vous des questions ? »

Alain se dit qu'il aime bien ce type qui ne donne pas l'impression d'être en train de faire un numéro de seul-en-scène. Il interroge Max du regard ; celui-ci fait une moue pour indiquer qu'il attend d'en savoir plus.

« J'ai une question, avance Alain ; comment êtes-vous si bien renseignés ? Nous avions des infos, mais floues, par le biais d'une entraîneuse tchèque que Max a convaincue de travailler pour nous et de séduire un des Russes du clan. Mais ce niveau de précision m'étonne. »

Après une confirmation visuelle de Chamblain, le lieutenant Delucq intervient :

« C'est très simple, nous pistons ces gens depuis longtemps. Nous avons donc placé des agents qui nous informent de leurs faits et gestes et qui les informent également, mais à petite dose, de vos activités. Vous souvenez-vous d'un serveur particulièrement agaçant d'un café-restaurant près de la station RER de Bagnolet ?
— Comment ça, vous les informiez de nos activités ? demande Max, soudain décidé à prendre part à la conversation.
— Je vais vous expliquer. Nous avons mis en place un certain nombre d'agents de nos services pour gagner la confiance des Russes. Nous avons fourni à ces derniers des informations que, de toute manière, ils auraient eues autrement. Donc, ce jeune serveur à l'air crétin est en fait un remarquable informateur. Nous avions placé des micros sous toutes les tables du restaurant. Lorsque les Russes venaient, il donnait le numéro de table et une jeune femme qui fait la plonge, mais en fait travaille pour nous, activait l'enregistrement correspondant. C'est ainsi notamment que nous avons enregistré une conversation sur le prochain enlèvement. »

Alain réfléchit, le visage posé entre les deux mains, les coudes appuyés sur la table de réunion. Il pense à Marjiana.

« Donc, vous avez les informateurs, vous savez ce qui se trame et ce depuis un certain temps, visiblement. Pourquoi ne pas être intervenus plus tôt ? Pourquoi ne pas nous avoir informés avant ? »

Chamblain, Dale et Delucq restent pensifs pendant quelques secondes, se concertant du regard. Finalement, Chamblain répond.

« Messieurs, autant que les choses soient claires : nous sommes dans une histoire compliquée qui conduit à des personnes haut placées, en France et ailleurs. Nous avions absolument besoin d'être certains de ce qui allait se passer et nous devions avoir tout le monde en même temps, au même endroit, dans le même axe, si j'ose dire.

Cette opération pourrait faire du bruit, ce que nous ne voulons pas. Il va y avoir des pertes collatérales, le taux d'attrition risque d'être élevé et nous ne pouvons pas en laisser un seul s'échapper.

— D'accord, dit Max, mais vous pouviez nous mettre dans le bain, nous sommes capables de nous taire.

— Monsieur Laroche, votre intervention, bien qu'imprévue, nous a permis de trouver une autre ramification que nous n'attendions pas. Encore une fois, vous nous étiez beaucoup plus utiles ignorants de nos activités. De plus, je vous rappelle que vous ne faites plus partie de la Maison : nous n'avions donc aucune raison de vous informer. Pendant quelque temps, nous avons travaillé en parallèle, puis nous sommes passés derrière vous, pour récupérer des infos. Maintenant, le grand jour est venu. »

Alain décide de prendre la parole.

« Nous avons les mêmes exigences. Nous savons que cette affaire est à la fois complexe et pas compliquée. Nous aussi nous voulons un flag, et nous les voulons tous. »

La jeune femme se tourne vers Alain.

« Selon nos informateurs – et croyez-moi, ils sont nombreux –, il y a des tensions entre les diverses parties, les Russes entre eux, les Russes et le docteur Bellefond, les Roms et leurs chefs et une ou deux personnes politiques ; mais celles-là, ne le prenez pas mal, on se les garde. Tout est en place pour un grand bordel chez eux. Alors, on va mettre le bordel avant, c'est plus pratique pour nous.

— Qui va intervenir où ? demande Alain. Comment allons-nous nous répartir les tâches ?

— J'y viens, dit Chamblain, mais avant cela, je veux clarifier une chose. Je demande toute votre attention. Donc, voici ce qui a été convenu avec votre hiérarchie. Vous dirigez l'opération sur l'hôpital et l'enlèvement de la Rom. Une fois cette action terminée, les Russes arrêtés, ou neutralisés, seront conduits par nos services à un point de regroupement. Votre prestation s'arrêtera là. Nos services prendront la main pour le reste. »

Max regarde Alain, se demande s'il va poser la question. Il sait exactement où se situe la crainte de son collègue, mais il doit le laisser faire. Alain est toujours plongé dans ses réflexions. Le silence s'installe dans la salle, pendant juste assez de temps pour mettre tout le monde mal à l'aise, sauf Alain qui prend alors la parole.

« Quelle garantie avons-nous que les Russes seront traduits en justice avec le chef rom ? »

Les officiers de la DGSI se concertent, puis Chamblain reprend la parole.

« Toutes les précautions ont été prises pour mettre ces individus, tous ces individus, hors d'état de nuire. Cela, je peux vous le garantir.

— J'ai besoin d'être certain qu'ils ne vont pas s'en tirer d'une manière ou d'une autre. Qu'entendez-vous par “mis hors d'état de nuire” ? »

Dale décide d'intervenir.

« Tout est mis en œuvre pour mener à bien une opération délicate qui a des ramifications que vous ne pouvez même pas imaginer. Alors voici ce que nous allons faire. Une étape à la fois. On arrête ces voyous, certains seront traités en France, d'autres probablement expulsés. C'est tout ce que nous pouvons vous dire pour le moment. Maintenant, la situation est simple. Soit vous marchez avec nous, soit vous vous retirez, mais dans ce cas vous n'aurez plus jamais accès au dossier. »

Alain se tourne vers Max, qui fait un signe de tête d'approbation.

« Lorsque l'opération sera terminée, je demande un débriefing général, et vous ferez intervenir quelqu'un de très haut placé pour réintégrer Max dans la Maison. »

Chamblain réfléchit.

« Je ne peux rien vous promettre. Mais je ferai tout ce qui est en mon pouvoir.

— Je n'ai rien demandé, intervient Max, notablement étonné par la requête d'Alain.

— Fais pas chier, je sais que c'est ce que tu veux. Donc, c'est dans le deal. Je veux être certain que vous tiendrez parole. »

Chamblain regarde Alain avec surprise. De quelle planète vient-il ? Voilà un flic qui est allé fouiller dans les tréfonds de la violence, qui a des états de services à faire pâlir James Bond et qui face à des barbouzes demande qu'ils tiennent parole ! Il est naïf ou très fort, dans les deux cas dangereux.

« Sinon ?

— Relisez bien mon dossier. »

Chamblain fait signe à la jeune femme de noter. Elle pianote activement sur son ordinateur portable.

« Vous avez ma parole. Bien, pas d'autres questions, messieurs ? Alors on prend un café ; ensuite nous irons en salle de conférence où nous attendent d'autres personnes. L'inspecteur Delucq fera le briefing sur le déroulement de cette opération. »

Après le départ des deux hommes, Chamblain demande au lieutenant Delucq de quitter la salle. Ils ont besoin d'être seuls. Chamblain ouvre la discussion sur un ton fataliste.

« Je n'ai pas d'inquiétude sur l'opération. Tout devrait se dérouler comme prévu. C'est après : la réaction de ces deux types me pose souci.

— Un légitimiste obéissant et un marginal romantique. C'est gérable, pas de problème de ce côté-là.

— Tu en es certain ? »

Dale regarde ses mains, comme pour y trouver la réponse.

« Tu as entendu Sartini comme moi. Maintenant nous savons qui donne les ordres. Ils obéiront, ils n'ont aucun intérêt à ce qu'il y ait des problèmes, ni l'un ni l'autre.

— Et l'amoureux transi, il prendra la nouvelle comment, après ?

— La Rom est du consommable, au fond de lui il le sait. Il n'a aucune illusion. L'autre aussi d'ailleurs, mieux que personne : il a déjà donné.

— À propos, pour les faux messages téléphoniques, c'est en place ?

— Yep, nos gars n'ont eu aucun problème pour pirater le portable de la princesse des mille et une nuits. Tout est prêt, tout. »

41

Le lundi matin suivant à 9 heures, Moktar, barbu et tête rasée, a terminé sa livraison pour le magasin hallal au coin de la rue d'Oran et de la rue Léon dans le 18e arrondissement. Normalement, ce n'est pas sa ronde, mais Malik lui a dit de faire un remplacement. Comme celui-ci est devenu conciliant, il a accepté. Alors qu'il vient de refermer le hayon hydraulique, un homme s'approche de lui, un papier à la main, semblant chercher sa route, l'air benêt. Moktar se tourne vers lui pour l'aider. Il sent alors une pression dans son dos, puis un homme lui saisit le bras, pince d'acier sur le biceps, la douleur le paralyse. Le porteur du papier lui montre une arme munie d'un silencieux qu'il tenait sous un journal.

« Tu te tais et tu vas gentiment venir avec nous, sans faire d'histoires. »

Alors qu'il avance entre les deux hommes, Moktar voit un des nouveaux chauffeurs de Malik qui descend d'une voiture qui vient de s'arrêter juste à côté de son camion. Il s'approche du groupe, récupère les clefs du camion, s'installe au volant et démarre.

Les deux hommes guident Moktar pendant quelques dizaines de mètres puis s'arrêtent devant une porte. Le premier sonne. La porte s'ouvre, ils entrent dans un couloir, conduisent Moktar au premier étage, le dirigent vers une porte ouverte. Ils entrent dans un appartement dans lequel deux hommes en tenue de plombier s'affairent autour d'un homme couché au sol. Moktar réalise que du sang s'écoule sur le tapis.

L'homme qui tenait le papier s'approche du cadavre, se retourne et tire deux balles dans le torse de Moktar. Celui-ci s'écroule juste à l'entrée de la pièce.

Les hommes essuient les armes, vérifient la bonne disposition des cadavres, conforme à la mise en scène prévue. Ils doivent attendre encore un peu.

Isabelle paye le taxi, descend et se dirige vers l'appartement de Slimane. Elle a eu un long entretien avec Aïcha qui, pourtant, semblait initialement peu disposée à l'aider. Mais ce matin, elle a reçu un message de son amie, lui disant que Slimane serait dans son appartement jusqu'à 10 heures, pas plus tard, car ensuite il devait se rendre à l'Institut du monde arabe pour renégocier un contrat. Elle a décidé de présenter ses excuses à Slimane et de lui proposer de l'aide. Elle va lui dire qu'elle veut rester son amie. Ensuite, elle trouvera un moyen de le récupérer.

Isabelle sonne et, à sa grande surprise, la porte s'ouvre presque immédiatement. Elle avance dans le couloir, monte au premier étage et se trouve devant la porte de l'appartement entrouverte. Il n'y a pas de bruit. Elle entre, avance dans le couloir et voit les pieds d'un homme au sol. Elle s'arrête, s'appuie contre le mur. Elle prend une respiration, avance encore dans le couloir. Puis tout devient noir.

Les trois hommes disposent les corps, vérifient encore une fois la mise en scène. Ils vont laisser les détails à l'équipe de nettoyage qui doit venir avant la police. Ils quittent calmement l'appartement, puis sortent de l'immeuble.

42

À 10 heures, Max retrouve Charlotte dans un café proche de l'agence. Charlotte s'installe face à lui, souriante bien qu'un peu nerveuse.

« Tu as des nouvelles ? As-tu vraiment trouvé quelque chose ? »

Max lui décoche son plus beau sourire, pose ses mains sur les siennes.

« Charlotte, j'ai découvert beaucoup de choses effectivement. J'ai des nouvelles pour toi et elles ne sont pas bonnes. Tu vas m'écouter, je vais t'expliquer et, si tu fais tout ce que je te dis, tout ira bien. Dans le cas contraire, les choses iront très mal. Clair ? »

Charlotte acquiesce de la tête, la voix de Max est terrifiante de douceur.

« Est-ce que tu peux m'expliquer pour quelles raisons tu as toujours d'excellentes commandes photographiques avec des gens du Sénat et d'ailleurs dans la sphère politique, alors que tes photographes, dont le petit disparu, ne sont pas vraiment des cadors ? »

Charlotte regarde Max, interloquée. Alors qu'il est supposé l'informer de l'avancement de ses recherches, il se lance dans une espèce d'interrogatoire agressif.

« De quoi parles-tu ? Je ne comprends pas. Qu'est-ce que c'est que cette histoire ? J'ai des commandes parce que je suis une bonne commerciale. Et j'ai de bons photographes, un point c'est tout.

— Tu as des commandes parce que tu tiens quelqu'un par les couilles dans tous les sens du terme, et qu'en conséquence, tous les communicants du Sénat doivent passer par toi. Mais la fête est finie. Tu as des photos qui intéressent des gens qui ont très peu d'humour. Je veux ces photos sous vingt-quatre heures. Celles de Callerai avec son Américaine et leurs soirées fines, celle de sa femme avec son Palestinien. Je serai curieux de savoir comment tu les as eues. »

Charlotte réalise que les choses prennent une mauvaise tournure. Max n'est pas un plaisantin, sa réputation de nettoyeur est solide et probablement justifiée.

« Un jour, un type m'a contactée : il avait des photos, prises dans une soirée. On y voit des personnages plus ou moins haut placés dans la sphère politique et médiatique. Celles de la femme de Callerai ont été prises par Sammy, un soir, devant l'Institut du monde arabe, puis en ville, près d'un appartement où vit le Palestinien.

— Et tu t'en es servie pour obtenir des commandes, des contrats d'exclusivité, c'est ça ?

— Un soir, j'ai rencontré une personne qui gravite dans ce milieu. Dans la discussion, il m'a dit que certaines personnalités pensaient avoir été piégées par des paparazzi. Elles craignaient pour leur réputation. J'ai dit que je pouvais aider, essayer de retrouver ces photos, mais qu'en retour, je voulais des contrats. Alors, je leur ai donné une ou deux photos pour les appâter, disant que j'avais des sources mais que ça prenait du temps.

— Tu as pensé que tu pouvais jouer avec ces gens-là pendant longtemps ? Tu es dingue ou quoi ? Bon, tu me les donnes, point barre, et ne tu cherches pas à garder des copies, ce serait une grave erreur. Qui est le type qui t'a donné les photos ? »

Charlotte hésite, se demande si elle va tout dire maintenant. Elle n'aura plus d'éléments pour marchander. Max sent son hésitation.

« Fais pas chier, Charlotte, mes clients sont sur le point de lâcher leur meute et tu n'as pas envie de les voir arriver chez toi, crois-moi sur parole.

— C'est le chauffeur de Callerai, un certain Dimitri. Il avait ses entrées partout, bien entendu. Comme il est beau gosse, il avait des tuyaux avec les filles qui étaient recrutées pour les soirées. Une des filles est mannequin et travaille parfois avec un de mes photographes. C'est elle qui l'a dirigé vers moi. Il avait besoin d'argent. Et Sammy, que sais-tu pour lui ?

— Ton Sammy s'est fait trucider par des Russes parce qu'il a mis le nez dans des affaires qui ne le regardaient pas. Ce sera un accident : on dira qu'il a été attaqué par des voyous antisémites de banlieue, c'est très à la mode. »

Charlotte est incapable de prononcer un mot.

« Tu vas travailler pour moi, ou plus exactement pour mes clients. On va avoir besoin de tes services, ou de ceux de certains de tes photographes. Tu seras bien payée, mais tu devras faire exactement ce qui te sera demandé. Il y a Katia, une prétendue artiste tchèque : tu lui organiseras des séances photos avec des personnes que nous te désignerons, je sais que tu l'as déjà rencontrée. Tu lui demanderas de te trouver d'autres copines modèles. Nous allons avoir besoin de ressources. Surtout, ne commets pas l'erreur de nous doubler. Tu as une deuxième chance, fais en sorte que ce soit la seconde. »

Max retire ses mains, s'adosse à son siège, regarde Charlotte dans les yeux. Celle-ci est rigide, essayant désespérément de comprendre ce qui vient de se passer.

« Quand veux-tu les photos ? Pour la Tchèque, quand veux-tu que je commence ? »

Max sourit, conciliant, tranquille. Charlotte a compris où était son intérêt.

« Les photos sous quarante-huit heures. Pour la Tchèque, tu lui téléphones dès demain. Au fait, si ton défunt photographe a laissé des images chez toi, tu me les donnes, toutes. »

Il se lève, regarde vers la rue, se tourne vers Charlotte.

« Tu as de la chance, finalement, tu es encore vivante. »

43

À 15 heures, Ivo sort de sa roulotte et se dirige vers la baraque où vivent Marjiana et sa mère. Il a bu, il est fatigué, il a envie que tout se termine. Ce soir, dès qu'il aura touché l'argent des Russes, il prendra la Mercedes de Marco et il s'en ira au pays, en passant par l'Italie pour récupérer des colis.

Il en a assez des camps en France et des ennuis. Cette histoire est devenue trop merdique. Les flics, les Russes, les Roms, les filles qui se rebiffent, les gamins qui ne rapportent pas assez. Il va rentrer au pays, monter une affaire et recruter des filles pour les envoyer en Europe. Il lui suffira de trouver de bons rabatteurs, une ou deux anciennes putes pour rassurer les filles sur les prétendus boulots. Et en plus, il pourra les essayer avant.

Il frappe à la porte de la cabane. Deux jeunes femmes s'éloignent en le voyant. Quelques hommes l'observent de loin, sans rien dire. Ils savent que, depuis quelque temps, il est énervé et devient rapidement très violent.

La porte s'ouvre, le visage de la mère de Marjiana apparaît.

« Elle est où, ta fille ? »

La femme sans âge le regarde, craintive, un torchon entre les mains.

« Elle est partie ce matin travailler à l'hôpital. Elle rentre dans la soirée. Elle n'a pas encore touché la paye. C'est ça que tu veux ? »

Ivo grogne quelques mots, s'éloigne. Tout va bien. Elle va disparaître ce soir. Dommage, il aurait bien voulu la baiser, celle-là, belle comme elle est, la plus belle du camp. Il voulait la vendre vierge. Mais les Russes ont dit qu'ils ont besoin d'elle. Alors tant pis, il en trouvera une autre. C'est pas ça qui manque, les putes.

44

À 16 heures, Boris vérifie que tout est en place dans le fourgon. Il a donné des instructions. Il va surveiller la sortie de l'hôpital, entre 18 heures et 19 heures 30. Dès qu'ils auront repéré la jeune Rom, ils enverront le message à Youri et Pavel qui devront venir face à eux. Avec Nikita et Sergueï, il fera le ramassage au niveau du pont. Ensuite, la routine vers la clinique dans la soirée.

Il n'a pas encore décidé de l'endroit où il va se débarrasser du corps, mais il pense sérieusement à un tir groupé. Il mettra la Rom et ces deux cons de Pavel et de Youri dans la même bagnole à la casse ou dans un trou de gravière.

Ensuite, il prendra la voiture et il rentrera au pays via l'Allemagne et la Pologne.

Il se demande ce que Nikita et Sergueï feront après. Kyril a parlé d'un boulot en Espagne, peut-être au Moyen-Orient. Ils sont jeunes, ils ont tout l'avenir devant eux.

Lui veut rentrer, monter son restaurant. Il en a marre de tuer des gens, même pour de grosses sommes d'argent. Mais, pour finir en beauté, il va se faire un petit plaisir avec les deux autres merdes. Eux ne comptent pas, ce ne sont pas des gens respectables.

45

À 18 heures 30, Marjiana se prépare à quitter son travail. La journée a été longue, fatigante. Elle prend l'ascenseur et appuie sur le bouton du second sous-sol où se trouvent les vestiaires du personnel. Au moment où la porte va se fermer, deux employés s'approchent et réussissent à entrer dans la cabine. Marjiana reconnaît Laïla, une jeune Maghrébine et Jacky, un jeune homme de couleur. Ils sont tous les deux ambulanciers et, depuis leur arrivée, il y a de cela deux semaines, ils ont toujours été sympas et courtois avec elle.

« Journée finie, demande Jacky, contente de rentrer ? »

Marjiana hésite, Laïla lui sourit, simplement. Est-elle enfin acceptée ? Ces deux-là vont-ils l'aider à être comme les autres ? Elle aimerait tant avoir des amis, des Français, même si c'est une Arabe et un Martiniquais. Au moins, ils lui parlent sans lui aboyer des ordres.

« Oui, je suis un peu fatiguée. Je dois encore aller au RER, mais c'est pas long. Après, j'ai vite chez moi.

— Je suis vite chez moi, lui répond Laïla en souriant. Tu parles bien, mais tu fais encore un peu de fautes. Écoute, on va prendre un verre avec d'autres ambulanciers, on fête un départ à la retraite. Tu veux venir ? »

Marjiana est déstabilisée. Une invitation, une vraie, avec des gens qui ne veulent pas se moquer d'elle. Jacky la regarde.

« Il y aura des boissons sans alcool si c'est ça qui t'inquiète. Moi non plus, je ne bois pas, surtout quand je suis en service. Ça va durer une petite demi-heure ; après, si tu veux, on te laissera au RER avec l'ambulance, comme ça tu n'auras pas perdu de temps. »

Marjiana a envie de pleurer, de dire qu'elle est contente d'être avec des gens qui ne donnent pas l'impression de la détester ou de la mépriser. Peut-être qu'elle pourra parler d'Alain avec Laïla, lui dire que cet homme est beau et qu'il l'aime ?

« Je veux bien, si pas longtemps. C'est gentil de vous. »

Laïla lui sourit. Ils sortent de l'ascenseur et se dirigent vers un local d'où vient le son de voix et de musique. Au moment où ils passent la porte, Marjiana voit des hommes en uniforme, des femmes qui ne sont pas des infirmières. Brusquement, Jacky la bloque contre le mur, un autre homme intervient et l'immobilise. Laïla se place face à elle et lui fait signe de se taire. Terrorisée, Marjiana ne peut plus bouger, elle pense à sa mère qu'Ivo va tuer si elle ne rentre pas.

La douleur de l'aiguille dans le bras, presque au niveau de l'épaule, déclenche un brusque sentiment de panique. Elle essaie de bouger, mais ils sont deux à la tenir.

Tout devient flou, les bruits s'estompent, elle entend juste la voix de Laïla qui lui murmure :

« N'aie pas peur, ma grande, tout va bien se passer. »

46

À 18 heures 45, une jeune femme vêtue d'un vieil imperméable, d'une longue jupe et coiffée d'un foulard qui couvre ses cheveux, sort de l'hôpital de Villepinte et se dirige vers l'arrêt des bus. Elle consulte les horaires puis s'éloigne de quelques pas et allume une cigarette. Le bus sera là dans quelques minutes. Tout ira bien, comme prévu.

Assis dans le fourgon avec Nikita et Sergueï, Boris transmet un message à Youri et Pavel, qui attendent dans leur voiture de l'autre côté du pont de l'autoroute. Tout se déroule comme prévu.

Quelques minutes plus tard, juste après 19 heures, un bus dépose la jeune femme à l'arrêt situé au carrefour dont l'une des routes conduit à la gare RER, en empruntant le pont qui passe au-dessus de l'autoroute.

Boris a stationné le fourgon à une distance respectable de l'arrêt où la Rom doit descendre. Il la voit s'engager sur la route, vers le pont. Il envoie un second message à Pavel et Youri.

Alors qu'elle a pratiquement traversé le pont et qu'elle va s'engager sur le tronçon qui conduit à la gare, la jeune femme voit la voiture noire venir vers elle de l'autre côté de la route, à faible vitesse. Dans son oreillette, le coordinateur lui annonce l'arrivée du fourgon dans son dos.

Boris s'est engagé sur le pont et voit la voiture conduite par Pavel arriver en face. Encore quelques dizaines de mètres et ce sera bon. Ils doivent arriver à sa hauteur en même temps.

La jeune femme entend le fourgon qui la double, puis pile brusquement, pratiquement à son niveau, lui bloquant le chemin.

Elle s'arrête puis recule de quelques pas, calmement. Tout se passe comme prévu. La porte latérale s'ouvre et un homme portant une combinaison noire saute du véhicule et se place face à elle. La jeune femme le regarde et lui lance :

« Qu'est-ce que tu veux, gros con ? »

Boris a stoppé le fourgon juste devant la Rom et Nikita a ouvert la porte et est descendu. Mais, d'après ce qu'il voit dans le rétroviseur, la jeune femme ne donne pas l'impression de paniquer ni de vouloir s'enfuir. Quelque chose cloche.

Ne s'attendant pas à cette réaction, Nikita est déstabilisé. Alors que Sergueï sort lui aussi du véhicule, il s'approche de la jeune femme. Celle-ci sort une arme de poing de sa poche droite et lui tire une balle dans la cuisse. Il s'écroule en hurlant. Immédiatement, elle met Sergueï en joue.

« Tu bouges, t'es mort : à genoux ! »

Le coup de feu a surpris Boris. Nikita s'est écroulé en se tenant la jambe. Sergueï est à genoux, les mains en l'air. De l'autre côté de la rue, dans la voiture noire, Pavel est tétanisé et Youri, qui s'apprêtait à sortir, regarde stupéfait la jeune femme qui tient une arme et est visiblement prête à tuer. Quelque chose ne marche pas. Boris saisit son arme.

Le son des sirènes remplit brusquement l'air, des voitures surgissent et verrouillent toutes les voies sur le pont. Un hélicoptère arrive au-dessus des arbres et se place en vol stationnaire à la verticale du pont. Deux véhicules de police bloquent la voiture de l'autre côté de la route et des policiers extirpent les occupants qu'ils allongent au sol pour les menotter.

Boris réalise qu'ils sont tombés dans un piège et qu'aucun d'entre eux ne s'en sortira. Il voit Pavel et Youri allongés sur le tarmac. Des policiers s'approchent du fourgon, le tiennent en joue, lui hurlent de placer ses mains sur le volant et de ne plus bouger. En quelques secondes, il a compris que tout est terminé. Il ne veut pas aller en prison, pas en France et certainement pas en Russie. Il sait quel est le sort réservé aux anciens flics dans les prisons, même ceux qui sont devenus d'authentiques voyous. Un flic reste un flic, pour toujours.

Il n'ira pas ouvrir de restaurant dans sa ville natale. Bizarrement, son principal regret est de ne pas avoir pu faire la peau aux deux autres cons. Il introduit le canon de son arme dans sa bouche et se tire une balle dans la tête.

En moins de trois minutes, la situation est sous contrôle. Laïla, la jeune femme policière, retire son déguisement. Elle se dirige vers la voiture de contrôle : elle a besoin d'un petit remontant quand même.

47

À 19 heures 40, à l'aéroport d'Orly, le docteur Bellefond monte dans l'avion qui va l'emmener à Marrakech. Suite à son entretien avec les inspecteurs de la DGSI, il a pris quelques bonnes résolutions et s'en tient strictement à leurs recommandations.

Il a pris une chambre à la Mamounia, dans la palmeraie. L'air du Haut Atlas marocain lui fera le plus grand bien. Il a expliqué à son épouse qu'il allait devoir beaucoup travailler et avait besoin d'être seul. Mais surtout, ce qui l'enchante le plus, c'est le fait que Françoise ait réussi à se libérer et qu'elle le rejoindra demain.

Depuis l'histoire des bandes enregistrées, ils se sont rapprochés et, finalement, ils ont décidé de se retrouver pour faire connaissance. C'est la première fois qu'il fait un écart avec du personnel de son établissement. Dans le passé, lorsqu'il était en hôpital, il lui arrivait de temps à autre de commettre une petite incartade avec une infirmière de bloc, une déléguée médicale et même une fois une assistante du directeur de l'hôpital.

Il n'est plus tout jeune, il en est conscient. Après tout, ils ne font de mal à personne et son crétin de copain n'aura que ce qu'il mérite. Françoise a prétexté un séminaire de formation du personnel, avec certificat établi par la clinique, en bonne et due forme.

Le docteur Bellefond se dit que ce soir, il aura peut-être le temps de faire venir une de ces prostituées de luxe que l'on peut se procurer moyennant quelques centaines d'euros. Il y a de fougueuses jeunes Marocaines, pas farouches et très accortes. Juste pour la mise en forme.

48

À 20 heures, Kyril Annaniev ferme la porte de son bureau et se dirige vers la sortie de l'immeuble où doit l'attendre son chauffeur.

Il va dîner avec un ami de passage puis, plus tard dans la soirée, il se rendra à la clinique pour y retrouver cet enfoiré de chirurgien qui lui met le couteau sous la gorge. Il ira juste avant la livraison pour lui montrer qu'il est conciliant et qu'il peut lui faire confiance.

Kyril est satisfait, au fond. Il va mettre fin à cette activité qui devient trop risquée, même si elle est très lucrative. Il a suffisamment investi dans la clinique et elle va lui rapporter tranquillement une rente facile. Il a d'autres projets en vue. Il va renvoyer toute l'équipe en Russie, où il y a de la demande et où la police est moins scrupuleuse qu'en Europe.

Quant à Oleg, le chirurgien exigeant, sa carrière risque d'être beaucoup plus courte que prévu. Tant pis pour lui. La gourmandise est un vilain défaut. Sa force à lui, Kyril, a été de toujours savoir où se situait la limite. Si Oleg avait eu la même sagesse, cela lui aurait évité de finir dans un trou de gravière ou dans une casse automobile. À ce sujet, Kyril n'a pas encore fait son choix.

Les trois hommes qui sortent de l'immeuble en même temps que lui discutent sur le ton de la plaisanterie, visiblement une histoire de fesses, toujours pareil avec ces cons de Français, la bouffe, le cul, le foot. L'un d'eux ouvre la porte, laisse passer ses deux amis, puis fait signe courtoisement à Kyril qu'il lui tient la porte. À peine Kyril a-t-il passé le seuil que les deux autres hommes se retournent, le bloquent avec l'aide du troisième qui se place juste derrière lui et lui adresse la parole comme s'il s'agissait d'une discussion entre amis.

« Vous allez monter dans la voiture sans faire d'esclandre. Vous avez encore une chance d'être vivant ce soir, ne la gâchez pas. »

Une grosse Peugeot gris métallisé s'arrête devant l'entrée de l'immeuble juste derrière la Mercedes qui attendait Kyril. Les trois hommes guident Kyril, toujours en ayant l'air de sourire et de plaisanter. Ils le font monter à l'arrière du véhicule qui démarre immédiatement et se glisse dans le trafic du soir. Tout cela s'est fait en moins d'une minute. La Mercedes était vide.

49

À 22 heures, alors qu'elle termine un dîner léger, Aïcha reçoit un message lui confirmant que tout est en ordre. La livraison sera assurée à l'heure prévue, son avion pourra décoller avec le chirurgien et le rein prélevé sur une jeune femme donneuse compatible. Elle commande la voiture et va chercher ses affaires.

Elle se sent soulagée. Finalement tout s'arrange. Sa sœur va être sauvée et elle peut désormais accepter ce mariage qu'elle redoute tant mais auquel elle doit se soumettre. Elle se dit qu'elle trouvera bien un moyen de faire de petites excursions en Europe. Et de plus, une fois qu'elle ne sera plus vierge à nouveau, idée qui ne manque pas de la faire sourire, elle aura toute liberté de prendre des amants sans avoir à se préoccuper de sa pureté.

Elle monte dans la voiture et donne les instructions au chauffeur. Une fois au Bourget, il faudra juste attendre quelques minutes, le livreur devant être sur place pratiquement en même temps qu'elle et le chirurgien. Elle se dit qu'elle dormira bien dans l'avion, pour une fois.

Vers 22 heures 40, la voiture s'approche à faible vitesse du poste d'entrée discret réservé aux VIP. Les gardes ont été avertis, payés, et le passage ne devrait pas poser de problème. Le véhicule s'arrête, le chauffeur baisse la vitre et tend une enveloppe au gardien qui s'est approché. Celui-ci prend l'enveloppe et la donne à un autre homme qui vient d'apparaître derrière lui. Dans le rétroviseur, le chauffeur voit une voiture de police prendre position pratiquement contre son pare-chocs, puis il en voit une autre qui se place devant lui, de l'autre côté de la barrière.

« Madame, nous avons un problème sérieux, je pense. »

Glacée de colère, Aïcha observe la scène. Il y a un sérieux problème, effectivement. Trois hommes et deux femmes en uniforme s'avancent vers sa voiture. Elle comprend qu'elle ne prendra pas l'avion ce soir. Elle comprend que sa sœur va mourir.

50

À 22 heures 15, le fourgon noir se présente devant la porte de l'entrée secondaire de la clinique du docteur Bellefond. Le portail s'ouvre et le véhicule avance lentement jusqu'à l'entrée du sas de réception.

L'infirmière et l'anesthésiste russes discutent en attendant la livraison, à côté d'un lit roulant. Ils ont envie que les choses aillent vite ce soir. Bien que fatigué, l'anesthésiste se dit qu'il finirait bien la soirée avec cette Natalia qui lui sourit. Il fixe les boutons de la blouse sous laquelle il devine une généreuse poitrine. Selon les rumeurs qui circulent dans le groupe, leurs activités en France devraient prendre fin bientôt. Ils sont un peu tristes et aimeraient bien rester encore dans ce pays si agréable et où il fait nettement moins froid qu'en Russie.

Ce soir, il régnait une étrange atmosphère dans la clinique. Le personnel a été courtois comme d'habitude, mais plus froid. Il y a beaucoup de nouveaux, ce qui les a étonnés, mais après tout ce n'est pas leur affaire.

La porte du fourgon s'ouvre et, au lieu des habituels Russes et de leur colis, deux hommes armés sortent et les mettent en joue. Un troisième surgit du fourgon et leur fait signe de se taire. Les deux Russes ébahis se retrouvent allongés sur le ventre, menottés. D'autres hommes armés pénètrent rapidement dans la clinique sans faire de bruit.

L'infirmière et l'anesthésiste comprennent immédiatement qu'ils n'iront pas se reposer tout de suite.

51

À 22 heures 30, une moto s'engage dans une petite rue proche de la clinique de Saint-Cloud. Sur ce tronçon, tout droit mais mal éclairé, Dimitri a pris l'habitude de pousser une petite pointe de vitesse, histoire de vérifier que sa machine est bien au point et de s'offrir une petite montée d'adrénaline.

Pour cette petite routine qui lui procure tant de plaisir, il vérifie que tout est en place. Il arrête sa moto au milieu de la rue, tel un chevalier prêt à une joute, en passe d'éperonner sa monture : la rue est vide, le sol est sec, il n'y a pas de vent, les braves gens dorment ou regardent la télévision ; c'est parfait.

Dimitri met les gaz, sent la moto qui vibre et l'emporte. Il espère monter à 180 en moins de dix secondes, juste pour le plaisir.

Lorsque le camion débouche tous feux éteints d'une rue perpendiculaire, la moto est à moins de cinquante mètres. À cette distance, à 180 kilomètres/heure, Dimitri dispose de moins de deux secondes pour réaliser et réagir.

La moto percute le châssis du camion au niveau d'un porte-palettes latéral. Dimitri est tué sur le coup. La moto glisse sous le camion et va finir sa course près de trois cents mètres plus loin, détruisant un abribus au passage.

Le chauffeur du camion descend, constate le décès du motard, sort un téléphone portable et envoie un message. Maintenant, il suffit d'appeler la police et de faire un constat, après avoir rallumé ses feux : la routine.

52

À 23 heures 30, deux voitures s'arrêtent à l'entrée du camp de Roms d'Aulnay-sous-Bois. Des hommes descendent, se regroupent, pénètrent dans le camp. D'autres hommes les attendent, dans le silence et dans l'obscurité. On ne voit que des silhouettes et les lueurs des cigarettes. Des mots sont échangés à voix basse. Après quelques instants, le groupe se dirige vers la cabane d'Ivo.

L'un des hommes frappe à la porte. Ils attendent. La voix d'Ivo leur parvient à travers la porte.

« C'est quoi ce bordel ? Qu'est-ce que tu veux à me faire chier ? »

L'homme place son visage près de la porte et parle à voix basse.

« Il faut tu viens. Il y a un problème avec Marjiana et les Russes. Faut faire vite. »

Ils entendent Ivo qui grommelle, qui cherche des affaires, fait tomber des objets. Il crie à travers la porte.

« Qu'est-ce qu'elle a fait, cette salope ? Je vais lui casser la gueule, à cette pute, et je vais fracasser sa mère. »

Ivo ouvre la porte et fait un pas vers l'extérieur, cherchant son interlocuteur du regard. Le premier coup de poing le frappe à la tempe gauche, puis un coup de genou le fait plier en deux.

Ivo essaie de se redresser, mais un autre coup de poing lui éclate le nez et lui brise des dents.

« Tu vas casser la gueule à personne. C'est nous qu'on va casser ta gueule, enculé. »

Ivo n'arrive pas à parler. Il essaie de reprendre ses esprits. Il veut se remettre debout, il cherche un point d'appui. Il fait un geste de la main pour demander de l'aide.

Le coup de pied dans le visage le projette en arrière et sa tête heurte violemment le montant de la porte.

« Il est où l'argent que le Russe il t'a donné ? Avec qui tu as partagé ? Et après on va te tuer, mais on va prendre notre temps. »

Ivo veut crier, leur dire que c'est lui le chef, qu'ils doivent se taire, qu'il va leur casser la gueule, qu'il va vendre leurs gosses, baiser leurs femmes et leurs filles, brûler leurs baraques. Mais il est affalé contre sa porte, le visage tuméfié, la bouche remplie de sang, le souffle coupé. Il fait encore un geste pour essayer de se redresser.

La lame du rasoir lui entaille la joue de l'oreille à la bouche.

« Et quand on aura fini avec toi, on s'occupera de tes copains russes. »

53

Le 15 mars à 2 heures du matin, Alain est assis face aux quatre Russes dans le poste de police. Ils sont menottés, l'un d'entre eux porte un énorme bandage autour de la cuisse droite. Ils sont accablés, vaincus, soumis, sauf un dont l'allure bravache tranche avec la résignation de ses compagnons. Alain a obtenu toutes les informations dont il avait besoin, il a transmis les messages qui ont permis les autres arrestations. L'affaire est réglée, le réseau est démantelé, les enfants roms n'ont plus rien à craindre, du moins de cette équipe-là.

Youri fixe le policier avec arrogance. Il est convaincu que Kyril va les sortir de là. Après tout, il ne s'est rien passé. Ils ne peuvent rien prouver, même s'il y avait des armes dans les véhicules. Il décide de montrer sa hargne à ce policier qu'il méprise.

« Tu vas devoir nous lâcher, nous laisser partir, con de flic. Après, je reviens et je te tue. Tu es fini. »

Alain le regarde avec un ménage de curiosité et de fatalisme. Encore une fois, il a devant lui le mal fait homme, dans toute sa brutalité, irrécupérable. Il est un mélange de haine et de mépris, l'envie de nuire, absolument. Il décide de mettre les choses au point.

« Personne ne va venir vous chercher. Pour information, votre ami Kyril est en prison, alors n'attendez pas trop de ce côté-là. Allez, on dégage. »

Tous les Russes accusent le coup, y compris le haineux qui visiblement ne s'attendait pas à cette nouvelle.

Quatre policiers prennent les hommes un par un, les conduisent hors du local et les poussent dans un fourgon noir. Les quatre

Russes se retrouvent allongés sur le ventre, sous la menace d'armes automatiques. Le fourgon démarre, suivi de deux voitures de police, sans sirène ni gyrophare.

Alain décide qu'il ne peut plus faire grand-chose. Il sait que Marjiana est sauvée, qu'elle peut commencer une vraie vie. Et lui, dans cette vie, quel rôle sera le sien ? Il va rentrer chez lui comme convenu, et attendre les instructions. Que peut-il faire d'autre ?

Après une trentaine de minutes, le fourgon s'arrête à proximité d'une zone industrielle en friche. Les hommes armés descendent, laissant les Russes allongés sur le plancher.

On entend des voix, des bruits de portières et de véhicules qui démarrent. D'autres hommes montent dans le fourgon, éclairent les Russes avec des lampes torches. Ils parlent dans une langue que les Russes identifient immédiatement. Pavel commence à pleurer, Nikita et Sergueï se taisent, ayant compris que leur sort est réglé. Seul Youri les insulte en russe et crache vers une des lampes torches. Le fourgon démarre, roule très lentement, avec les hommes à bord, assis sur les Russes. Après quelques minutes, le fourgon s'arrête, les hommes descendent, se concertent, reviennent et extirpent les Russes. Ils se trouvent dans une usine désaffectée, fantomatique et inquiétante, éclairée par quelques lampes à pétrole et un brasero.

Les quatre Russes sont poussés sur un banc métallique, rouillé et sale. Du fond du bâtiment, ils entendent du bruit et des voix. Ils voient d'autres personnes s'approcher. Des Roms amènent un groupe d'hommes et de femmes bâillonnés et aux mains liées. Youri réalise qu'il s'agit des assistants du chirurgien. Les Roms discutent et séparent les deux femmes du groupe, qu'ils emmènent dans le fourgon.

Un des hommes s'approche de Nikita, observe sa cuisse, puis lui lance un violent coup de pied dans la jambe. Nikita pousse un hurlement de douleur.

54

Le 15 mars à 6 heures du matin, Chamblain, accompagné du lieutenant Delucq, entre dans une cellule située au deuxième sous-sol du bâtiment de la DGSI à Levallois-Perret. Kyril Annaniev se redresse, essaie de remettre un peu d'ordre dans ses vêtements, ce qui n'est pas chose aisée sans ceinture, cravate et lacets, de surcroît menotté. Il a froid, soif, envie d'aller aux toilettes et il voudrait dormir, ce qu'il n'a pas réussi à faire jusqu'à présent, grâce aux dérangements constants assurés par les agents de la DGSI. Chamblain lui fait signe de se lever et de les suivre. Ils sortent de la cellule, marchent quelques mètres dans un couloir, puis les deux inspecteurs l'introduisent dans une pièce violemment éclairée, équipée d'une table en bois, de deux chaises et d'un fauteuil. Un policier présent lui fait signe de s'asseoir sur l'une des deux chaises, puis l'attache au moyen d'une chaîne à la table.

« Pouvez-vous enlever les menottes ? Je vais pas fuir ici. »

Le lieutenant Delucq regarde Chamblain, puis se tourne vers Kyril.

« Eh non. C'est la procédure. Vous êtes suspect de premier niveau. Nous ne pouvons prendre aucun risque.

— Je vous donne ma parole que je fais rien pour fuir. S'il vous plaît. »

Chamblain lui fait signe de se calmer.

« Monsieur Annaniev, comment vous dire ? Je crains qu'ici votre parole ne soit pas d'une grande utilité. Nous avons un peu de mal à vous accorder un crédit de bonne foi. Contentez-vous de répondre à nos questions, et nous verrons. Essayons d'être brefs et efficients. Ensuite nous pourrons tous prendre un repos bien mérité. Qu'en dites-vous ?

— Je sais pas pourquoi on m'accuse. Je suis un honnête homme d'affaires. Je peux le prouver. »

Delucq le regarde avec un léger sourire ironique.

« Monsieur Annaniev, nous avons des enregistrements, des vidéos, des copies de vos échanges avec vos sbires, avec vos clients, avec votre acolyte chirurgien. Alors, épargnez-nous vos jérémiades et venons-en aux faits. Vos cinq employés sont hors d'état de nuire. À propos, il y a eu un petit problème… »

Annaniev la regarde, étonné, cherchant à comprendre.

« Oh, rien de grave, reprend Chamblain. Vos employés étaient sous la surveillance de nos agents, dans leur fourgon. Il y a eu un malentendu sur les opérations à mener, un moment d'inattention, et des inconnus ont volé le fourgon. C'est idiot, n'est-ce pas ? Bien entendu, ces voyous ne pouvaient pas savoir qu'à bord il y avait des délinquants russes soupçonnés de trafic d'êtres humains. Nos hommes pensent que ce sont des Roms qui ont volé le fourgon. C'est embêtant, non ? De plus, les assistants du docteur Baryshnov ont disparu également. C'est étrange. Qu'en pensez-vous ? »

Annaniev s'affaisse un peu sur sa chaise. Son visage a changé. Il imagine le sort de ses employés et se dit que lui s'en tire plutôt bien. Les policiers ne sont pas agressifs, ils veulent négocier. Il va devoir jouer finement.

« Qu'est-ce que vous me reprochez ? Je peux collaborer. Je sais beaucoup de choses.

— Nous savons tout ce qu'il y a à savoir sur vous, vos activités à la clinique et ailleurs en France, avec vos amis maghrébins. En revanche, nous avons assez peu d'informations sur vos contacts en Europe centrale et en Europe de l'Est. Alors voici ce que je vous propose. Vous allez nous fournir tous les détails sur tous vos contacts, vos correspondants, vos dépôts, etc. Ensuite, nous vous laisserons aux mains des autorités russes qui souhaitent également vous interroger, ici même. Tout ce que vous ferez pour collaborer sera pris en compte. Vous resterez en France et, si vos informations se révèlent valides et fiables, nous pourrons sans doute arriver à un arrangement pour vous éviter une peine trop lourde ou d'être extradé en Russie – où il y a encore la peine de mort. Qu'en dites-vous ?

— Je suis d'accord. Je vais parler, vous donner tout ce que vous voulez. Mais j'ai soif, faim aussi. Et j'ai besoin du cabinet. »

Le lieutenant Delucq fait signe au policier qu'il peut accompagner Annaniev aux toilettes. Les deux hommes quittent la pièce.

Chamblain réfléchit, un léger sourire sur les lèvres. Suzanne Delucq se place face à lui.

« Bon, d'accord, il parle, les Russes le cuisinent ici ; mais après on en fait quoi, de lui et de son copain ?

— Rien, ma chère, on en fait rien. Nous allons l'interroger, obtenir toutes les informations dont nous avons besoin. Ensuite, nous les refilerons aux Popovs. Ils vont les embarquer chez eux, les interroger à leur manière, qui doit être amusante, puis le liquider ou l'envoyer pour de longues vacances en Sibérie. On ne va quand même pas s'encombrer de ce genre d'individus chez nous, nous avons assez à faire avec nos dingues du djihad. Je vais m'occuper de lui. Vous allez vous occuper de la princesse arabe. Elle refuse de parler à des hommes. Ils sont pénibles, ces Moyen-Orientaux. »

55

À 6 heures 30 du matin, Suzanne Delucq termine son café, appuyée sur la machine, le regard dans le vide. Depuis le début, quelque chose la dérange dans cette histoire. Elle n'arrive pas à comprendre d'où viennent les ordres. Lorsqu'elle pose la question, Chamblain est évasif, Dale ne dit rien, ce qui ne change pas tellement de son attitude habituelle. Elle sait qu'une vaste opération a été mise en place, mais elle constate également que rien ne transpire dans les médias. Les deux Russes et la princesse arabe ont été amenés à la DGSI dans des voitures banalisées, avec la plus grande discrétion, et elle n'a aucune information sur ce que les flics ont fait du côté des Roms.

Elle jette la tasse vide en plastique dans la poubelle qui déborde généreusement. Elle se dit que tout cela n'est pas très écologique, mais ce n'est pas l'urgence du moment. Elle récupère son dossier et se dirige vers la pièce où la jeune femme arabe est retenue. Elle la trouve assise à une table, devant une tasse de boisson chaude. Deux femmes en uniforme sont assises également, l'une à côté de la porte, l'autre légèrement en retrait. Suzanne fait signe aux deux agents de sortir et s'installe sur une chaise face à la prisonnière. Ne sachant pas comment s'adresser à elle en raison de son rang, elle décide d'opter pour la formule la plus simple.

« Madame, je ne vous apprendrai rien en vous disant que vous êtes dans une situation difficile. Vous êtes accusée de trafic d'organes d'êtres humains et je ne vous cache pas que votre contact, Kyril Annaniev, a donné toutes les informations sur votre accord.

Il essaie de vous charger, de dire que c'est vous qui avez tout organisé, qui avez commandité cette opération. Qu'avez-vous à me dire ? »

Aïcha regarde dans les yeux cette jeune femme qui, dans son pays, lui parlerait avec respect et précaution. Annaniev va tout faire pour qu'elle soit accusée.

« J'ai une sœur, plus jeune que moi, qui va mourir. J'essayais de la sauver. Je ne savais pas que les donneurs d'organes étaient assassinés et j'en suis désolée. C'est Annaniev qui a pris contact avec moi. Comme cela s'est fait dans une clinique tout ce qu'il y a de plus officielle, j'étais convaincue de la légalité de la transaction. Je n'ai rien d'autre à vous dire. Je souhaite parler à Isabelle Callerai, l'épouse de Jacques Callerai. Vous savez qui c'est. »

Suzanne, qui prenait des notes, relève la tête et fixe Aïcha, incapable de cacher sa surprise. Cette femme belle, riche, qui porte des vêtements de marque et des bijoux qui ne sont pas du toc, risque la prison à vie. Elle lui parle avec l'assurance des gens qui ont toujours été obéis. Elle n'est pas méprisante, simplement consciente de la différence de statut. Elle ne donne pas l'impression d'être inquiète, juste ennuyée, voire agacée par la situation. *C'est quoi, ce bordel ?*, se demande Suzanne.

« Est-ce que vous réalisez votre situation ? Vous êtes sous le coup d'une accusation très grave. Vous n'avez pas à me donner d'instructions. Pour qui vous prenez-vous ? »

Suzanne réalise qu'elle a parlé un peu trop fort, un peu trop vite, et qu'elle a du mal à contrôler sa respiration. Aïcha la regarde sans froideur, mais avec assez de distance pour bien indiquer laquelle des deux est supérieure à l'autre.

« Mademoiselle, je vous invite à rester calme. Je comprends votre surprise. Mais il y a des éléments qui vous échappent. Je n'ai rien contre vous, je ne vous veux pas de mal. Posez-vous la question de savoir pourquoi je suis ici et non pas dans les locaux de la police criminelle. Je ne sais pas qui est votre supérieur. Mais je vous conseille d'aller le voir tout de suite et de lui faire part de ma requête. Ne perdez pas de temps. »

Suzanne hésite, pose son stylo, essaie de reprendre le fil de ses pensées. Le comportement de cette femme confirme son malaise dans cette affaire. Elle se demande si elle doit obéir ou poursuivre l'interrogatoire. Après quelques instants, elle se lève, demande aux deux gardes de revenir, puis quitte la pièce. Dans le couloir, elle s'arrête, indécise. Cette femme est sûre d'elle, presque trop. Qui est ce Callerai ? Elle reprend son chemin, frappe à la porte de la pièce et entre. Dale, qui prend des notes, lui fait un petit signe de la tête. Suzanne se tourne vers Chamblain qui est en train de boire.

« Je peux vous parler ? Je pense que c'est urgent. »

Chamblain pose son verre d'eau, se lève, fait signe à Dale de poursuivre. Ils se retrouvent dans le couloir. Il emmène Suzanne près de la machine à café, où ils s'installent sur une méchante banquette évadée de chez Ikea.

« Je vous écoute : quelle est l'urgence ?

— C'est l'Arabe qui me donne des ordres, j'y crois pas. Elle m'a dit de contacter un certain Callerai, ou sa femme, Isabelle. »

Chamblain fait une petite moue, puis hoche la tête en signe de compréhension.

« Que vous a-t-elle dit d'autre à ce sujet ?

— Rien, juste de la contacter. »

Chamblain réfléchit, regarde droit devant lui, comme à la recherche d'une réponse sur le mur d'en face.

« Je vois. On va s'en occuper. Laissez tomber l'interrogatoire. Assurez-vous que cette personne est bien traitée. Nous allons changer de tactique. Je vais en référer à qui de droit. Ça ne nous regarde plus. Bon, je retourne voir notre ami russe devenu loquace parce que convaincu de ne pas être renvoyé dans son pays de sauvages. C'est fou ce que l'optimisme peut déclencher chez les individus. »

56

Il est 8 heures lorsque Jacques Callerai reçoit un appel téléphonique de Sartini. Celui-ci l'informe qu'ils ont rendez-vous, toute affaire cessante, chez Louis Bordenave à 10 heures. La situation est grave, il y a urgence.

Bien que courtois, le ton de Sartini est à ce point autoritaire que Jacques ne pose même pas de questions. Il sait que le contexte politique français actuel n'est pas bon, que des rumeurs plus ou moins alarmistes circulent dans la sphère politico-médiatique. On parle de démission du gouvernement, d'attentats potentiels, de gangrène mafieuse, de banlieues instables, d'incompétence des élites, de rejet du politique par les citoyens. Bref, le climat est délétère et malsain.

Jacques appelle sa secrétaire et lui demande d'annuler ses rendez-vous de la journée. Il a le sentiment que les choses vont s'accélérer et que son destin, son ambition, vont enfin se concrétiser. Être l'homme de la situation, celui que le pays attend pour remettre de l'ordre, redresser la barre, restaurer la confiance. Le projet mis en place avec Louis va enfin prendre forme, après tant d'années d'efforts et de patience. Il n'a pas de nouvelles de sa femme, mais leur mode de vie est tel que cela n'a rien d'étonnant. Toutefois, si la réunion de ce matin conduit à ce qu'il envisage et espère, ils vont devoir rétablir des relations conjugales plus conventionnelles et il devra prendre des distances avec sa brûlante Américaine et leurs amis.

À 9 heures 30, sa voiture l'attend devant sa porte, mais au volant il constate la présence d'un chauffeur qu'il ne connaît pas.

« Bonjour. Je vois que Dimitri n'est pas disponible. Est-il malade ?

— Je ne sais pas, monsieur, j'ai été affecté à votre service ce matin pour quelques jours. »

Jacques est déconcerté par la réponse. Pourquoi ne devrait-il avoir un chauffeur que pour quelques jours ? Il se dit que, décidément, quelque chose ne tourne pas rond. Il va régler ça avec Sartini. Lorsqu'il arrive à proximité de l'immeuble de Louis Bordenave, il voit quatre hommes aux allures sévères qui sortent, accompagnés à leur voiture par son conseiller. Il ne les a jamais vus et s'étonne de cette présence. Ayant vu sa voiture arriver, Sartini l'attend, lui adresse un bref salut et le suit dans l'immeuble. Jacques est déstabilisé, ne comprenant pas la froideur apparente de l'accueil. Ils entrent dans l'appartement, la secrétaire de Bordenave le gratifie d'un sourire aimable mais distant, qui achève de le mettre mal à l'aise. La porte du bureau de Louis Bordenave s'ouvre et ce dernier leur fait signe d'entrer, puis va s'installer derrière sa table de travail.

La tension est palpable, en limite de rupture. Sartini s'est placé légèrement en retrait, de biais par rapport à Jacques, qui fait face à Louis. Ce dernier place devant lui un dossier épais, qu'il n'ouvre pas. Il pose ses deux mains sur la table, comme pour prendre appui avant de s'élancer.

« Jacques, nous sommes devant un désastre, il n'y a pas d'autres mots. J'ai une série de mauvaises nouvelles, très mauvaises, et pour être honnête, je ne sais pas par laquelle commencer. Alors le plus simple est de prendre les événements dans leur chronologie. »

Jacques a du mal à déglutir, il veut boire quelque chose pour l'aider à respirer, à fonctionner. Sartini, parfait assistant au point d'anticiper les besoins, s'est levé et lui apporte un verre d'eau. Louis Bordenave reprend.

« Je suis navré, mais je vais devoir être brutal. Notre projet s'écroule et tu en es en grande partie responsable. Mais j'en viens aux faits. Hier matin, ton épouse a été tuée dans l'appartement de son amant palestinien, un artiste recruteur pour la cause de son pays. Il a été retrouvé mort, ainsi qu'un extrémiste musulman radical. On ignore pour le moment qui a commis ces meurtres, mais nous soupçonnons le Mossad. La présence d'Isabelle sur les lieux au même moment est inexplicable. »

Jacques a du mal à encaisser la première annonce. Il est devenu blême et fixe Louis Bordenave avec un regard de sidération.

« Seulement, ce n'est pas tout. Isabelle était actionnaire dans une clinique privée de Saint-Cloud qui s'avère un lieu où se pratiquait un trafic d'organes pour le compte de la mafia russe. Je te laisse imaginer le scandale. Pour ajouter à cela, il circule dans Paris des photos compromettantes où tu apparais en compagnie d'une diplomate américaine et… d'autres personnes. »

Jacques s'est figé, anéanti. La manière dont Louis vient de lui asséner ces informations lui rappelle leurs premiers entretiens. La même brutalité froide, calculatrice, impitoyable. Cet homme n'est pas normal. Aucun être humain ne peut fonctionner comme cela. Il ne parvient pas à parler. Il ne peut pas bouger. Tout s'effondre.

« Pour Isabelle, nous avons mis en place la procédure nécessaire. Nous parlerons d'un crime crapuleux et elle sera mise hors de cause. En ce qui concerne les photos compromettantes, elles sont en cours de récupération. Et enfin, au niveau de la clinique, nous faisons le nécessaire pour que l'affaire ne s'ébruite pas. Personne n'a rien à y gagner.

— Je ne comprends pas. Je n'arrive pas à y croire. »

Sartini regarde Louis Bordenave. Ce dernier lui donne son accord d'un très léger mouvement de tête.

« Votre chauffeur était impliqué dans le trafic également. Il s'est tué à moto la nuit dernière, un accident, à proximité de la clinique en question. Pour information, c'est lui qui vendait les photos à la presse. Il les obtenait des filles que vous… invitiez. Nous ne savons pas si Isabelle était informée du trafic, mais nous ne pouvons pas prendre de risques. J'ai préparé un document, une lettre de démission que vous allez communiquer à la presse. Vous vous retirez en province, pour raisons personnelles. Vous quittez la scène politique française. Il n'y aura pas de remous. »

Jacques voudrait parler, s'exprimer, trouver les mots. Mais il sait qu'il est face à deux monstres froids. *Ces hommes sont des machines,* se dit-il, *ils n'ont rien d'humain.* Il réalise que tout ce qu'il aimait va lui échapper. Tous les plaisirs plus ou moins admis et plus ou moins honnêtes que le pouvoir, ou sa proximité, lui procurait, vont lui être retirés. Il n'aimait plus sa femme, mais il ne souhaitait pas une telle fin. Il voudrait se mettre en colère, réagir, faire vaciller les deux hommes qui sont en train de l'anéantir, mais il est conscient que c'est peine perdue. Louis Bordenave se penche vers lui.

« Je suis très déçu, Jacques, j'avais placé de grands espoirs en toi. Sartini a fait un travail extraordinaire pour t'aider dans la mise en place de réseaux. Nous étions à deux doigts de réussir. Tout échoue pour des histoires de cul, minables et déshonorantes. Je t'ai averti à plusieurs reprises. Tu n'as plus aucun rôle à jouer avec nous. Tu dois te retirer sans faire d'esclandre. Nous allons t'éviter le scandale. Une des secrétaires de Sartini va t'assister pour les relations avec la presse : nous allons faire tout cela avec un maximum de discrétion. Au revoir, Jacques. Sartini, merci de raccompagner monsieur Callerai. »

Jacques se lève comme un automate, incapable d'entendre les bruits du monde. Il est dans un état second, assommé, groggy, soudainement sans énergie. Sartini l'accompagne jusqu'à la voiture. Le chauffeur ouvre la portière arrière, vérifie que Jacques est installé, puis se tourne vers Sartini. Ce dernier lui fait un signe de la tête pour confirmer les dispositions prévues. La voiture s'éloigne, Sartini l'observe quelques instants. Il retourne auprès de Bordenave, qu'il trouve plongé dans le gros dossier.

« Décevant, n'est-ce pas, Sartini ? Louis Bordenave n'a pas levé la tête. Je suis certain que vous attendiez une autre réaction, une révolte, une tentative de justification. Mais rien de tout cela. Savez-vous pourquoi ? »

Sartini lève les mains en signe d'ignorance, il préfère attendre les explications.

« Tout simplement parce que Jacques n'a jamais eu à se battre. Il n'avait pas la *virtus*, cette force, cette volonté, qui permet de surmonter la *fortuna*, la contingence des événements. Il avait les vices qui font perdre le pouvoir, mais pas ceux qui permettent de le conserver. Il n'était pas taillé pour les hautes fonctions. Il est toujours étonnant de découvrir les limites d'un individu, même lorsque l'on pense qu'il a tout pour lui et pour réussir.

— Mais nous avons perdu des années de travail liées à ce projet.

— Mais non, nous avons perdu un pion sur un échiquier. La partie n'est pas jouée. Callerai était un cobaye, un spécimen testé jusqu'aux limites de ses capacités. Nos réseaux sont en place. La partie continue et, croyez-moi, je suis certain que le meilleur est à venir. Connaissez-vous cette malédiction : puissiez-vous vivre des temps intéressants.

— N'avons-nous pas été un peu brutaux dans cet entretien ? Les nouvelles étaient difficiles à encaisser, ne pensez-vous pas ?

— Qu'auriez-vous voulu faire ? Le ménager et lui tenir la main ? Savez-vous comment on annonce à quelqu'un qu'il est nommé ministre ? Par un appel téléphonique. Savez-vous comment on lui annonce qu'il n'est plus ministre ? Quand il ou elle a de la chance, par un appel téléphonique; quand il ou elle n'a pas de chance, par voie de presse. De plus, le côté brutal supprime toute envie de protestation. Les belles mises à mort sont soudaines. Il n'y a rien de plus pathétique qu'un animal qui traîne pour mourir, aussi brillant fut-il dans le combat. »

57

À 14 heures 30, Chamblain, qui a pris quelques heures de repos, entre dans la pièce où Aïcha est tenue au secret. Il a reçu des instructions de ses supérieurs, suite à l'entretien avec Louis Bordenave et son conseiller. Il sait ce qui lui reste à faire. Juste quelques formalités qui ne devraient pas poser de problèmes majeurs.

La jeune femme est assise sur un canapé, un livre à la main. Devant elle, sur une table basse, se trouvent les restes d'un repas et une tasse de thé. Elle pose son livre et lance à Chamblain un regard interrogateur.

« Alors, où en sommes-nous ? Combien de temps souhaitez-vous me garder ici ? »

Chamblain se dit qu'il la mettrait en prison avec un certain plaisir. Elle dégage une insupportable assurance qui l'agace au plus haut point. Mais il manque à cette personne un petit élément d'information qu'il compte bien utiliser. Il décide que le moment est venu de frapper, métaphoriquement parlant, avec délicatesse mais fermeté.

« Des dispositions ont été prises pour votre… rapatriement. Vous quitterez le territoire français ce soir, depuis Le Bourget. »

Chamblain regarde Aïcha.

« Excusez-moi une minute. »

Il ouvre la porte du couloir, donne un ordre à voix basse à l'une des femmes policières en faction dans le couloir.

Quelques instants plus tard, le lieutenant Delucq entre dans la pièce, avec un micro-ordinateur et un dossier. Chamblain s'adresse à elle sans regarder Aïcha.

« Lieutenant, pouvez-vous communiquer les informations que nous avons obtenues de la clinique à madame ?

— Avec plaisir. Je vais commencer par le début. Comme vous le savez sans doute, nous avons pris le contrôle de la clinique de Saint-Cloud et donc de tous les dossiers qu'elle contient, ainsi, d'ailleurs, que de certaines bandes enregistrées par un agent de sécurité indélicat. »

Elle s'arrête de parler et observe Aïcha, enfin déstabilisée.

« Donc, nous avons l'intégralité de votre dossier. Pensez-vous qu'il soit de nature à intéresser votre futur époux, ou sa famille, ou la vôtre ? Pourront-ils se contenter d'une virginité d'occasion ? »

Aïcha est devenue cramoisie. Elle a envie de gifler cette petite policière qui, dans son pays, ramperait devant elle. Comment ose-t-elle ? Chamblain voit la colère qui monte. Il décide d'intervenir.

« Je vous conseille de rester calme, mademoiselle. Ce n'est pas tout. Continuez, lieutenant. »

Elle entend toute l'ironie dans le « mademoiselle ».

« Comme je vous le disais, un agent indélicat s'est amusé pendant quelque temps à enregistrer des scènes qui se déroulaient dans la clinique et qui pouvaient représenter un produit monnayable pour arrondir ses fins de mois. Vous y apparaissez une ou deux fois et je ne vous cache pas que ces documents ont pour nous une certaine valeur. Peut-être souhaitez-vous les visionner, afin de vérifier que nous disons la vérité ? »

Delucq ouvre son ordinateur, le met en marche et le place devant Aïcha.

« Je suppose que vous savez comment ça marche. Vous appuyez là pour faire défiler…

— C'est assez. Arrêtez cette comédie absurde et vulgaire. Que voulez-vous ? »

Chamblain fait signe à Delucq de reprendre son ordinateur et de quitter la pièce. Quelques instants plus tard, il s'assied en face de la jeune femme.

« Nous avons assez d'informations sur vous pour ruiner votre mariage et donc nuire aux affaires de votre père qui attend beaucoup de votre union avec ce riche entrepreneur saoudien. Il va sans dire que nous conservons ces documents. Soyez sans crainte, ils seront bien gardés. De plus, je crois savoir que votre futur époux est l'héritier d'une des plus grandes entreprises de travaux publics du golfe arabo-persique. Nous aimerions que, par le truchement de votre aimable influence, des entreprises françaises puissent bénéficier, en toute légalité évidemment, de facilités d'accès à certains contrats, pour le bien de tous. Je vais vous rendre votre téléphone portable: je reviens dans une heure pour les dernières formalités. »

Chamblain dépose sur la table le téléphone portable d'Aïcha.

Une heure plus tard, Chamblain entre dans la pièce accompagné de l'inspecteur Delucq et d'un homme qu'elle n'a jamais vu.

« L'inspecteur Belssan vous accompagnera ce soir à l'aéroport. À propos, j'ai une bonne nouvelle pour vous. Nous avons trouvé, et cette fois en toute légalité, un donneur de rein pour votre sœur. Le transfert pourrait se faire rapidement. Un chirurgien français interviendra pour la greffe. Nous vous ferons connaître les conditions pour la compensation, il y a urgence, je crois. Ne me remerciez pas: vous nous êtes redevable, il sera bon de ne pas l'oublier. »

Les trois visiteurs quittent la pièce, laissant Aïcha avec ses gardes. Elle ne sait plus que penser. Elle est totalement déboussolée, incrédule, bouleversée. Sa sœur va vivre. Aïcha sait qu'elle a désormais une dette envers ces gens qui la retiennent et qu'ils n'hésiteront pas à le lui rappeler. Son futur est entre leurs mains.

58

Ils sont venus dans les premières lumières du matin. Ils ont frappé à la porte de sa caravane. Elle a eu peur. Elle sait que quelqu'un a tué Ivo. Mais elle n'a pas de nouvelles de sa fille depuis deux jours. Elle est convaincue que Marjiana est morte. Mais où est-elle ? Recevra-t-elle au moins son corps pour lui faire la toilette mortuaire des Roms, en chantant à voix basse pour l'aider à passer de l'autre côté ?

Elle ouvre la porte lentement, avec précaution, comme pour retarder une violence qu'elle pense inéluctable. Deux hommes en civil se tiennent devant la porte. Derrière eux, elle aperçoit des hommes en uniforme.

« Vous êtes Élena Broumiscu ? »

Elle regarde l'homme qui s'adresse à elle avec une certaine politesse. Elle n'a pas l'habitude. Il ne semble pas vouloir la brusquer, encore moins la frapper.

« Oui, je suis, dit-elle en tremblant, au bord des larmes, ma fille, c'est où ma fille, monsieur, s'il te plaît ?

— Prenez quelques affaires pour votre fille, madame, pour une toilette. Dépêchez-vous, s'il vous plaît. »

Elle est déconcertée par la courtoisie de cet homme. Il a dit pour la toilette. Il faut qu'elle prépare sa fille qui est morte, elle le sent. Elle récupère des affaires lentement, sans essuyer les larmes qui coulent sur ses joues. Il faut que sa fille soit belle, même si elle n'est pas morte dans sa maison. Élena réalise qu'elle n'a pas de bougies. Elle n'a pas eu le temps de lui dire qu'elle lui pardonnait. Elle pourra juste lui dire qu'elle la laisse entre les mains de Dieu.

Ensuite, selon la coutume, elle ne boira plus ni ne mangera plus pendant trois jours.

Ils la conduisent hors du camp et la font monter dans une fourgonnette. Tous les hommes qui l'escortent, en civil ou en uniforme, sont silencieux. Le camp est silencieux. Cette nuit, la mort est venue prendre son dû et les Roms attendent qu'elle ait totalement quitté les lieux.

Élena s'installe sur un siège, entre deux policiers en uniforme. Elle tient sur ses genoux les affaires de Marjiana. Elle sera belle, sa fille, plus belle dans la mort que dans la vie, plus encore. Elle pleure, juste des larmes, pas de sanglots. Elle tient une broche couverte de perles de toutes les couleurs. Elle la placera pour tenir le châle sur le corsage. Sa fille sera la plus belle.

La fourgonnette s'arrête devant un hôpital. Élena descend, accompagné par les mêmes policiers qui la guident sans la brusquer. Cette gentillesse n'est pas bon signe.

L'ascenseur s'arrête au second sous-sol. Ils tournent à droite dans le couloir, s'approche d'un homme assis sur une chaise. Il se tourne vers eux, se lève et fait signe à Élena d'entrer dans une pièce dont il ouvre la porte. Elle ralentit, hésite, avance lentement, se préparant au pire. Dans quel état va-t-elle trouver sa belle Marjiana ?

Elle entre, le regard au sol. Elle n'ose pas lever les yeux. Une femme en blouse blanche s'approche d'elle.

« Madame Bromiscu ? Venez, s'il vous plaît. Nous sommes désolés, votre fille a été victime d'une rupture d'anévrisme. Je suis navrée. Cela arrive aux femmes jeunes. Sachez qu'elle était très appréciée ici. »

Sur un lit, elle voit le corps de sa fille vêtue d'une sorte de pyjama vert. Elle sait maintenant que la sorcière du camp avait raison. Sa fille a payé pour les fautes de son père.

Elle n'entend pas les paroles douces de la femme en blanc. Elle ne comprend pas ce qu'elle lui dit. Elle n'arrive pas à mettre un sens sur les mots d'une langue qu'elle maîtrise à peine. Le monde s'est refermé et elle ne verra plus jamais la lumière du regard de sa fille, elle n'entendra plus jamais son rire. Elle tient contre elle les affaires pour la toilette. Sa fille sera belle, la plus belle, même morte.

Sa fille est morte pour avoir aimé des hommes qui n'étaient pas des Roms. Elle est morte parce qu'elle était trop belle et trop intelligente.

Elle se tourne vers la femme en blanc.

« S'il te plaît, madame, tu sortir, là, pour que moi je prépare ma fille. S'il te plaît, madame.

— Bien sûr. Je serai dans le couloir. Appelez-moi si vous avez besoin de quelque chose.

— Des bougies, madame, des bougies, s'il te plaît. »

59

Alain se présente à l'entrée principale du 36, quai des Orfèvres, décline son identité et celle de la personne avec laquelle il a rendez-vous à la Direction régionale de la police judiciaire. Le préposé examine ses documents et lui indique l'ascenseur sur la droite, ainsi que l'étage. Il arrive dans un couloir et s'avance vers un bureau occupé par une femme d'une quarantaine d'années, rivée à l'écran de son ordinateur portable.

« Bonjour, excusez-moi de vous déranger. Commandant Dormeuil. J'ai rendez-vous avec …

— Bonjour, Karine Sormont. Vous avez rendez-vous avec le Directeur Général de la PJ, c'est bien cela ?

— Exact : où dois-je l'attendre ? »

Elle se lève, sort dans le couloir et lui indique une salle à quelques mètres.

« Installez-vous là, il y en a pour quelques minutes. Souhaitez-vous un café ou une boisson ?

— Merci, ça ira, ou alors, juste un verre d'eau. »

Alain se rend dans la pièce, une salle de réunion aveugle, pourvue d'un mobilier très administratif. Il constate qu'il y a des bouteilles d'eau sur la table et se sert un verre. Après quelques minutes, la porte s'ouvre et deux hommes entrent, accompagnés de la personne qui l'a accueilli.

Les présentations sont brèves et tous se retrouvent assis autour de la table. L'homme qui s'est présenté comme le directeur général ouvre un dossier que Karine Sormont a fait glisser vers lui. L'autre personne se contente de regarder Alain avec un léger sourire, bienveillant mais distant. Le directeur général lit attentivement les documents, referme le dossier et pose son regard sur Alain.

« Commandant Dormeuil, nous vous avons convoqué pour faire un point sur la dernière opération que vous avez menée à bien. Tout d'abord, je tiens à vous féliciter pour la manière dont vous avez dirigé les opérations et pour la conclusion efficace que votre action a permis d'obtenir. »

Alain observe en silence, comme à son habitude. Ce n'est pas le genre de débriefing qu'il attendait. Attendre et écouter, il n'a pas le choix

Le directeur général poursuit son exposé magistral. Karine Sormont consulte son dossier. L'autre participant regarde Alain avec une sorte de curiosité.

« Commandant, vos états de services sont impressionnants, vous faites la fierté de votre Maison et je suis heureux que vous ayez réussi cette opération. Nous vous donnons la possibilité de choisir une nouvelle affectation. »

Alain regarde le directeur général et fait signe qu'il souhaite poser une question. Son interlocuteur l'invite à parler d'un geste de la main.

« J'ai demandé des explications sur la suite de l'opération. Qu'est-il advenu des Russes que nous avons arrêtés et du chef rom, Ivo ? Seront-ils traduits en justice ? »

La troisième personne prend alors la parole.

« Permettez-moi de vous expliquer quelques points sur cette opération. Vous savez qu'il s'agissait d'une action combinée police, DGSI, DGSE. Disons que les personnes arrêtées ont été prises en charge et ne nuiront plus à personne. Nous ne pouvons pas vous en dire plus.

— Nous ? »

À ce stade, Karine Sormont décide d'intervenir.

« Si vous le voulez bien, je vais reprendre cet entretien. Merci beaucoup, monsieur le directeur général. Je reviendrai vers vous très vite. Monsieur Sartini, merci de rester avec moi pour clarifier la situation. »

Le directeur général se lève, salue et quitte la pièce. Alain se tourne vers Karine Sormont.

« Nous ? »

Sartini prend alors la parole.

« Nous représentons le conseil de sécurité intergouvernemental, une entité mise en place après les événements de mai 68 lorsque les politiques, tous les politiques, ont eu peur des débordements de leurs bases. On ne peut empêcher les désordres dans des systèmes complexes tels que des sociétés, on doit simplement les maintenir en équilibre, entre eux et avec l'unité fonctionnelle d'ordre supérieur. C'est ce que nous faisons. Nous surveillons les systèmes et nous nous assurons que l'équilibre n'est pas rompu entre les unités fonctionnelles et leurs dynamiques internes, à tous les niveaux, et nous garantissons le confinement des désordres dans des limites raisonnables et compatibles avec une démocratie.

— De quel droit ?

— Les gens et le système que je représente sont là pour faire en sorte que les désordres, et donc les situations entropiques, restent dans le domaine du gérable. Actuellement, nous sommes confrontés à une situation de désordre qui est de nature à causer un dangereux déséquilibre, pour des raisons que je ne peux pas vous expliquer ici.

— Pourquoi ?

— Les informations que vous demandez, de même que vos exigences, se situent, pour reprendre une expression de nos amis britanniques, au-dessus de votre salaire.

— Augmentez-moi et répondez. »

Sartini décide de poursuivre son propos, sous le regard discret et amusé de Karine Sormont qui commence à trouver ce flic plutôt sympathique.

« Nous y viendrons en temps voulu. Pour le moment, nous devons régler une situation instable. Bien entendu, les médias, les hommes politiques, auront une version des choses, celle que nous leur donnerons et qui leur conviendra. Les politiques en tireront une certaine fierté, convaincus d'avoir bien agi ou réagi et, en fonction de leurs obédiences idéologiques, ils se jetteront à la figure divers arguments pour et contre, exigeront des enquêtes et autres commissions qu'ils s'empresseront d'étouffer lorsqu'ils connaîtront la vérité. Nous permettrons aux médias de faire un peu de battage, de polémique, juste assez pour leur donner le sentiment d'être informés et donc importants. Ces gens-là sont utiles, il suffit de savoir auquel des chiens qui aboient il convient de jeter le plus gros morceau de viande, avariée ou fraîche. Avez-vous noté avec quelle rapidité la presse peut se débarrasser d'un sujet qu'elle considérait comme vital pour la démocratie, ou la liberté, ou les deux, pour se jeter immédiatement sur une autre urgence médiatique qui connaîtra le même sort ? Nous conduisons les opérations de notre côté. Nous sommes souvent à la limite de la légalité, je vous l'accorde, mais il s'agit là d'une des exigences du fonctionnement démocratique, une sorte de nécessité pour maintenir l'ordre du système. De plus, je crois savoir que c'est là un territoire que vous connaissez bien. »

Alain fixe son interlocuteur. Cet homme sait sans doute beaucoup de choses sur lui.

« Je ne suis pas certain de comprendre ce dont vous parlez, à propos d'illégalité. Je conduis toutes mes activités dans le cadre de mes prérogatives en tant que policier.

— Certes, certes, et je sais que votre mission dans le sud de la France a été un chef-d'œuvre du genre. En revanche, j'ai quelques doutes sur l'absolue légalité de votre enquête, ou du moins de certaines parties de celle-ci. »

Nous y voilà, pense Alain, *les Roms, l'enquête semi-officielle, les entretiens sans procès-verbaux, les dossiers non remplis.*

« Je veux simplement savoir où sont passés les gens qui ont été arrêtés. Rien de plus

— Commandant, vous aviez largement assez de preuves pour arrêter un certain Ivo, Kyril Annaniev et Oleg Baryshnov, plus quelques autres. Mais vous ne l'avez pas fait. Pourquoi ? Pour éviter que votre ami Didier ne soit pris dans l'histoire, ou que mademoiselle Marjiana Bromiscu ne soit expulsée vers la Roumanie, avec ou sans sa mère ? Ou parce que vous aviez mené cette enquête à la limite de la légalité ? »

Alain sent que sa marge de manœuvre se réduit.

« Contrairement à ce que vous avancez, il me manquait un ou deux éléments et je voulais un flagrant délit, afin d'agir en toute légalité dans la phase finale. Je ne voulais donner aucune chance de vice de procédure ou autre subtilité qui aurait anéanti notre travail. Il fallait que nous puissions détruire tout le réseau, toutes les parties prenantes, tous les acteurs, à tous les niveaux. C'est pour cela que j'attendais. Didier n'est qu'un pauvre type qui ne comprend même pas ce qu'il fait dans cette histoire. Quant à Marjiana, elle est victime d'un système inhumain. Elle a droit à une chance. Cette personne nous a aidés, au péril de sa vie. Elle a été vendue, maltraitée, menacée de mort, ainsi que sa mère. Elle a fait preuve de beaucoup de courage et elle a démontré sa volonté d'intégration. Elle mérite d'être traitée avec respect. »

Alain réalise alors qu'il n'a utilisé que le prénom de la jeune femme, au lieu de dire mademoiselle Bromiscu.

« Mais parfaitement, vous prêchez un converti. Cette jeune femme, qui a l'air charmante au demeurant, mérite d'être aidée. Votre ami est inoffensif et il ne lui arrivera rien. En revanche, en ce qui concerne certains membres de ce réseau, il s'avère que nous ne souhaitons pas leur présentation à la justice, ni leur disparition, du moins pas tout de suite. Ils nous seront utiles, pour d'autres raisons, plus tard.

— Est-ce que vous réalisez ce que certaines personnes faisaient dans ce réseau ? Pourquoi voudriez-vous leur épargner un procès ?

— Nous allons les réinsérer dans le système, pour le bien de l'ensemble, mais sous notre strict contrôle.

— De qui parlez-vous ? »

Sartini regarde Alain avec une certaine froideur.

« Permettez-moi pour le moment de garder ceci confidentiel. »

Alain regarde cet homme qui se prépare à le manipuler. Un pro, un de ces calculateurs froids des appareils de pouvoir, un de ceux qui déplacent les pions au gré des nécessités de leurs stratégies.

« Qu'attendez-vous de moi ?

— Que vous ne fassiez plus rien à partir d'aujourd'hui : pas de contact avec la presse, pas de contact avec Max, pas de contact avec mademoiselle Bromiscu.

— Et qu'advient-il de la vérité dans cette affaire ? »

Sartini regarde Sormont. Elle décide de prendre le relais.

« Les hommes de main russes ont été remis aux Roms des camps où des enfants ont été enlevés. Le chef, Ivo, a été exécuté dans son camp par d'autres Roms. Ils ont réglé ça en famille, si j'ose dire. Voyez-vous, cela évite beaucoup de désagréments à beaucoup de monde, et en premier lieu aux Roms. Ils font leur nettoyage, personne n'entend parler d'un horrible trafic qui aurait encore terni leur image déjà peu reluisante. De notre côté, nous savons qu'ils ont éliminé les Russes, donc nous pouvons les faire taire ou les manipuler au besoin.

— Et les Russes de la clinique ?

— Les sous-fifres ont été remis aux Roms également ; les autres sont entre les mains de la DGSI. Ils ont une certaine valeur, dirons-nous. »

Sartini reprend la parole.

« Pour revenir à votre question sur la vérité, commandant, laissez-moi vous dire ceci. Il en va de la vérité et du mensonge comme du médicament et du poison, tout est affaire de dosage. Les systèmes survivent par des dosages judicieux de l'un et de l'autre. Les systèmes où le mensonge est total et flagrant sont condamnés à leur perte. Des sociétés dans lesquelles on ne dirait que la vérité deviendraient rapidement incontrôlables. Pensez-vous que les gens aient envie d'entendre toute la vérité ? Non, bien entendu, pas plus qu'ils n'ont envie qu'on leur mente en permanence. Alors la vérité est arrangée, aseptisée et le mensonge est distillé avec précaution, mélange de faux messages et de judicieuse dissimulation. »

Alain regarde Sartini. C'est homme est l'archétype du tueur aux mains propres. Il calcule, il ordonne, il fait exécuter. Il n'est jamais inquiété. Son nom n'apparaît jamais nulle part. Il n'a jamais vu le regard d'un homme au moment de le tuer, dans l'urgence ou dans l'action raisonnée. Il commande la mort, mais ne lui a jamais fait face.

« Je suppose qu'il ne sert à rien d'insister, n'est-ce-pas ? »

Sartini le regarde, un peu étonné.

« Insister à propos de quoi ? »

Alain le regarde quelques secondes, sans sourire, sans bouger.

« Sur ce qui est arrivé aux Russes et sur ce qui va arriver à Marjiana Bromiscu et à Max, pour lequel je demande la réintégration. »

Karine Sormont intervient.

« Nous allons nous occuper de mademoiselle Bromiscu, je vous en donne ma parole. Pour ce qui concerne votre collègue, pourquoi tenez-vous tant à ce qu'il soit réintégré dans la police ?

— Parce que c'est un excellent policier, qu'il a été essentiel dans cette enquête et qu'il a fait son temps au purgatoire. Il est prêt à revenir parmi nous. Il est très efficace et il est capable de négocier des accords comme personne.

— Des accords ? De quoi parlez-vous ? » demande Sartini.

Alain le regarde avec une certaine commisération.

« Dans toutes les enquêtes, il y a une facette officielle et une facette plus floue. Les négociations peuvent être compliquées. Les cousins ne sont pas tous loquaces, et…

— Les cousins ?

— Nos indicateurs, ceux qui nous fournissent des informations au péril de leur vie, soit par conviction, soit parce que nous les tenons par les… »

Karine Sormont regarde ses mains sur la table, un large sourire sur les lèvres.

« Continuez, dit Sartini.

— Les cousins sont essentiels et nous devons les protéger. Max est un maître dans le genre, un mélange de diplomatie et de menace. Il est irremplaçable.

— Les cimetières sont pleins de gens irremplaçables. En quoi est-il différent, à part ses talents de diplomate ?

— Il a l'instinct de la chasse. Il sait quand quelqu'un lui ment. Il peut retourner le truand le plus rusé. Ce serait une folie de ne pas faire appel à ses services. »

Sartini se tourne vers Karine Sormont qui acquiesce. Elle se tourne vers Alain.

« Nous allons étudier son dossier avec attention. Vous nous avez convaincus. N'est-ce pas, monsieur Sartini ?

— Parfaitement. J'attendais vos explications. Elles me satisfont. Pas d'autres questions pour le moment. Et vous, commandant ? »

Alain le regarde, puis lève les mains pour indiquer que tout est clair pour lui.

Sartini se lève et quitte la pièce après un bref salut. Alain se retrouve seul avec Karine Sormont qui rouvre le dossier.

« Commandant, pour les deux affaires, votre collègue et cette jeune femme à laquelle vous semblez porter beaucoup d'attention, je vais faire tout ce qui est possible : je vais contacter les services sociaux, mais je ne vous promets rien. Avez-vous des questions ? »

Alain réfléchit, soupire et répond, lentement.

« Cette affaire était crasseuse, malsaine au possible et croyez-moi, dans ce registre, je sais de quoi je parle – Sormont fait un signe d'approbation de la tête, qui révèle sa connaissance de son dossier – et l'intervention de la DGSI n'a pas facilité les choses. J'aurais préféré une autre fin, mais visiblement des instructions viennent de haut. Je suis un exécutant, j'obéis. Ce qui se passe au-dessus, ce n'est pas mes oignons. Puis-je disposer ? »

Karine Sormont regarde cet homme que rien ne semble entamer.

« Commandant, je vous souhaite bonne chance pour la suite. Soyez rassuré, le directeur général est plutôt enclin à vous aider. Pour Max et Marjiana, nous allons nous occuper d'eux, je vous donne ma parole. »

60

La réunion a été organisée en toute discrétion et les locaux de la DGSI sont quasiment vides le samedi. Les participants sont au second sous-sol, dans une salle de réunion totalement isolée, équipée en cage Faraday qui interdit toute communication. Tous les téléphones portables ont été laissés au responsable de la sécurité, lequel a également désactivé tous les systèmes wifi des ordinateurs portables.

La salle aveugle est spacieuse et la table ovale permet à toutes les personnes présentes de disposer d'un espace de confort plus que raisonnable. Contre l'un des murs, sur une sorte de bar, se trouvent des boissons de toute sorte, une machine à café, deux thermos d'eau chaude pour du thé, un pot de lait froid et des paniers contenant des sandwichs, des viennoiseries aux couleurs douteuses et quelques fruits, témoins de la motivation hygiéniste.

Sartini, arrivé depuis quelques minutes, déguste un thé avec des biscuits, tout en consultant le dossier que Karine Sormont a distribué à tous les participants. Les pages sont numérotées, ils les rendront en sortant. Les autres membres de la réunion sont tous là, un petit groupe s'est formé près de la machine à café, phénomène classique de pré-réunion. Après quelques minutes, Karine Sormont demande à toutes les personnes présentes de bien vouloir prendre place, avec ou sans leurs boissons.

« Bonjour messieurs, merci de votre présence. Nous avons plusieurs points à discuter et, si vous en êtes d'accord, je vous propose de suivre l'ordre du dossier que vous avez en mains, sauf si l'un d'entre vous souhaite faire une autre proposition. »

Elle mrque une pause, balaie l'assistance du regard, vérifie qu'il n'y a pas de requête particulière.

« Bien. Nous allons prendre tous les points dans l'ordre. Pour commencer, le cas Jacques Callerai et son épouse. Pierre, nous vous écoutons. »

Pierre Sartini prend un peu d'eau, s'éclaircit la voix, regarde la table pendant quelques secondes.

« Le cas de Jacques Callerai est réglé, sans remous. Il est reparti dans sa province, il va calmement disparaître dans les oubliettes de la politique locale. Nous lui avons assuré une réélection au conseil général, où il sera contrôlé par nos gens. Les photos scandaleuses ont été récupérées, la diplomate américaine a été priée de rentrer chez elle pour ranger des dossiers dans une administration quelconque. Je pense qu'elle finira à l'ONU, dans un service sans intérêt. Nous lui avons fait comprendre que nous conservions de nombreux documents délicats. Compte tenu du puritanisme ambiant de l'autre côté de l'Atlantique, elle va se tenir tranquille, c'est le seul moyen pour elle de garantir sa carrière, et donc sa retraite. Je crois que son mari est en passe d'être élu sénateur, cela pourra peut-être nous servir. »

Il fait une pause, boit un peu d'eau. Les autres participants sont silencieux, approbateurs, et Karine Sormont l'invite d'un signe de tête à reprendre.

« Pour l'amant d'Isabelle Callerai, nous avons mis ça sur le dos du Mossad, qui suivait de près l'artiste palestinien. Nous pouvons aussi accuser les mouvements islamistes, donc nous disposons de deux voies de sortie. Dossier clos. »

Karine Sormont coche un point sur sa feuille. Elle regarde Pierre et lui adresse un signe de tête de remerciement.

« Des questions ? »

Les autres font une moue de négation ou hochent la tête lentement. Personne ne souhaite commenter.

« Bien. La DGSI, qu'avez-vous à nous dire à propos du réseau islamiste ? »

Le représentant de la DGSI, un homme gris dans un costume gris, sans aspérité, se frotte le nez, réajuste ses lunettes.

« Nous avons tous nos informateurs en place. Nous sommes introduits dans les principales mosquées du nord de Paris et l'entreprise que nous contrôlons nous permet de suivre les départs et les arrivées. L'homme que nous avons éliminé avec le Palestinien ne nous était plus utile. Il était grillé auprès de ses propres équipiers, soupçonné de sympathiser avec son patron. Notre agent dans l'entreprise avait lancé des rumeurs qui ont très bien fonctionné. Il fallait prévoir un remplacement que nous avons mis en place. Nous pourrons déclencher ce que nous voudrons, quand cela nous conviendra. Ces jeunes gens sont aisément manipulables et nous pouvons compter sur les réseaux sociaux également. Il faudra que les événements se déclenchent lorsque la situation politique sera propice, ce qui, au vu des dirigeants actuels, ne saurait tarder. Rien d'autre à signaler. »

Son voisin fait signe à Karine Sormont qu'il souhaite prendre la parole. Elle approuve d'un signe de tête.

« Merci. Pour ce qui nous concerne, à la DGSE, nous avons pratiquement tout terminé. Les deux Russes ont donné toutes les informations contre une promesse de rester en France, le deal habituel. Nous avons maintenant un maximum d'éléments sur les réseaux de l'Est, la drogue, la prostitution, les divers trafics : voitures, œuvres d'art, êtres humains, j'en passe et des meilleures. Ces gens sont d'une incroyable créativité. »

Karine Sormont l'interrompt.

« Où sont-ils à l'heure actuelle ?

— Dans un avion pour Moscou, je suppose. Bien entendu, une fois que nous avons eu toutes les informations, nous les avons remis à nos collègues russes. Que vouliez-vous que nous en fassions en France ? Ils nous auraient embarrassés et les Russes avaient quelques questions à leur poser également. Ainsi, nous avons des obligés maintenant ! En ce qui concerne les Roms, nous procédons à un tri. La jeune femme dont vous m'avez parlé, cette Marjiana, je crois, nos services ont mené une enquête sur sa famille en Roumanie. Là encore, que des gens sympathiques. Imaginez-vous qu'elle avait été vendue par son père pour une dette de jeu, lui-même étant l'un des plus gros trafiquants de métaux volés de sa région. Il paraît qu'il possède une villa, quelque chose d'étonnant. De ce côté, la procédure est en route. Il ne devrait pas y avoir de problèmes. De plus, nous leur avons remis les sous-fifres russes qui ont dû passer un très mauvais moment. Mais ainsi nous pouvons faire pression sur les Roms si nécessaire. Je vous tiendrai informés. Il y avait également un trafic d'armes avec ce motard qui, je crois, était en contact étroit avec Callerai. Nous avons gardé quelques ouvertures. Cela pourrait servir un jour si nous souhaitons pénétrer dans cette zone, ce qui, compte tenu des événements dans cette partie du monde, ne devrait pas tarder. Toutes ces filières peuvent être infiltrées et retournées. Il faut juste un peu de patience.

— À quelle fin, si vous me permettez ? »

Karine regarde l'homme qui a posé la question. Il travaille pour la police, dans les sphères grises, là où peu de gens s'aventurent.

« Si un jour un gouvernement local ou national nous est défavorable, nous pouvons utiliser ces réseaux mafieux pour le déstabiliser, dans un sens ou dans un autre. Cela nous évite d'envoyer nos propres agents. Ils font ça entre eux, très bien d'ailleurs. »

Karine fait signe à l'homme qui a posé la question de prendre la suite.

« Pour ma part, je suis face à un dilemme et je vais avoir besoin de vos conseils. Le cas du motard est réglé : la thèse de l'accident, vitesse excessive de nuit, un camion qui s'était égaré, la routine. Le père a pris un coup, bien entendu, mais rien d'incontrôlable. Il savait que son fils jouait avec le feu. Il y a une jeune femme, une Polonaise : nous lui avons demandé de rester discrète, compte tenu de ses états de service, c'est préférable pour elle. De plus, son emploi de barmaid dans une boîte de nuit fréquentée surtout par des gens de l'Est nous arrange. Elle est conciliante, de même qu'une de ses amies, une dingue, genre artiste foutraque.

— Qu'entendez-vous par conciliante ? demande Sartini.

— Figurez-vous que les choses sont parfois amusantes. Pour la placer sous notre contrôle, nous avions envoyé deux agents chargés de cacher chez elle des armes trouvées chez ce motard, de façon à l'incriminer et la placer en situation d'obéissance. Et voilà que nos agents trouvent de la drogue et des adresses de bordels dans plusieurs pays du sud de l'Europe, où elle devait sans doute envoyer des filles ! Évidemment, lorsque nous avons fait la descente chez elle le lendemain, ce fut une vraie rigolade. Elle se tient à carreau, elle n'a aucune envie que ses employeurs sachent que nous la contrôlons. En revanche, j'ai un problème avec un certain Max, qui souhaite être réintégré dans la Maison. Cela pose quelques difficultés. Son passé est paradoxal. Excellent flic à la Mondaine, puis descente en vrille à cause d'une call-girl, probable assassinat d'un truand, par vengeance. Bref, un cas compliqué. Son collègue, Dormeuil, aurait négocié une espèce d'accord à ce sujet. Nous ne sommes pas chauds dans la Maison. Qu'en pensez-vous ? »

Les participants se consultent du regard, semblent réfléchir, hésitent.

« Que sait-il exactement ? demande Pierre Sartini. S'il n'est pas réintégré, quel est son pouvoir de nuisance ? Que peut-on lui proposer d'autre ?

— Il sait beaucoup de choses, intervient Karine : il est le cornac de l'agence photographique. Rien ne prouve qu'il n'ait pas conservé des copies des photos, surtout maintenant qu'avec le numérique, c'est devenu invérifiable.

Un autre représentant des services de police décide de prendre la parole.

« Je ne pense pas que ce soit une bonne idée. Ce serait de toute manière quasi ingérable en interne : trop de rancœurs et de comptes à régler. Il doit être neutralisé. Nous devons juste faire attention à la réaction de Dormeuil.

— Dormeuil ne bougera pas, déclare Karine, c'est un centurion à la Lartéguy. Il obéit, c'est dans sa nature. Il suffit de trouver la bonne méthode pour neutraliser Max. Nous allons y réfléchir. Que fait-on avec la directrice de l'agence photo et pour son photographe ?

— On la garde, elle nous sert, intervient le représentant de la DGSI, comme d'ailleurs le médecin et sa clinique. Nous avons besoin de gens comme eux. Il nous faut des façades pour certaines actions et ces gens-là sont à notre merci. Pour son photographe, on a mis ça sur le dos de la mafia russe, nous en avons fait une sorte de héros. Ses parents sont fiers de lui. Ses cendres seront dispersées en Israël, je crois, un truc dans le genre. »

Karine consulte sa feuille, fait un signe à nouveau au représentant de la DGSE.

« Dernier point de votre côté, où en êtes-vous avec la princesse arabe ?

— Tout est en place. Elle est rentrée chez elle. Notre princesse va pouvoir faire son beau mariage, avec une nouvelle virginité et notre carnet de commande. Nous avons plusieurs entreprises françaises de BTP qui se sont intéressées à ce dossier. Si nous pouvons leur faire avoir de gros contrats dans le Golfe, comme cela est prévu, nous aurons des retours sur investissements pour financer nos campagnes. Tout le monde est content. À propos, la greffe de rein de sa sœur s'est bien passée. Donc, nous sommes bien en place dans cette zone. »

Karine Sormont consulte à nouveau son dossier, griffonne deux ou trois mots, puis s'adresse à l'ensemble des participants.

« Quoi d'autre, messieurs ? Un point que nous aurions oublié ? Des propositions ? »

Le silence est éloquent, les regards se croisent, confirment.

« Parfait. Nous allons nous occuper de Max et de la jeune Rom. Le reste suit son cours, les contrôles continuent, nous avons assez d'agents en place pour le moment. Je crois que nous n'aurons pas besoin de nous revoir avant quelque temps. Vous serez informés des mesures prises, bien entendu. Merci de laisser vos dossiers sur les tables. Je vous souhaite une bonne fin de week-end. »

Les participants se lèvent; certains prennent une boisson, un fruit ou un gâteau au passage, puis tous quittent la salle et récupèrent leurs téléphones à la sortie.

Karine Sormont reste assise, réfléchit, la tête posée sur les mains. Elle réalise alors que Sartini est revenu dans la pièce.

« Qu'en pensez-vous, Pierre ? Que suggérez-vous ? »

Pierre Sartini s'assied, prend un verre d'eau.

« De qui avons-nous besoin ? Ce Max est-il potentiellement un atout ou un risque ? Il sait beaucoup de choses, il pèse sur la directrice de l'agence, mais de manière négative, ce qui restreint notre pouvoir sur elle. Peut-être faut-il un autre cornac. Quant à cette jeune femme, elle ne nous est d'aucune utilité. Avons-nous envie de voir une famille de trafiquants de métaux relancer une activité autour de Paris ? Bon dimanche, reposez-vous un peu. »

Il se lève et quitte la pièce. Karine Sormont note qu'il a simplement posé des questions. Elle sait ce qu'il reste à faire. Elle n'a pas jugé utile de l'informer que le rein avait été prélevé sur Marjiana placée en coma artificiel pendant vingt-quatre heures. Le corps avait été rendu à la mère le lendemain, pratiquement intact.

61

Max est venu comme tous les dimanches matin dans le café au coin de sa rue, pour un petit déjeuner qu'il a la flemme de se préparer chez lui. Le serveur lui apporte une orange pressée, un grand crème, du pain beurre-confiture, un yaourt aux fruits. L'orange pressée a un goût un peu amer, mais sans doute le fruit n'était-il pas assez mûr. Il mange en lisant le journal d'un œil distrait, tout en écoutant les nouvelles que diffuse la radio du matin. Il a du mal à finir son pain et se sent dérangé au niveau de l'estomac.

« Ce n'est pas possible, vous m'avez donné des oranges empoisonnées ce matin. »

Le serveur, un nouveau qui n'est là que depuis quelques jours, le regarde, étonné.

« Désolé, monsieur Max, j'ai pris les oranges dans le frigo : elles sont d'hier, vous savez. Vous voulez un Alka Seltzer ou un truc du genre ?

— Non, ça va aller. Je reviens. »

Il se lève et descend l'escalier qui mène aux toilettes en sous-sol ; la lumière ne marche pas, ce qui a le don de l'énerver. Après avoir tenté, en vain, d'évacuer le problème, il sort du cabinet, se lave les mains et les glisse dans le sèche-mains à souffle d'air. Il lit la notice collée sur la machine, qui stipule une élimination de 98 % des germes. Il se demande si un crétin s'est amusé à compter.

L'impact de la balle tirée dans l'arrière de son crâne projette sa tête contre le mur et le sang se répand sur les carreaux blancs. Il glisse au sol et une de ses mains reste bloquée dans l'appareil.

62

Assise dans la fourgonnette de police, la mère de Marjiana tient contre elle l'urne avec les cendres de sa fille. Elle a été informée de l'avis d'expulsion juste après les obsèques. Elle a eu juste le temps de voir sa fille, si belle, avant qu'on ne l'emporte en salle de crémation.

Elle tourne la tête, regarde le camp, les enfants autour du fourgon. Elle pleure. Elle se demande où elle dispersera les cendres.

63

Malik ouvre la porte de son bureau et voit Samia installée devant son ordinateur. Elle est concentrée devant l'écran et ne l'a pas vu entrer. Il est agacé de sa présence si tôt, avant lui. Il n'est pas d'humeur ce matin, il a envie de faire entendre sa voix, de lui rappeler que c'est lui le patron de cette boîte, qu'elle n'est qu'une employée, après tout.

« Tu as dormi ici ou quoi ? Qu'est-ce que tu fais si tôt dans les bureaux ? Qu'est-ce qu'il y a de si important ? »

Il réalise qu'il ne lui a pas dit bonjour, que son ton était un tout petit peu trop agressif. Il veut se reprendre.

« Est-ce que tu veux un café ? Je vais en faire un pour moi. Je suis un peu fatigué, j'ai besoin de me réveiller. »

Samia lève la tête, le regarde sans sourire puis se replonge dans l'écran, le front plissé par l'effort de concentration.

« J'ai le nouveau en place, il va falloir que vous l'écoutiez. C'est lui qui va diriger le groupe. Vous allez devoir composer avec lui. Je vous ai copié le message de notre contact. »

Malik met quelques secondes à réaliser de quoi Samia lui parle.

« Le nouveau quoi ? Le nouveau chauffeur ?

— Oui, chauffeur, mais surtout chef des fanas religieux dans le secteur. Nous l'avons introduit et c'est lui qui va nous fournir les informations. Il va se prendre la tête un peu avec vous au début, pour donner le change aux autres. On va être sur la corde raide pendant quelque temps. Il faudra faire attention, jusqu'à ce qu'il soit bien admis dans sa mosquée.

— Mais moi, je fais quoi, là-dedans ? »

Samia le regarde par-dessus son écran. Cet homme est pitoyable, il ne réalise même pas ce qui se passe.

« Vous, vous gérez les affaires, moi je gère les fanas et vous recevrez vos instructions par mon intermédiaire. Ne vous inquiétez pas, nous ne dirons rien à votre père ou à votre sœur. Officiellement, vous êtes toujours le patron. »

Malik la regarde, immobile, les bras ballants, incapable de dire un mot. Samia lève les yeux, le regarde, lui décoche un sourire aimable.

« Faites ce qu'on vous dit et tout ira bien. »

64

Le garage est vide, les employés sont partis, tout est calme. Antoine Karzecks est assis sur une chaise dans son bureau, incapable d'agir, écrasé de chagrin. Il n'a pas la force de rentrer chez lui retrouver sa femme, et essayer de soulager sa douleur. Son fils, leur fils est mort, bêtement, dans un accident de moto, à cause d'un camionneur égaré.

Antoine Karzecks sait bien que c'était inévitable. Le mode de vie choisi par Dimitri le conduisait immanquablement à une telle fin. C'était dans la ligne de tous les choix qu'il avait faits depuis le début. Il ne voulait pas faire partie de la masse, il voulait une autre vie. Mais il n'a eu qu'une mort banale de motard imprudent.

Antoine regarde son garage, sa vie, ses années de travail et d'espoir. Il est fatigué, triste, vide. Son père, Émile, avait créé l'entreprise, lui l'ancien mineur de fond obligé de quitter le Nord après les grandes grèves de la fin des années quarante. Comme immigré en processus de naturalisation tenu de faire dix-huit mois de service militaire dans les mines, il n'avait pas été autorisé à faire grève, ce qui lui avait valu la rancœur tenace des autres mineurs grévistes. Après les insultes, les menaces, les jets de boulons, il avait finalement décidé de venir dans la région parisienne dès la fin de son service militaire.

Antoine pense à un proverbe que l'on utilise souvent à propos des affaires familiales. Le père crée, le fils fait prospérer, le petit-fils dilapide. Sauf qu'il n'y a plus de petit-fils.

65

La clientèle est toujours présente, les demandes ne faiblissent pas, la clinique ne désemplit pas. Henri Bellefond sort du bloc opératoire. Il va prendre quelques minutes de repos avant d'y retourner pour une autre intervention. Il est prospère, il a peur.

L'histoire l'a profondément ébranlé et ses convictions ont été mises à mal. De plus, il s'est engagé dans une relation avec une employée et, bizarrement, il réalise que cela lui convient. L'ami de celle-ci, l'homme aux bandes compromettantes, a été licencié pour faute grave. Entre-temps, Bellefond a appris que les services de police avaient fait une discrète perquisition chez lui et qu'ils avaient trouvé d'autres « matériaux », selon l'expression en usage ; certes, mais quoi ?

Il y a quelques jours, un groupe d'investisseurs s'est présenté pour un partenariat, avec le soutien d'un laboratoire de produits cosmétiques. Henri souhaite garder son indépendance, mais comment faire dans le contexte actuel ? Les hommes qu'il a rencontrés, tous aimables et visiblement compétents, lui inspirent à la fois confiance et une certaine crainte. Qui est derrière ce groupe d'investissement ? Et que fera-t-il lorsqu'il devra « aider » médicalement certaines personnes à changer d'aspect ou à se réparer, à la demande de ceux qu'il nomme les « services » ?

Il est prospère, c'est indéniable, mais il a peur.

66

Charlotte entre dans le café-restaurant d'Alphonse, se met au bar et demande à Marceline de lui verser un verre de blanc, un Sauvignon, bien frais.

« T'as la tête des mauvais jours, qu'est-ce qui t'arrive, ma Charlotte ? Tes photographes n'ont plus de pellicules ? »

Marceline raffole de cette boutade à l'ère du numérique. Elle n'y connaît pas grand-chose, mais elle sait qu'on ne met plus de pellicule dans les appareils photos.

« Putain, ouais, c'est ça ! Non, en fait, ils essaient d'en mettre dans des appareils numériques. Pas grave, juste un coup de blues… ça va passer.

— Ça tourne, les affaires ? Elle est pas revenue, ta foldingue de l'autre fois ? Tu parles d'un morceau, celle-là. J'ai des clients qui en parlent encore. »

Charlotte se met à penser à cette gourde de Katia et à ses amies que certains photographes recrutent désormais via son agence, pour des « voyages photographiques », des safaris dans des demeures autour de Paris. Elle n'a plus de commandes au Sénat et le marché ne s'arrange pas. Le people est pollué par les jeunes indépendants sans foi ni loi, prêts à tout pour se faire un peu de pognon. Des merdeux qui pourrissent le marché, sans aucune morale. Les autres ne veulent pas, ou plus, travailler pour elle. L'horizon est gris.

« Si tu veux, je te prête mon appartement à Brioude ; c'est pas Monte-Carlo, mais tu pourras te refaire une santé.

Charlotte sourit, finit son verre, met l'argent sur le comptoir.

« T'es gentille, mais Brioude, putain, non merci… »

Elle se prépare à sortir, se reprend, revient vers le bar, se penche vers Marceline qui la regarde, étonnée par son air grave.

« Tu sais, ma belle, si un jour tu apprends que j'ai eu un accident, tu sauras que ça n'aura pas été un accident. C'est tout. Et puis non, putain, oublie ça. Je suis fatiguée. »

Elle sort du bar, regarde des deux côtés de la rue avant de traverser, retourne à son bureau.

Derrière le comptoir, Marceline essuie des verres pour la mise en place, contemplant dans le miroir son avenante silhouette.

« Bon, d'accord, Brioude, c'est pas Paris, mais pour se reposer, c'est bien. »

67

Alain arrive au 36 quai des Orfèvres, présente ses papiers à la préposée qui lui indique le bureau où il doit se rendre. Il a un goût de métal dans la bouche, il est fatigué, il a envie de se poser quelque part et d'attendre, il ne sait pas quoi, juste attendre.

Il arrive au deuxième étage et frappe à la porte du bureau où il est attendu. Un homme d'une quarantaine d'années ouvre la porte, lui serre la main, lui fait signe d'entrer. Alain prend une chaise, refuse l'offre d'un café.

« Bonjour, commandant Dormeuil. Je suis chargé de votre dossier pour la nouvelle affectation. À propos, je suis navré pour votre collègue, Max. Mais on a identifié l'assassin, un Corse qui travaillait pour Bianchetti, avant sa… disparition. En fait, on a retrouvé son corps, abattu de cinq balles, dans un parking. Dans sa voiture, il y avait l'arme qui a tué Max, avec ses empreintes dessus. Ces putains de mafias du Sud ne prennent pas de risques. Je suis vraiment désolé.

— Je sais tout ça, j'ai vu le rapport. C'est bizarre quand même, ces coïncidences.

— Non, pas vraiment, vous savez, ces truands ont la haine tenace. Et Max était un peu revenu dans la lumière. Ce qui est terrible, c'est qu'il y a sans doute des informateurs, chez nous, qui ont passé l'info. Que voulez-vous, ils ont le pognon, ils peuvent tout acheter, même des flics.

— Que s'est-il passé pour Marjiana Bromiscu ? Elle devait rester en France, faire une formation. Pourquoi a-t-elle été expulsée ?

— Pour être honnête, ce n'est pas de notre ressort. Mais après votre appel, hier, j'ai téléphoné à des collègues. Elle fait l'objet d'une expulsion suite à des pillages dans un bâtiment de logements sociaux, il y a un an ou deux. Ils n'avaient rien laissé : tout ce qui pouvait se démonter avait été emporté, de vrais criquets dans un champ de blé. Son père est un gros trafiquant de métaux. Elle est soupçonnée d'avoir trempé là-dedans. Elle devra faire une nouvelle demande pour revenir en France. Ça risque d'être un peu compliqué et je doute que l'administration lui facilite la vie. »

Alain réfléchit. Ce type est sympathique, serviable et visiblement bien disposé à son égard. Autant le ménager.

« Je vous remercie. Qu'avez-vous d'autre comme information pour moi ?

— Au sujet de ces deux personnes, rien d'autre. Maintenant, en ce qui concerne votre demande de mutation, j'aurai une ou deux questions. Savez-vous où vous souhaitez aller ? Voulez-vous rester dans la PJ ? Voulez-vous rester à Paris ou aller en province ? Ici, les pontes souhaitent vous garder, vous êtes une référence. Je vous laisse un dossier avec les propositions. Prenez votre temps pour les étudier. On se revoit d'ici une dizaine de jours. Ça vous va ? »

Alain regarde par la fenêtre, le ciel de Paris, les toits, la Seine. Il essaie de ne pas trop réfléchir.

« Ca marche : je pense vous donner mon choix dans une semaine au plus tard. À propos, savez-vous où je peux trouver Karine Sormont ? Où se trouve son bureau ? »

L'homme consulte un annuaire interne, cherche en suivant les lignes avec un crayon.

« Y a pas ça; Sormont, avec un t ou un d à la fin, comme Dupond ou Dupont de Tintin... Non, je ne vois pas. Je vais demander au standard. »

Il décroche son téléphone, fait un numéro, attend quelques instants.

« Bonjour, ici Decaze, au bureau des affectations. Dites-moi, pouvez-vous me donner le numéro de Karine Sormont... Oui, un *t* à la fin. Vous me rappelez dans un instant ? Merci. »

Il se tourne vers Alain.

« Avez-vous une autre requête ? Pour le moment, vous êtes en disponibilité et donc… »

Son téléphone sonne. Il décroche, écoute le message, soulève les sourcils, étonné.

« Vous en êtes certaine ? Merci, mademoiselle. »

Il se tourne vers Alain.

« Il n'y a pas de Karine Sormont, ni ici ni ailleurs dans la police. Vous êtes certain du nom ? »

Alain sort du bâtiment. Il marche le long de la Seine, regarde passer des bateaux-mouches avec leurs chargements de touristes. Il prend le métro, indifférent à la foule, aux affiches, aux musiciens qui massacrent allègrement des navets musicaux. Après quelques stations, il remonte à la surface, marche quelques minutes et entre dans un café.

Il va s'installer au fond de la salle, sur la banquette qui permet de voir la salle et la rue.

Charly s'approche et s'assied en face de lui.

« J'ai appris pour ton copain. Je suis désolée. Il avait l'air d'un mec bien. C'est moche, mais peut-être que c'est le destin des gens comme vous, non ? Écoute, si tu veux, je termine tôt aujourd'hui. Je sais que tu es flic, que je devrais te détester. Tu représentes ce que je voulais combattre quand j'étais plus jeune, plus conne aussi. Mais je n'aime pas te voir comme ça. Les guerriers malheureux, c'est pas bandant. On ira manger chez un copain qui a un petit bistrot sympa. Je t'invite. »

Alain la regarde. Il a envie de lui dire qu'il est content qu'elle soit là, qu'il voudrait qu'elle reste avec lui, à parler. Il voudrait lui dire qu'il ne veut plus être flic, mais que c'est tout ce qu'il sait faire. Alors il continue, parce que c'est comme ça, sans doute la faute à son grand-père qui lui faisait lire le magazine *Détective*. Mais il n'y arrive pas.

« D'accord.

— Viens me chercher à 17 heures. On ira marcher un peu avant. Tu veux une bière, je suppose ? »

Elle revient quelques instants plus tard, pose le verre devant Alain, fait le tour de la table, lui effleure les lèvres d'un baiser glissé.

« C'est pour moi. En fait, t'es beau quand t'es triste. »

68

Louis Bordenave et Sartini s'installent sur des chaises face au palais du Luxembourg, de l'autre côté du bassin. Il fait beau, un vent léger pousse des bateaux que des enfants guident avec des bâtons. Des touristes se prennent en photo. Des joggers des deux sexes et de tous âges passent en courant, leurs poumons hésitant entre la chlorophylle du parc et l'oxyde de carbone des boulevards. En divers endroits, des groupes font de la gymnastique, du taï chi ou des étirements. Des amoureux se tiennent la main, des hommes et des femmes socialisent par le truchement de leurs compagnons canins. Assis comme eux sur des chaises, des gens lisent, discutent, somnolent, ne font rien, regardent le monde en marche, leur visage éclairé par un vague sourire à la destination incertaine.

Les deux hommes restent silencieux pendant quelques minutes. Ils observent ce petit théâtre dans lequel on entre, sort, tourne, vire, s'agite, photographie, admire, embrasse, attend.

Louis Bordenave se redresse sur sa chaise, promène un regard presque étonné sur le lieu, puis s'adresse à son voisin.

« Dites-moi, Sartini, selon vous, de toutes les nouvelles étoiles qui gravitent dans la galaxie de nos réseaux, laquelle est la plus à même de servir nos projets ? »

Dans la même collection
(extrait)

ALGÉRIE

Le Français de Roseville, de Ahmed Tiab
Le désert ou la mer, de Ahmed Tiab
Gymnopédie pour une disparue, de Ahmed Tiab

ALLEMAGNE

Meurtre sous le signe du zen, de Oliver Bottini
L'été des meurtriers, de Oliver Bottini
Au nom des pères, de Oliver Bottini
traductions de Didier Debord

AUSTRALIE

Crystal City, de Hervé Claude

BRÉSIL

Hotel Brasil, de Frei Betto
traduction de Richard Roux

CHINE

Le mystérieux tableau ancien, de He Jiahong
L'énigme de la pierre Œil-de-Dragon, de He Jiahong
Crime de sang, de He Jiahong
Crimes et délits à la Bourse de Pékin, de He Jiahong
traductions de Marie-Claude Cantournet-Jacquet et Xiaomin Giafferri-Huang

Crime impuni aux monts Wuyi, de He Jiahong
traduction de Marie-Claude Cantournet-Jacquet

Jaune camion, de Mi Jianxiu
Rouge karma, de Mi Jianxiu
Fang Xiao dans la tourmente, de Mi Jianxiu

Corée du Sud

Les planificateurs, de Kim Un-su
traduction de Choi Kyungran et Pierre Bisiou

Costa Rica

Été rouge, de Daniel Quirós
Pluie des ombres, de Daniel Quirós
traductions de Roland Faye

Danemark

Minuit à Copenhague, de Dan Turèll
traduction de Frédéric Gervais et Sophie Grimal
Meurtre à l'heure de pointe, de Dan Turèll
traduction de Orlando de Rudder et Nils Ahl
Meurtre dans la pénombre, de Dan Turèll
traduction de Nils Ahl

États-Unis

Amérithrax, de John N. Turner
Alabama Shooting, de John N. Turner

France

Et si Notre-Dame la nuit…, de Catherine Bessonart
La palette de l'ange, de Catherine Bessonart
Une valse pour rien, de Catherine Bessonart

Inde

Témoin de la nuit, de Kishwar Desai

Les origines de l'amour, de Kishwar Desai
La mer d'innocence, de Kishwar Desai
traductions de Benoîte Dauvergne

Iran

Un agent nommé Parviz, de Naïri Nahapétian
Le mage de l'hôtel Royal, de Naïri Nahapétian
Jadis, Romina Wagner, de Naïri Nahapétian

Japon

La malédiction d'un jardinier kibei, de Naomi Hirahara
Gasa-Gasa Girl, de Naomi Hirahara
traductions de Benoîte Dauvergne

Nouvelle-Zélande

Sous la terre des Maoris, de Carl Nixon
traduction de Benoîte Dauvergne

Pakistan

Nuit sans lune au Waziristan, de S. Mausoof
traduction de Benoîte Dauvergne

Portugal

Quand les vautours approchent, de Miguel Miranda
Donnez-leur, Seigneur, le repos éternel, de Miguel Miranda
L'étrange affaire du cadavre souriant, de Miguel Miranda
traductions de Vincent Gorse
La disparition du cœur des symboles, de Miguel Miranda
traduction de Pierre Michel Pranville

Le dernier pape, de Luís Miguel Rocha
La balle sainte, de Luís Miguel Rocha
Le mensonge sacré, de Luís Miguel Rocha
La fille du pape, de Luís Miguel Rocha
traductions de Vincent Gorse

Lionel Fintoni

RUSSIE

Une cible parfaite, de Tchinguiz Abdoullaïev
Le fardeau des idoles, de Tchinguiz Abdoullaïev
Dressé pour tuer, de Tchinguiz Abdoullaïev
traductions de Robert Giraud

ouvrage publié avec le concours
de la Région Provence-Alpes-Côte d'Azur

Région
Provence-Alpes-Côte d'Azur

Achevé d'imprimer en juin 2017
sur les presses de New Print Company Ltd.
pour le compte des éditions de l'Aube
331, rue Amédée-Giniès, F-84240 La Tour d'Aigues

Numéro d'édition : 2201
Dépôt légal : août 2107

Imprimé en Europe